飄香金飯苑

1

1291

凝弦 著

目錄

風 文創 1291

序文

凝弦

寫下這篇序文時，恰逢五月。抬頭望去，臥室窗外那棵粗壯的大樹隨著微微炙熱的風擺動枝葉，淺綠色的樹葉蘊含勃發的生機，讓我的心情不禁明朗起來。

說起走上寫作這條路的原因，可以追溯到多年前。我自幼便是個安靜的孩子，同齡人喜愛玩耍打鬧，我更喜歡獨自一人待在房間裡，或翻看各種圖書，或在腦海中構思屬於自己的故事，多久都不會悶。

小時候，父母上班時，我多數閒暇時間都與外婆在一起。外婆是語文老師，家裡少不了各式各樣的書，名著或小說應有盡有，讓初入書海的我欣喜不已，如獲至寶。我常在午後打開那深紅色的高大書櫃，翻出歷經時光洗禮而顯得陳舊的書，翻開泛黃的書頁，一看便是一下午，直到鼻間飄來飯菜的香味才肯罷休。

放學的路上，我可以拋開作業、課程、考試，毫無顧忌地沈浸在自己的世界裡。我喜歡跟朋友手挽著手走著，一邊吃零食，一邊玩「故事接龍」，將各種情節與歡笑鋪滿回家的路。

歲月流逝，外婆已離開我許久，昔日的朋友也消失在茫茫人海中，但我仍懷念那時的美好，記得外婆曾輕撫過我額頭的手與溫柔的呼喚，不忘朋友用靈感匯集成的一個個故事。

懷著對文學的熱愛，我從未停下閱讀的腳步。每當我在現實生活中感到煩躁、憂愁時，書籍便會成為我的避風港，舒緩我脆弱傷感的情緒，撫平我心頭的憤懣。我也透過閱讀窺見了作家們的心靈世界，學著用他們的方式面對生活。

如今，有了獨立的工作，我終於能全身心地追逐幼時的夢想。

小學老師問我：「妳的理想是什麼？」

我與高采烈地回答：「我長大後要成為作家！」

老師笑著調侃：「作家莫不是『坐』在『家』裡？」

在老師與同學們開懷的笑聲中，我紅了臉，卻不曾改變過這個念頭。然而時至今日，我依然不敢自稱「作家」，只敢自稱「作者」。

寫作是一門學問，我還在入門階段，尚未完全琢磨出其中的訣竅與經驗，但只要一步步走下去，與許終有一日，我能攀上那高聳入雲的山峰之巔，落實兒時的願望。

落筆至此，耳機裡的音樂恰好播到〈年度之歌〉：**回望昨天劇場深不見底，還是有幾幕曾好好發揮**。

在創作這條路上，我還有許多不足，但能讓這套書呈現在讀者朋友面前，我應當還是有一些微小的進步吧？

願各位喜歡這套書，往後我會繼續深耕於此，努力創作出更多更好的作品。

第一章 捉襟見肘

正是夏日時節，大景京城雲安城內，道旁高大的槐樹濃郁油綠，投下一片片寬闊的樹影。

這一日時辰尚早，崇安坊還在宵禁之中，放眼望去，街道上只有零星幾家食肆跟茶肆開門營業。

坊門未開，等著出坊的人們便在鋪子門口隨手買一些新鮮出爐的早食；不急的，便在店裡坐下，慢悠悠地享用一碗熱騰騰的湯麵。

崇安坊距離京城中軸線不算太遠，地段不錯，居住於此的人也甚多。不論是小型的食肆，還是略大的酒樓，應有盡有。

其中，俞家酒樓是聲勢最浩大的一家。

俞家財大氣粗，世代既是掌廚好手，又極具商業頭腦。他們靠經營食肆起家，在京城各坊開了不少分店，每家都裝潢得極其富麗。

崇安坊的俞家酒樓是三層的建築，每層都設有雅間與散座，舒適又寬敞。由於生意興隆，給的工錢也不吝嗇，因此總有不少人想去謀個差事。不過自從俞家數個月前聘來一位名叫陳讓的廚子，又雇了幾個店小二後，便再沒招過人了。

這個時間，俞家酒樓還未開門，不過店小二們已經忙了起來，打掃酒樓內外、燒水熱鍋。

姜菀挎著籃子從酒樓門前經過，酒樓的幌子迎風招展，她丁香色的衣裙也被微風輕輕拂過。

正在清掃門前灰塵的店小二看清了她的模樣，神情微微一滯。

姜菀抬眸，恰好迎上他的目光。

晨曦微光裡，她盈盈立在那裡，神色恬淡、眸光澄澈。

被她那樣望著，店小二有些不自在。明明她的目光平靜如水，不曾夾雜一星半點別樣的情緒，可他還是忍不住憶起往事。

「二娘子這些日子……如何？」

姜菀淡淡一笑，頷首道：「一切都好。」

店小二看向她手上挎著的竹籃，裡頭空空如也，想來是正準備出門去採買。

他訥訥地想說些什麼，卻聽見不遠處傳來開坊的鼓聲。

姜菀循聲望過去。「我有事，先走了。」

待她轉過了身，店小二才抬頭目送那道身影走遠，輕輕嘆了口氣。

待姜菀回來，籃子裡已經裝了不少東西。

她掂了掂有些沈的籃子，默默盤算著這些食材大約夠幾日的分量。算罷，她抬頭看著天邊初升的朝陽，心中的陰霾稍稍被驅散了一些。

回想起幾日前的離奇經歷，姜菀至今仍猶在夢中。

身為現代美食部落客的她一覺醒來，便發現自己在一間陌生的屋子裡。周圍的佈置簡單而陳舊，而她則虛弱地臥病在床。

醒來時，姜菀的身邊坐著一個小姑娘，雖睏得腦袋一點一點的，手卻依然牢牢抓住她的衣袖。

姜菀環顧四周，有些茫然。

緊接著，腦海中走馬燈似的掠過許多畫面，姜菀捂住額頭，在翻湧不息的思潮中，被迫接受了一個讓人不敢置信的事實。

她，穿越了。

姜菀半晌回不過神來。明明昨晚她還在社交平臺上傳了最新一條美食動態，怎麼一覺醒來就來了這麼一個地方？

她狠狠掐自己的腿確認這是不是幻覺，然而頭部卻傳來一陣劇痛。姜菀閉上眼睛，感受到靈魂似乎與這個身體慢慢融合在一起。

「阿姊，妳還難受嗎？」

耳邊傳來一道擔憂的聲音。姜菀慢慢坐起身來，等頭暈漸漸緩解，眼前恢復清明，她才看清小姑娘的模樣。

梳洗罷，理智回籠，姜菀開始小心翼翼地與她交談。雖說腦海中已經有了記憶，但穩妥起見，她還是要問一問。

從小姑娘的話語當中，她再度確認自己擁有的一些記憶與訊息。

這具身體的主人叫姜菀，是個十七歲的少女，小姑娘是她的幼妹姜荔，今年十一歲。

她們的爹娘在幾個月前相繼過世，留下位於京城崇安坊的這處院落跟一家瀕臨破敗的小食肆。

姜父白手起家，憑藉一手嫻熟的技藝開辦姜記食肆，與妻子兩人共同打拚。他們為人和善、誠信經營，因此口碑不錯。姜家靠這門生意賺到了錢，雖算不上富庶之家，日子過得倒也舒心。

雖然姜菀只有姜荔一個妹妹，但其實她排行第二，上頭原本還有個姊姊，然而八歲時卻因一場急病夭折了。喪女之痛讓姜氏夫婦飽受打擊，可他們只能強忍悲痛，悉心照料餘下的孩子。

不幸的是，一日姜父上山採果子時不慎從山坡上摔下，返家後便昏迷不醒。姜母為了照顧他，無暇顧及生意，店裡只能靠姜父早年收的徒弟陳讓跟幾個店小二勉強維持現狀。

陳讓見姜父臥床不起，滿心都在謀劃換個地方高就。恰好俞家酒樓的人瞧上他，願意付雙倍工錢請他去掌勺，陳讓便不顧念舊情離開了。

此時幾個店小二的身契正好到期，他們斟酌了形勢，終究不願續約，相繼離去，其中一個便是方才姜菀碰到的那位。

如此一來，姜家的下人只剩下兩個。一個是負責燒火劈柴、採買食材的奴僕周堯，一個是照顧孩子起居的婢女思菱。多年下來，這兩人與姜家已不僅僅是主僕關係，更添了幾分同甘共苦的親情。

姜菀懂事後向父親學了些手藝，只是她貪玩，加上習慣依賴父親，學習時總是三天捕魚、兩天曬網，因此廚藝不夠純熟。

父親病重後，為了減輕母親的負擔，姜菀不得不硬著頭皮走進庖廚。然而她做出的菜品到底無法與從前相比，食肆的生意越發慘澹，入不敷出。

姜父吃了許多藥也沒能好轉，最終回天乏術，溘然長逝。姜氏夫婦伉儷情深，姜母禁受不住這一打擊，沒多久就跟著去了。

處理完雙親的後事，姜菀接過家中的重擔。雖然有周堯與思菱幫襯，但依然困難重重。她穿過來時，恰逢原主受了風寒，連著幾日高燒不退，食肆也因此歇業。她臥病在床期間，家中所有瑣事都由周堯與思菱打理。

周堯是個沈默本分的少年，比姜菀小兩歲。當初姜母買下他，便是看中他能吃苦又老實，且他雖然話少，卻有雙巧手，能做不少生活上的常用工具。

思菱則略大一些，性子也更活潑，雖不通工具製作，卻於繪畫上有些天分。在姜菀病倒期間，她時常用簡筆畫哄姜荔開心。

這兩個人各有所長，對如今的姜菀來說，是不可或缺的好隊友。

又吃了幾日藥，姜菀才算是徹底痊癒，可以出門走動了。

在這樣清貧拮据的情形下，她必須想辦法讓自己跟身邊的人生存下去。唯一的出路，就是讓食肆重新開張。

思及此，姜菀低頭看著籃子裡的東西，稍稍思索片刻，便想好這幾日可以做哪些吃食了。

身為美食部落客，恰好又穿越到這麼一個需要她展現廚藝的情況，或許是上天的安排吧。

姜菀病癒後還有些疲憊，走回家中時不由得喘了幾口氣。店裡依然關門，她走到食肆旁的一扇門前扣了扣，說了聲「是我」，門很快就開了。

周堯正拿著掃帚清理院子，一張臉都是汗，他抹了抹臉，露出一個憨厚的笑。「二娘子，您回來了。」

姜菀排行第二，因此周堯喚她二娘子，而思菱則更親近地喚她「小娘子」。

「小堯，若是累了便歇歇吧。」姜菀反手把門關好，說道。

周堯點頭。「多謝二娘子關心。」

姜菀朝他笑了笑，便逕自往院子去了。

剛進院子，便有一個黃色的身影往她身上撲，尾巴搖得歡快。

「蛋黃！」她下意識退後了一步。

被制止的狗兒嗚咽了一聲，被迫剎住步伐，趴在地上。牠用一對烏溜溜的眼睛可憐兮兮地望著姜菀，似乎有些不理解為何主人不讓自己親近。

姜菀緩了一口氣。

根據記憶，這條名叫蛋黃的狗兒自小便被姜家撿來收養，至今已經養了四年，尤其喜歡往姜菀身上蹭。然而姜菀前世不曾養過狗，因此面對蛋黃的熱情攻勢時總會緊張。

看到蛋黃滿腹委屈的模樣，姜菀猶豫了一下，鼓起勇氣伸手摸了摸牠。

蛋黃的眼睛一下就亮了起來。

姜菀陪蛋黃玩了一會兒，這才起身。

院子裡晾了不少洗乾淨的衣裳，姜菀正到處尋找思菱，便見眼前一片衣角被人掀開，思菱從後面探出頭來。「小娘子回來了？」

原本採買食物是周堯的工作，但美食部落客的職業本能讓姜菀更習慣親自挑選。有鑑於她大病初癒，姜菀費了一番工夫說服，兩人才勉強答應讓她去。

院子樹下有一張石桌，兩人在桌前坐了下來。

姜菀撥弄著籃子裡的東西。「今日的菜很新鮮，中午可以做幾樣清淡爽口的菜。」

思菱有些擔憂。「小娘子身子才好，下廚頗費精力——」

「無妨，我沒什麼大礙了。」姜菀道。

此時一陣急促的腳步聲由遠及近，緊接著是周堯的聲音，語氣焦急。「二娘子，祝家的人來了！」

思菱聞言站起身。「前些日子小娘子病著的時候，他們也來過一次，催我們快些交賃金。」

賃金？

這兩個字讓姜菀的心情頃刻間跌落谷底。

很快的，一位珠光寶氣的婦人從院子門口走進來，身旁跟著一個管家模樣的人。

那婦人停住步伐，沒什麼溫度的目光慢慢掃過姜菀的臉，說道：「不是說病了嗎？我瞧妳這丫頭臉色好得很。」

她似乎想到了什麼，輕蔑一笑。「這麼快便好了，莫不是故意裝病拖欠賃金吧？」

此人說起話來夾槍帶棍，姜菀不由得嘆氣。她的記憶告訴自己，這位祝夫人一貫不好說話。

姜菀道：「前幾日我確實是病了，如今已經大好。不論是從前還是往後，我都不會以此事為由欺騙您。」

「如此最好。」祝夫人哼了一聲。

她招了招手，管家便從袖袋中取出一張輕飄飄的紙張，拍在院子裡的石桌上，正是姜家租房的賃契。

祝家是有名的富商，不僅做生意，還靠名下房產收取租金，姜家如今的店鋪與後頭的屋舍就是跟祝家租的。前頭的店面約莫七坪，後頭院子裡共三間屋子供人居住，每個月的賃金是兩千文。

昨日與思菱清點帳目時，姜菀對這個難題頗為頭痛。家中的積蓄大多花在姜父與姜母的病上，自從停業後便沒了收入來源，眼下手頭上的錢並不多。

「按賃契所寫，賃金每半年付一次。年初時妳娘上門懇求，說家中實在周轉不開，我破例延到這個時候，已是仁至義盡。」祝夫人的手指慢慢撫過下巴。「已經六月了，錢呢？」

祝夫人語氣冰冷。「這房子的地段跟條件有多好，妳不是不知道，當初以這個數租給你們家，算是少的了。姜家開了這麼些年的店，怎麼可能連這點錢都拿不出來？

「按照賃契上所寫，若是本月底還不能付清，到時候妳要補的租金就不只這個數了，」祝夫人點了點紙張上的字。「要按兩倍一併交齊。還有，下半年的租金，妳不會打算故技重施拖欠到年底吧？

「妳爹娘一生的心血，可千萬別毀在妳手裡了啊。」祝夫人嘲諷地勾了勾嘴角，示意管家把賃契收起來。

這種態度喚起了姜菀內心的倔強，她平靜道：「夫人放心，六月底我們一定會付清租金。先父跟先母留下的產業，我自會想辦法重振。」

「但願如此。若是拿不出來，便趁早搬走，免得耽誤了我的生意。」祝夫人冷哼一聲，帶著管家離開了。

從前姜記食肆尚未敗落時，祝夫人逢年過節會來店裡坐一坐，與姜氏夫婦閒話幾句。然而自從姜父病重，祝夫人便不曾登門，即便在外面遇上了，也是一副冷漠的模樣。

姜菀沈默了片刻，說道：「現在最要緊的，就是湊夠這筆錢。」

「小娘子，」思菱遲疑道：「我們沒多少時間了。」

姜菀輕嘆一聲。「如今只能盡快讓食肆重新開張。我想好了，先從早食做起。」

「可是早食能賣的錢很少。」思菱道。

姜菀沈吟道：「話雖如此，按照目前的情況，只能從低成本的食物開始賣，有了一定的盈利，再想辦法拓寬生意範圍。」

她整理了一下這幾日的觀察，道：「我們食肆的地段不錯，在出坊的必經之路上，若是趁每日坊門開啟前的時間多售賣一些早食，收入應當不錯。」

思菱見她胸有成竹，笑道：「看來小娘子已經有主意了。」

從前的姜菀在廚藝上不算精通，然而如今的姜菀卻有了把握。「我這幾日翻閱了一些有關食物的書籍，正好藉這個機會試一試。」

思菱與周堯對視一眼，都覺得姜菀大病一場後非但沒變得憔悴虛弱，反而越發有幹勁了。

兩人按姜菀的吩咐各自去庫房跟庖廚忙碌，姜菀則回房開始四處翻找。

原主的記憶還算準確，她從箱櫃深處找出落灰已久的筆墨紙硯。

小時候姜母特地請了一位女夫子來家中教姜菀讀書寫字，只是當初家中經濟不穩定，她沒學幾年就中斷了課業。當食肆生意步上軌道，家裡攢了些錢時，原主也不特別想唸書了。

好在現代的姜菀寫得一手好字，因此在讀寫文字上沒什麼困難。

雖然她穿過來的時候，原主的父母已經辭世，但記憶告訴她，這是一對恩愛的夫婦、慈愛的父母。她有些唏噓，畢竟前世的自己曾有過一段暗無天日的童年。

姜菀嘆了口氣，強迫自己不去想那些往事。她在紙上塗塗寫寫，想了幾樣能做的早食種類，又算了算成本，大致確定每樣食物的定價。

天無絕人之路，不到最後一刻，都不能輕易放棄。

幾日後，清晨。

早起趕路的人們雖已穿戴整齊出門，眉宇間卻依然殘留著一絲睏意。俗話說「春睏秋乏夏打盹」，初夏的空氣總是有些微燥，不知不覺間便會讓人神思倦怠。

坊門未開，不少人趁這個時間去買些早食，沈寂已久的姜記食肆也正式重新開張。

原先蒙了塵的招牌煥然一新，從門口望進去，裡間也打掃得乾乾淨淨，不大的店面裡整整齊齊擺好桌椅，每張桌子上還放著一塊寫有桌號的小牌子。店門外立著一塊略大的木板，上面寫著今日供應哪些早食，那清秀雋雅的字跡讓人眼前一亮。

更引人駐足的，是停在店門口旁邊的一輛小型小攤車。許多賣早食的人都會推著車走街串巷叫賣，因此小攤車的結構都設計得精巧，有灶臺、炭爐、頂棚，既能蒸麵食，也能烙餅。

不過今日這小攤車沒有要移動的意思，而是靜靜停在原地，充當臨時爐灶。一口大鍋臥在炭火上，鍋內燒著水，冒著乳白色的蒸氣。

一個身穿雪青色衫子的小娘子正站在那繚繞霧氣中，她膚白如雪、明眸皓齒，一頭烏髮綰成一根獨辮垂在身前，周身並無多餘的裝飾，只在髮髻上簪了朵小小的花，既簡單又雅致。

她專心致志地揉著麵，手指纖細靈巧、動作輕快熟練，待鍋中的水煮沸了，便把揉好的麵團捼成拇指大小的薄片，不緊不慢地丟進熱水中煮。待麵片煮熟後，再將其撈出來，盛在準備好的碗裡。

白瓷碗裡是豬骨熬出的濃湯，碗旁則擺了不少小巧的碟子，裡頭盛著各色調味料，既有麻油、陳醋，也有鹽、糖，還有碾碎的蔥花、蒜末、薑絲、茱萸、豆豉、肉末等。

這道麵片湯是前朝傳下來的傳統早食，人們吃的時候都會自己加些調味料進去，因為若不加任何調味料，便索然無味。這家店選擇豬骨湯作底，倒讓這原本普通的麵片湯聞起來有了誘人的香味。

小娘子不過須臾便做好一碗麵片湯，又取了幾個空碟子，分別選幾樣調味料調成一碟碟料汁。

調好的料汁一字排開，前面豎了小木牌，上面寫著香辣、鮮香、酸辣等各種口味。這家店顯然考慮到早食時間有限，提前準備好料汁，如此一來，那些不執著於親手調料汁的食客便能省下時間，直接選擇其中一種享用。

有人停下步伐，向店門前的人詢問價格跟口味。

那小娘子並未多說什麼，只是淺笑著端了幾個碗，大方地邀請食客們先嚐後買。

第二章　另尋出路

豬骨湯用排骨與胡蘿蔔、玉米、紅棗熬煮，嚐起來有淡淡的蔬菜清香。麵片浸了濃濃的湯汁，再蘸一蘸小碟子裡的醬汁，酸辣微麻的滋味，讓人胃口大開。

姜記食肆畢竟經營多年，名聲尚在，很快便有人進了店。

周堯負責為食客點單，並記錄下相應的桌號，再把單子遞到後廚。

守在後廚的思菱根據點單內容端出食物，又在單子上寫下金額。待食客用餐完畢，便拿著這張單子到周堯那裡結帳。

有了桌號跟單子，帳目便一清二楚了。

至於姜菀這邊，待圍在店門口的人少了以後，她才長吁一口氣，將用來招攬生意的麵片湯試吃範本收拾好，轉身進了廚房。

僅靠一道麵片湯，自然不可能留住食客。

姜菀淨了手，一邊繼續和麵，一邊分神看向爐灶上一籠籠正冒著熱氣的包子。

包子分為葷、素兩種餡料，皮薄餡多，配上一碗麵片湯便能吃得飽飽的。

待店內食客散盡，姜菀跟思菱一道清點起了今日的帳目，周堯則去收拾殘羹與碗筷，將桌椅上的油污擦拭乾淨。

姜菀不會用古代的算盤，索性按照現代的法子列出數據加減乘除，最後道：「今日淨賺五百文。」

思菱原本期待的眼神一黯，嘆氣道：「我們從夜裡忙到早上，才掙了這麼一點。」

姜菀安慰道：「食肆歇業了一些時間，本就沒有優勢，何況今日售賣的早食種類少，等我們逐漸新增些種類，吸引更多客人，收入自然就會上漲。」

話雖如此，姜菀心中並無把握。若增加種類，成本也會變多，再加上生活上的必要支出，這樣一算，壓力還是很大。只是她身為主人，必須鼓舞士氣才行。

姜菀揉了揉太陽穴。昨夜她便準備起了早食，幾乎沒怎麼睡，這會兒頭有些疼。

思菱察言觀色，忙道：「小娘子去歇歇吧，這兒有我跟周堯。」

「無妨，我不累。」姜菀強打起精神。「我得盡快想想增加哪些早食。」

兩人正說著話，周堯就從門外探頭進來道：「二娘子，隔壁茶肆的莫娘子來了。」

與姜記食肆一牆之隔的李家茶肆，亦是開了多年的老字號。店主李洪是個粗野漢子，脾氣暴躁，其妻子莫綺卻溫柔和順、待人謙卑。

在姜菀的記憶裡，這位莫娘子一直很關心她與姜荔，在自己病著時曾多次上門探望。她心存感激，忙迎了上去，喚了聲「莫姨」。

莫綺仔細瞧著她的臉色。「比病中好些了，但還是憔悴。」

「勞莫姨記掛，我這幾日還好。」姜菀握著莫綺的手，引她到院子坐下，又讓思菱倒茶。

莫綺看見了姜茘，溫和道：「阿茘，蕓兒許久不曾見到妳了，今日還同我提起妳呢。」

蕓兒即李洪與莫綺的獨生女，名喚知蕓，與姜茘同歲。

聽到這番話，姜茘在徵得姜菀與莫綺的同意之後，便高高興興地去找知蕓了。

莫綺眉宇間浮起一絲笑意。「蕓兒沒有兄弟姊妹，還好有阿茘，她才不至於太孤單。」

說話間，莫綺端起茶盞。她的手腕似乎有些虛浮無力，輕微晃動了一下，忙用另一隻手扶住。

姜菀看在眼裡，微覺詫異。「莫姨不舒服嗎？」

莫綺神色動了動，搖頭。「無事，只是手腕有些痠痛。」

兩人閒聊了幾句，莫綺就對姜菀道：「雖說家中都是郎君作主，我只是操持些小事，可若妳家中有難處，只要是我能做到的，妳儘管說。」

姜菀感念她的關心。「多謝您。阿爹跟阿娘雖不在人世了，但我已不是不諳世事的小娘子，會盡力維持住這個家。」

「阿菀，真是苦了妳了。」莫綺憐惜地望著她。「今日食肆重新開張，想必妳還有很多事要忙，我就不打擾了。」

莫綺起身告辭，姜菀扶著她的手臂送她出去，忽聽莫綺低低吸了一口氣，似是在極力忍受痛楚。

姜菀連忙鬆開手，道：「莫姨，沒事吧？」

動作間，莫綺的衣袖被拂開幾寸，露出手腕上方一處青紫色傷痕。

姜菀一怔，還沒來得及說什麼，就見莫綺倉皇地撇開頭，掩在衣領下的頸上亦有一道痕跡，看起來像是掐痕。

這令姜菀一驚，急切道：「莫姨，您這傷——」

「是我不當心撞到桌角，沒事。」莫綺很快地打斷姜菀，衝她微一點頭，迅速離開了。

看著她匆忙的背影，姜菀愣怔了片刻，自言自語道：「就算手臂是撞的，可脖子那裡很明顯是被掐的啊……」

姜菀努力搜刮著這具身體的回憶，模模糊糊想起，從前就常聽見隔壁有吵架聲——李洪脾氣很差，一點事情不合心意，就會大發雷霆。

如今看來，可能不僅僅是吵架，還有更過分的。

不能怪她多心，實在是那傷痕太像外力所致。姜菀站在原地，想起了自己的童年往事，那種睽違已久的冰冷與畏懼重新襲捲心頭，她禁不住輕輕顫抖了一下。

「小娘子，沒事吧？」

姜菀回過神，對上思菱擔憂的目光。她笑了笑，道：「沒事，只是發了會兒呆。」

思菱只當她是病體初癒，難免精神短些，便勸她去休息。不過姜菀今日還有安排，她回房梳洗了一下，換了衣裳就出門了。

姜菀來到了與崇安坊相鄰的永安坊。

前幾日她聽坊內居民提起永安坊有家專門售賣各類豆製品的店，豆漿每日清晨現磨，口感醇厚香濃。姜菀正愁著怎麼增加早食的種類，這豆漿可不正是上佳選擇？

磨豆漿需要工具與大量人力，她無法負擔，不如買現成的。姜菀打算跟豆腐坊的店主商量一下，看能不能長期訂購豆漿，從而降低價格。

姜菀去的時候，豆漿已經售賣一空，剩下豆腐、腐乳、豆腐皮之類的，還有原汁原味不加佐料的豆腐腦。

一個人正在店門前同店主說話。「我家郎君這些時日公務繁忙，許久不曾好好用膳。我來買些新鮮的豆腐讓府裡廚子燉湯，盼他進得香一些。」

店主回道：「你昨日派人來傳的話我都記著呢，特地給你留了。」

他說著，將早已裝好的豆腐遞了過去。「每逢夏日，沈郎君便會犯胃疾，不知如今可曾見好？」

那僕從擰著眉嘆道：「郎中說這胃疾需要慢慢養，得在飲食上花工夫。」

店主寬慰道：「郎君還年輕，仔細將養，一定會好轉的。」

聽這說話的內容，想來是哪位官員家的僕從吧。永安坊離皇宮近，地方又大，住了不少在朝為官的人，倒也不稀奇。

姜菀並未將此事放在心上，等那僕從離開後，便向店主說明來意。

兩人談好了價格，敲定每日訂三十大碗新鮮豆漿，由店主派人送過去。姜菀看著嫩白的豆腐，想了想，又額外加了一筆豆腐腦的訂單。

買現成的豆腐腦回去，再調些湯汁跟配料就好。豆腐腦豐盈柔軟、入口即化，是早食的上佳選擇。

想到早食的種類豐富了，姜菀的心情略微鬆快了一些。她離開豆腐鋪子，稍稍思索片刻，轉身往另一邊走去。

身為美食部落客，她的手藝自然不在話下，然而古代畢竟與現代不同，少了很多高科技的烹飪工具，調味料的使用也不如現代廣泛，能做的吃食便會受到限制。

為了日後的生意著想，姜菀得補充一定的知識才行，不過書籍十分昂貴，她摸了摸口袋，無奈嘆氣。看來得等付清了賃金，才有餘錢能支配。

即便如此，姜菀還是忍不住向書肆走了過去。永安坊的「萬卷書肆」店如其名，藏書豐富，平日有不少人來此購書。

姜菀進門時，書肆難得沒什麼人，很是安靜。

她沿著木梯登上書肆二樓，瞥見書架上擺著的一些詩書古籍，忽然想起幾日前曾聽姜荔提起過，說李洪與莫綺為了知蕓上學的事吵過嘴。

那時姜荔道：「莫姨想把知蕓送去學堂，阿叔很惱怒，堅決不同意，說她一個丫頭唸書是糟蹋錢財，還不如早日嫁出去，免得惹他厭煩。」

也是那日，姜菀才意識到，像姜荔跟知蕓這個年齡的孩子，應當是在唸書進學的。

景朝的學制是孩童五歲開蒙，然後逐級唸書進學，能唸到十六歲。

當今天子登基之後，任人唯賢，不看出身，格外重視教育。官學歷史悠久、體制完善，但只面向貴族子弟，因此私學在民間逐漸興起，為百姓提供接受教育的機會，只是學費難免令人卻步。

早些年，景朝的女子只可在家中唸書，不能與男子一樣入學堂，可近年來禁錮逐漸瓦解，女子不僅在後宅活躍，還能外出經營商鋪跟做生意，不論是官學還是私學，也都不再限制女子就讀。然而，不可否認的是，即便許多家庭負擔得起學費，但思想依然停留在過去。

從前姜氏夫婦請來女夫子讓姜菀與姜荔受教育，後來家裡為了開食肆維生，姜菀便停下課業，開始在店內幫忙。至於姜荔，雖然多唸了些書，卻在父親病倒後中斷了學業。

姜菀察言觀色，看出妹妹對上學還是充滿了渴望。來家裡的女夫子曾誇過姜荔很有悟性，是個好苗子，後來她不再學習，女夫子還頗為惋惜。

想起李家因知蕓上學而產生的爭吵，姜菀的心情有些複雜。不論旁人怎麼想，她自己的妹妹是一定要上學的，然而以姜家如今的財力，即便是學費很便宜的學堂，一時也無法負擔。

姜菀慢慢往樓下走去，正巧聽見書肆店主在與人閒聊「上學」之事，她心念一動，凝神細聽了起來。

書肆店主一邊吹著茶盞中滾燙的茶水，一邊道：「長樂坊有一所女學，是位姓蘇的小娘子開辦的，前身是蘇氏家塾。蘇家顯赫一時，不少人在朝為官，蘇氏長輩唯恐族中子弟不學無術，便請來族中德高望重之人授課，然而這些年來，蘇家漸漸有了衰敗之象，雖還有幾人在朝中當官，但再無從前的榮光。」

店主喝了口茶，繼續道：「蘇娘子自幼飽讀詩書，年少時曾在從前的皇后娘娘——也就是當今聖上的生母、如今的太后娘娘身邊侍奉多年，為她起草懿旨文書，掌管後宮禮儀規制。

「她出宮後並未嫁人，而是將自家荒廢的家塾改成學堂。雖然女學能招收的學子有限，可在蘇娘子的影響下，長樂坊內及周圍漸漸有不少人家都將家中女郎送去唸書。」

書肆店主又道：「因為蘇家式微，族中無人願意供給銀兩，蘇娘子為了學堂能順利經營，只能收取費用。不過學費不高，普通人家基本上都能承擔，若實在無力支付，可以先打欠條，日後慢慢付清。」

聽到這裡，姜菀忍不住出聲問道：「店主所言當真？」

「自然。」書肆店主道：「小娘子不妨打聽一番，便知道這松竹學堂的名聲了，可不是我信口開河。」

姜菀心中一寬。「多謝店主。」

書肆的大門敞開著，外頭的光亮與內裡的沈靜以這道門為分界線，形成一明一暗兩方空間。

姜菀抬步走出了書肆，正要離開，眼前忽然落下一片陰影。

她愕然抬頭，一個年輕郎君微微低下了頭，一雙濃墨般的眼睛正注視著她。

郎君眉形銳利、眼眸深邃，那張清雋的臉無甚表情，看起來頗有距離感。衣衫上熏的是淡淡的薄荷梔子，清苦中帶著冷冷幽香。

被一個陌生人攔下，姜菀疑惑地眨了眨眼，正要詢問，那人先她一步開口道：「小娘子落了東西。」

說著，他握著一方素色手帕，緩緩遞到她面前。

姜菀一眼便認出這是自己的帕子，她趕忙接了過來。「多謝郎君。」

那郎君微一頷首，沒再多說一句話，轉身便進了書肆。

回到家，姜菀對姜荔說起了學堂之事，末了問道：「阿荔，妳告訴阿姊，願不願意繼續唸書？」

姜荔雙手搓著衣角，半晌後才道：「阿姊，我……我不願意。」

「為何？」姜菀沒想到妹妹會這樣回答。

姜荔咬了咬嘴唇，說道：「阿姊，我還是陪妳一道把家中的生意做好吧。我是小娘子，唸不唸書不要緊，而且那些乾巴巴的書冊也沒什麼意思。」

姜菀看著妹妹的模樣，恍然洞悉了她的想法，心中有些感慨。姜荔年紀雖小，卻時時刻刻記掛著家中，並未一味隨自己的想法行事。

想到這裡，姜菀放柔了聲音道：「阿荔，妳不用這樣說。阿姊既然問妳，便是有法子能讓妳重新去上學。」

姜荔愣了愣，道：「可是阿姊，上學需要很多銀錢，我們家眼下哪裡拿得出來？」

「不必考慮錢的問題。」姜菀伸手輕輕撫著妹妹的頭髮。「我今日向旁人打聽了，長樂坊有所女學辦得很不錯，而且很適合一時拿不出足夠銀錢的學子。」
她將那書肆店主的話轉述給姜荔知曉。
「可我若是去上學了，阿姊只會更忙。」姜荔往姜菀懷裡靠了靠。「我要是在店裡，還可以幫阿姊做點事。」
「如今我們只售賣些簡單的早食，有思菱跟小堯在，我們三個人應付得過來。」姜菀捏了捏她的臉。「妳還記得嗎？從前爹娘在時，就不止一次惋惜過我們沒能繼續唸書，所以我們不能讓他們失望，對吧？阿姊的年紀已經不適合去學堂了，但妳不一樣，妳還小。」
她見姜荔猶豫著沒說話，便道：「這樣吧，明日阿姊帶妳去那學堂看一看，見見那兒的夫子，再做打算。」
姜荔低下頭思索了一會兒，答應了。
第二日寅初時分，崇安坊的一切還隱沒在黯淡的天光中，姜記食肆卻已亮起了微弱的燈火。
思菱喚姜菀起身時，姜荔還在酣眠中。主僕兩人輕手輕腳換了衣裳，掩上房門去了店裡。
景朝的開坊時間是卯初時分，一般來說，過了寅正，坊內便陸陸續續有人出門了，因此姜菀與豆腐坊店主約定的時間也很早，為的就是能及時售賣新鮮豆漿與豆腐腦。
等豆漿與豆腐腦送了過來，姜菀就先把豆漿盛入鍋裡，用小火煨著，防止冷卻。

昨日她事先調好了滷汁，熱好豆腐腦後，再澆上熱氣騰騰的滷汁，撒些花生粒、木耳、芫荽，便能做出一碗鹹香可口的豆腐腦。

考慮到京城人民的口味繁雜，甜鹹口味均有擁護者，最妥善的法子就是兩頭兼顧。姜菀另外準備了牛乳、葡萄乾、紅豆，供喜食甜口的食客享用。

思菱負責為豆腐腦加料，姜菀則端出幾盤表面烙得焦黃的圓餅，專心地往餅子中加東西。

天色慢慢亮了，姜荔漱洗後也來廚房幫忙，把加好東西的圓餅一塊塊整齊擺在盤子裡。

到了開張的時辰，姜菀照例在店門口支起了小攤車，只是這次售賣的不再是單一的麵片湯了。

「肉夾饃、豆腐腦……」有人唸起了門前木牌上的字。

姜菀見狀，巧笑道：「本店的食物可試吃，客人不妨嚐嚐。」

那人依言拿起一個溫熱的餅捏了捏，發覺餅子很厚實，定睛一看，卻見餅子並非實心，裡頭夾著兩片翠綠的菜葉、厚厚一層肉條，上頭還撒了些佐料，澆著深色的醬汁。

一口咬下，滿是醬汁跟佐料的鹹香，而肉條則混著花椒、鮮薑、八角等材料煮過，極為入味，口感軟爛易嚼。

他吃著吃著，眼睛亮了亮，讚道：「味道果然不錯。」

說著，他回身招呼一旁的友人，一同進店找位置坐下來品嚐。

一個個皮酥肉嫩的肉夾饃搭配一碗碗白嫩的豆腐腦，源源不斷地流向各張飯桌。

姜菀心想肉夾饃是頭一日售賣，唯恐滯銷，準備食材時便保守了些，不料賣得如此好，以至於後來的食客都無緣一飽口福，只能退而求其次，買下綿軟蓬鬆的包子當早食。

店內香氣撲鼻、熱鬧非凡，這一早上的生意顯然勝過昨日。

等客人漸漸散去，姜菀開始計算今日的進帳，須臾後，她眉眼一揚，笑道：「今日淨賺了六百文。」

雖然數字微小，但總歸有進步了，思菱與周堯臉上亦浮起笑容。

這個月還剩下二十餘天，姜菀看到了希望。

第三章　郎君有緣

午飯後，姜菀囑咐思菱與周堯在家中洗菜、摘菜，便帶著姜荔往學堂出發。

抵達位於長樂坊的蘇宅後，姜菀向門前的家僕表明來意，家僕未曾多言，便引著姊妹倆進門。

學堂位於與蘇宅一牆之隔的園子裡，抬頭望去，「松竹學堂」四個隸字映入眼簾中。

進入園內，眼前是一條曲曲折折、蜿蜒至深處的路，路旁遍植松柏，綠意深濃。一路向裡走，漸漸聽到水聲潺潺，在這夏日令人頓生清涼之感。

一路經過了兩、三處院落，姜菀正想像著從前蘇家鼎盛之時該是如何驚人，耳邊就聽到姜荔輕輕喚了聲「阿姊」，一抬頭，便見眼前景色豁然開朗起來。

幾人走過了一處小巧的石橋，腳下的路就變成了石子甬路，道旁是一叢叢茂密的翠竹，盡頭是一處亭子，上頭書著三個字：靜心亭。

亭子中有兩個人，一站一坐，坐著的那人一身月白衣衫，正手執一卷書專心看著。

家僕上前通傳，站立在側的侍女便迎了下來，笑道：「貴客請。」

姜菀向那家僕道了聲謝，才帶著妹妹隨侍女進了亭子。

執書的女子聞聲抬頭，姜菀看清了她的模樣——二十多歲，眉眼柔和、五官端雅，目光溫和若春水，看得人心頭暖暖的。

姜菀自報家門，說明了來意，那位蘇娘子便笑著起身道：「請隨我來。」

她引著姜菀姊妹去了距離亭子不遠的一處小院子，那裡便是她生活跟會客的地方。

進入屋內，侍女打起簾子，請姜菀與姜荔在外間的桌前坐下。

蘇頤寧親自斟茶，將那青花紋茶盞徐徐推至兩人面前，她的一舉一動優雅出塵，可看出待在宮中多年的影子。

姜菀道過謝，淺淺抿了一口茶，方道：「有勞蘇娘子詳細說明學堂的事情。」

蘇頤寧點點頭，道：「學堂名『松竹』，只招收女子，不問出身，凡願意進學者皆可入學，目前共有十餘位學子。學堂內有住所，可供學子用飯跟生活，教授課程分為詩書、丹青、禮儀，平日由我授課。

「學堂課業以十日為一個週期，每十日會有一日的課假，每逢新歲、上元、端午、中秋等日，亦會休課。」她補充道：「松竹學堂的安全由蘇家的僕從負責，進出都需查驗身分，不會給任何歹人可乘之機。

「這十日當中，學子不允許離開學堂，家人可以探視，但不得隨意出入，若是有什麼事，我會傳信給家人。每年天轉暖或驟冷時，學子家中可託人來送衣物與被褥等物。」

姜菀思索片刻後，道：「舍妹先前曾讀過一些詩書，後來由於家中巨變而中止，現下是否方便入學？」

蘇頤寧道：「只要她願意讀書，自然可以。」

她察覺姜菀眉宇間有憂色，便解釋道：「我會簡單查問一下令妹如今的學業，若是與其他學子相差較大，那麼我會先單獨為她授課，姜娘子不必擔心。」

姜菀遲疑片刻之後，才低聲道：「蘇娘子，學費的事可否寬限些時日？」

蘇頤寧微怔，這才明白她面上的憂色從何而來，便道：「自然可以。這裡的學費能慢慢交齊，不必擔心。」

她取出一張書契，道：「我可以與姜娘子約定好時限，再簽了這書契。即使學費沒一次付清，我也絕不會以此為由為難令妹。」

姜菀這才安心，問過姜荔的意思後，這才簽好書契，三日後便可以入學。

姊妹倆告辭時，蘇頤寧親自送她們到園子門口，微笑道：「兩位慢走。」

「阿姊，這位姊姊真是十分可親呢。」姜荔原本有些緊張，然而彼此見過面後，內心那點彷徨早已被好奇與憧憬蓋過了。

「往後她便是妳的夫子了，要尊重夫子，凡事按學堂的規矩來。」姜菀摸了摸妹妹的頭。

用過晚食後，姜菀在房中為妹妹收拾一些上學需要帶的行李，等到入學那日再雇一輛車送去學堂。

書本由學堂統一發放，學子只需準備一些基本文具。

這會兒距離宵禁還有一段時間，正是集市最熱鬧的時候。姜菀讓姜荔再仔細檢查一下行囊，打算自己出門去看看需不需要添置東西。

京城內有東、西市兩處規模最大的市場，但距離較遠，去一趟並不容易。這些年來隨著各坊居民增多，各類商鋪跟攤位也逐漸興起，販售的物品基本上涵蓋了日常生活各個方面，因此居民們只有在特殊情況下才會特地去東、西市採買。

姜菀很快就買好東西，卻沒急著回家。穿越過來這些日子，她還不曾好好逛過這裡的街市。

食物的香氣瀰漫在空氣中，姜菀終究抵擋不住，買了幾樣精巧的點心，打算帶回家去。她提著紙包走得口乾舌燥時，正巧聽見前方有熱情的吆喝聲。「新鮮的冰鎮綠豆飲、酸梅飲，來嚐一嚐！」

如同久旱逢甘霖，姜菀心念一動，向著那人聲走了過去。那是個飲子攤，桌上擺滿了各種冰鎮過的飲品。

攤主一面熬製飲子，一面將冰塊加進去。見姜菀的眼神有些渴望，便笑道：「小娘子想喝什麼？」

姜菀略一猶豫，指了指剛熬好的綠豆湯。

「好咧，小娘子先坐一坐，馬上就給您準備！」

等到冒著冷氣的綠豆飲端上來，姜菀立刻捧起碗喝了一口。入口是帶著涼意的清甜，緩緩流過喉嚨，撫平了一身的燥熱。

她剛放下碗，便聽見攤主招呼客人。「郎君裡面請，這會兒人多，煩勞您同旁人搭個桌吧。」

姜菀左右一看，發覺只有自己身邊還有個空位，果然，那位客人的目光掃了過來。

那雙墨色的眸子清冷深邃，猶如遠山。隔著暮色，那遠山彷彿籠罩上了一層雲霧，朦朦朧朧——正是那日在書肆外拾起自己手帕的郎君。

姜菀見他的視線淡淡掠過自己，沈默著落坐，攤主隨即在他面前放上一碗加了蜂蜜的漿水。

漿水是一種飲料，把煮熟的米飯浸泡在冷水裡發酵變酸，再往倒出來的漿水裡加入風乾的花果或蜂蜜，是一種清甜爽口的天然冷飲。

來了古代，姜菀才發現古人的智慧不容小覷，也發明了許多別出心裁的可口飲食。

綠豆湯甜絲絲的味道讓姜菀格外滿足，她擱下空碗，發現那郎君正用木匙攪著碗中的漿水，卻一直沒入口。

月光落滿他周身，那浸了夜色的眉眼看起來越發孤冷。

人各有心事啊……姜菀剛收回眸光，就見一個青衣僕從自不遠處快步跑了過來，略帶焦急地掃視著四周，雙眼最終定格在姜菀的方向。

隨著他走近，姜菀覺得他的模樣有些眼熟，似乎在哪裡見過。

青衣僕從在那郎君身旁站定，低聲說道：「阿郎，您該回府了。」

他一開口，姜菀很快就想了起來，正是那日在豆腐鋪子外遇到的客人。看來，這郎君便是他主人了。

青衣僕從又低聲說了幾句，那郎君原本還淡漠的眼神頃刻間一凝，薄唇緊抿，微微點頭。

等那僕從離開後，他將碗中的漿水一飲而盡，起身離開。

三日後，姜菀親自送妹妹去學堂。車是早早就雇好的，周堯把行李搬上車，打點好車夫。

姜菀等姜荔上車坐好，才對思菱說道：「這幾日的早食種類沒什麼變化，因此進帳不會太高，這是正常的，妳不必憂心。一應食物都準備妥當，妳只需要看著火候就好，等我回來，就會準備一些新吃食。」

思菱點頭。「我明白，小娘子放心去吧。」

因為擔心思菱忙不過來，所以周堯也留在店裡。好在車夫與姜家熟識，是個忠厚老實的人，姜菀便放心地陪姜荔往長樂坊去了。

到了學堂門外，早有蘇家的下人候在那裡，幫忙姜菀卸下行李。姜菀道過謝，又向他們出示入學證明。

一路上姜荔都沒怎麼說話，姜菀起初以為她是睏倦了，然而等到要帶她進學堂時，姜荔卻忽然緊緊拽住她的袖子，身子釘在原地一動也不動。

「怎麼了？」姜菀問道。

姜荔小聲道：「阿姊，我從今日起就不能回家了嗎？」

「十日後阿姊就來接妳回家，好不好？」姜菀耐心哄著。

「為什麼不能讓女夫子到家中來？從前都是這樣唸書的啊。」姜荔委屈地扁了嘴。

姜菀柔聲道：「阿荔，阿爹跟阿娘故去後，家中清貧。請女夫子上門需要不少銀錢，阿姊實在拿不出來，只能送妳上學堂。」

這個孩子向來懂事，也就是要離開阿姊，才會因為不安而說出任性的話。

姜荔咬著嘴唇，雖然依依不捨，卻吸著鼻子道：「阿姊，我明白了。」

「姜娘子？」

熟悉的聲音傳來，姜菀抬起了頭，就看到蘇頤寧含笑的臉。

蘇頤寧看了看姜荔，了然笑道：「姜娘子請放心，我會寬慰這位小娘子的。」

說著，她對姜荔柔聲道：「同夫子身邊的姊姊進去好不好？」

看著自家阿姊懇切的目光與蘇頤寧溫和的笑，姜荔攥著姜菀袖子的手鬆了鬆，終於點點頭，跟著蘇頤寧的侍女一步三回頭地進了學堂。

姜菀看著妹妹走遠，不由得長吁一口氣，向蘇頤寧滿懷歉意地一笑。「給蘇娘子添麻煩了。」

蘇頤寧搖頭道：「姜娘子言重了，許多孩子第一日離家來學堂都是如此，不必憂心，阿荔會一切順遂的。」

兩人又寒暄了幾句，蘇頤寧便轉身進了學堂。

姜菀回到店裡後，粗略看了看今日的帳單，果然如自己所料，進帳並不多。

等食客散去，姜菀閉上店門，去院子裡搬了一張小凳子在樹蔭下坐好，將回程時買的新鮮豆角一根根擇好，掐去頭尾，再泡進水裡。

周堯負責洗碗筷、清理桌椅跟灶臺上的油漬，思菱則來幫姜菀的忙。

「今日送三娘子去上學，還順利嗎？」思菱問道。

姜菀點頭。「雖然阿荔鬧了點脾氣，但最後還是乖乖聽話了。」

思菱道：「三娘子長這麼大從未離開過家，不習慣也是正常的，好在十日後就可以回來了，到那時，蘭橋燈會也快開始了，一定很熱鬧。」

姜菀正把擇好的豆角按進水裡浸泡，聽到這話後一頓，喃喃道：「蘭橋燈會？」

雲安城內有一條覓蘭河，源於皇宮內的芙蓉池，從不少坊內穿過，其中流經永安坊的一段河面最寬闊，那裡因此修建了一座橋，名「蘭橋」。

蘭橋兩岸綠柳成蔭，風景清雅、視野開闊，適合漫步賞景。每逢新歲、上元、端午、七夕、中秋等節日，許多店家都會在蘭橋周圍售賣絢麗精緻的花燈，居民們可以在岸邊放天燈、乘船放河燈，久而久之便形成大規模的燈會。

說是燈會，其實大致上等於現代的美食街跟購物廣場，除了花燈，還有不少賣點心、小吃跟精巧玩意兒的，也有剪紙、雜耍等技藝能觀賞，蘭橋因而成為集會遊樂的絕佳地段，客流量相當可觀。

姜菀心想，若是自己能做一些便於攜帶的點心，在那幾日晚間拿去蘭橋售賣，應當會有不錯的效果吧？

打定主意後，姜菀頓時躍躍欲試。她看了天色一眼，打算先做今日的午食。周堯正在院子的井邊打水，見姜菀往廚房去，便放下水桶，與思菱跟在她身後進去。這兩個人都欲言又止，還是思菱率先叫了聲「小娘子」。

「怎麼了？」姜菀問道。

「小娘子，我跟周堯不會做菜，讓您煩心了。」思菱的臉皺了皺。

姜菀見她手足無措的樣子，笑道：「怎麼會呢？雖然你們不會廚藝，但勝在手巧又勤快，做些細碎雜活、打打下手，就讓我輕鬆了不少。」

她一面從架子上拿了幾個碗，一面道：「我知道，阿娘曾要歸還身契，放你們自由，但妳跟小堯都堅決留下了。若不是你們，只怕我病著的那些時日，這個家早已散了。這份恩情，我一直記得，絕不會苛待你們。」

思菱的眼圈紅了紅，小聲說道：「小娘子的恩情，我也會終生記著。」

周堯不擅言辭，亦用力點了點頭。

姜菀笑了笑。「好了，開工吧。」

她指揮周堯淘米、生火煮飯，要思菱將各種食材洗乾淨，自己則把食材切成丁、絲或末。

先把蔥末、蒜末在鍋中炒出香味，加入豆角，撒些玉米粒跟香菇絲翻炒，再淋上兩種醬油，一提鮮，二上色，也就是俗稱的老抽跟生抽。醬油歷史悠久，此時的釀造技術已經相當成熟了，醬油作坊很多。

周堯與思菱在一旁仔細看著姜菀的動作，聽她講解切菜、倒油、下鍋、翻炒的注意事項。等到豆角炒熟後，再加入水煮一刻鐘，最後把煮好的米飯倒進去燜片刻，就大功告成了。

姜菀揭開蓋子，香氣立刻噴了出來，只見青綠的豆角、金黃的玉米粒與棕色的香菇絲點綴在米飯上，顏色煞是好看。

燜飯的精髓就在於揭開蓋子的那一刻，熱氣會讓米飯與配菜的香味更加強烈。米飯必須煮得恰到好處，半生不熟或是太軟爛，便會失了靈魂。

周堯與思菱對這道料理讚不絕口，姜菀卻覺得有些缺憾。

燜飯雖然加了醬油，滋味還是略顯寡淡，下次或許能試試加點馬鈴薯丁、青菜，再單獨調個料汁澆在米飯上，這樣才能讓每粒米都染上滿滿的醇香。

吃完午食，姜菀便回到臥房，一進門後覺得有些冷清，這才意識到姜荔已經離家去學堂了。

與這個妹妹相處雖不久，血脈親情卻是斷不了的。姜菀在窗前的書案後坐下，想著過兩、三日就去學堂探視一下，看看姜荔是否適應了。

她出了一會兒神，便提筆蘸了墨汁，開始寫明日早食的售賣單子。

晚間下起了雨，姜菀聽著雨聲躺在床上，心中默默祈禱明日的生意能更上一層樓。

第二日晨起，雨勢依舊纏綿，天色還是十分陰沉。

姜菀早早起身，把店內的窗戶都打開來透氣。陰雨天太過潮濕窒悶，不開窗通風，實在影響胃口。

店內每張桌子的角落都放了個小小的盆栽，有幾片枝葉伸長了，斜斜搭在寫著桌號的小木牌上，淺淡的翠色讓這家不大的食肆顯得格外清新。

當初佈置店內時，姜菀覺得清一色的桌椅太過單調，便放了些綠色植物點綴，不論何時，這鮮嫩欲滴的顏色都能讓人心情舒暢。

「來兩個炸糖糕跟一碟南瓜餅！」

「一籠蝦皮青菜包加一碗小米粥！」

「來一碗甜的豆腐腦！」

客人點餐的聲音此起彼伏，周堯與思菱忙得不可開交。

等到早食的高峰過去，姜菀正彎著腰擦空桌子時，眼尾餘光就瞧見有個客人走進來，她連忙擦了擦手迎了過去，笑道：「客人要用些什麼？」

那人身穿深藍色圓領窄袖袍，腰間革帶勾勒出挺拔而勁瘦的腰身。這顏色有些挑人，他卻穿出恰到好處的味道，甚至襯得他眉眼間的凜冽稍稍柔和了一些。

姜菀看清他的模樣後，微微一怔——真巧啊。

雨下到傍晚才漸漸停了，原本暗沈沈的天空驟然轉亮，雲層被染成橘紅色，雨後濕漉漉的地面轉眼又被夕陽西下時的熱意蒸乾。

永安坊距離京城的中軸線最近，道路四通八達，坊內有不少朝中官員的府邸，沈府便是其中一處。

沈府的主人沈澹，年紀輕輕便已是北門禁軍統領，他手下的禁軍日夜把守宮門、護衛宮城，保護天子的安全。他本人自年少起便追隨天子，如今常年隨侍御前，深受信任。

在寸土寸金的京城裡，不少中下級官員都只能賃宅而居，沈澹卻早已擁有自己的府邸。府內除了他這個主子以外便是下人，而下人的數量又不多，因此這偌大的宅子時常顯得寂寥。

沈府後院的園子裡有一處池塘，翠綠的荷葉占滿水面，粉白的芙蕖在晚風中搖曳，將那若有若無的香氣吹進主人的書房裡。

隔著紗窗，沈澹坐在書案後，面前攤開的公文看了一半便擱在那裡。他整個人靠著椅背，以一個放鬆的姿勢闔著眼，卻緊鎖著眉頭。

今日不是他在宮中當值，因此得了閒暇回府，可他卻依然無法放鬆下來。

第四章　童年陰影

前幾日聖上下旨擴充禁軍，不限出身，只要年齡合適、家世清白、身強體健者均可參選，選拔過程由沈澹與兵部尚書徐蒼一起負責。

皇城中的禁軍分為兩支，除了沈澹統領的北門禁軍以外，還有一支數目龐大的南門禁軍。北門禁軍守衛皇宮，南門禁軍則巡視京城各坊各路，分工明確。

南門禁軍受兵部管轄，兵部尚書徐蒼於政事方面一絲不苟、嚴謹認真，但私下脾氣古怪，與他打交道，著實讓人疲憊。

沈澹輕捏眉心，目光落向窗外。公事尚且不論，每逢這個時節，他總會想起一些令人傷感的往事，心中不由得抑鬱。

正想著，書房的門被人輕輕扣了扣，來人是自小服侍他的貼身僕從長梧。

長梧手中端著托盤，溫言道：「廚子做了一碗南瓜米粥跟一份蛋餅，正溫熱著，阿郎用些吧。」

沈澹緩緩吐出一口氣，道：「先放著吧。」

「郎中說過您的胃疾要按時用膳，才能慢慢養好。」長梧多叮囑了幾句。

見沈澹不語，他暗嘆一聲，放下托盤退了下去。

沈澹盯著那碗冒著熱氣的粥，鬼使神差地想到了今日去過的姜記食肆。

他原本是去長樂坊辦事，返程途中因為有心事，便讓人牽馬回府，自己則漫無目的地走著，碰巧看見姜記食肆門前的木牌。

木牌上黏著白紙，最上面寫著四個大字「今日新品」，再往下，寫了三、四樣食物的名稱跟價格。那字跡大氣又不失靈秀，一筆一畫頗有風姿，又透著一種熟悉感，讓他的目光再也移不開，恍惚間以為自己回到多年前那臨窗磨墨、懸腕苦練的時候。

沈澹雖是武官，卻寫得一手好字。甚少有人知道他少年時曾拜在一位德高望重的大儒門下，是那位大儒最得意的弟子。然而世事無常，後來的他捨棄曾經的志向，走上一條截然不同的路。

木牌上的字讓沈澹怔忡了片刻。往事縈繞在心頭，他忍不住抬腳邁進去。

明明是雨天，小小的食肆裡卻毫無黏膩熏人的氣味，隨處可見的翠意沖淡了悶熱的空氣。

他環顧起四周，瞧見了那個正在忙碌的小娘子——第一眼他就認了出來，他們曾有過幾面之緣。

小娘子遞來了一張手寫的單子，沈澹垂眸一看，與那木牌上的字跡如出一轍，他心頭不禁微微一動。

其實沈澹不是不喜歡吃東西，若不是時常犯的胃疾讓他毫無胃口，或許他會成為一個老饕。

正因如此，雖然腹中空空，他還是只點了一碗甜豆腐腦。

沒多久，冒著熱氣的豆腐腦被輕輕地擱在沈澮面前的桌上。他用木勺攪了攪，原本浮在表面的牛乳慢慢浸透了豆腐腦，淡綠色的葡萄乾與粒粒分明的紅豆點綴在奶白的底色上，輕盈的甜香味慢慢鑽入鼻間。

他舀起一勺豆腐腦送入嘴裡——葡萄乾有輕微的酸，讓裹滿濃稠牛乳的味蕾清爽了些；紅豆煮得恰到好處，牙齒輕輕一壓便化在口中……

沈澮從回憶中醒神，這才發現自己不知不覺將一碗南瓜米粥都吃了下去。粥碗邊上的蛋餅色澤金黃，散發著醇厚的香氣，他忽然有些餓了。

一炷香過後，長梧進來收拾，當他看清空空如也的碗碟時，略有些詫異。一轉頭，就見沈澮已經換上了一身竹青色的常服，看來是要出門。

「阿郎要出門？小的讓人牽馬。」

沈澮道：「今晚我去崇安坊同承平小聚，你們不必跟著。」

「是。」

京兆尹崔恆，字承平，是沈澮的至交好友，今晚約他在崇安坊一家茶肆小聚。崔恆知曉他素有胃疾且滴酒不沾，便挑了這個地方，兩人皆一身常服，不欲驚動旁人。

崔恆此人很風雅，尤愛品茗。京城內大大小小的茶肆他幾乎都去過，還自作主張評出了品級。今日這家李家茶肆，用他的話來說便是「中品」，只因常去的「上品」茶肆今日沒營業，他才退而求其次選了這裡。

茶肆店主姓李，模樣凶狠、脾氣急躁，很難想像這樣的人做的是慢工出細活的茶藝生意。沈澹來的時候，站在櫃檯後的是個神色憔悴的婦人，眉眼溫和，說話輕聲細語的，想來是店主娘了。

崔恆早已訂好了隔間，沈澹進去時，他正倚著憑几，漫不經心地品茶。

店小二將茶端上來，為他們攏好隔間的竹簾後便退了下去。

沈澹自顧自坐了下來，不急不徐地品著茶，並不說話。

最後是崔恆先耐不住性子，笑著埋怨。「好你個沈泊言，居然忍得住一聲不吭。」

沈澹但笑不語。兩人相識多年，他自然知道崔恆最藏不住話。

「聖上命你與徐蒼通力合作，負責挑選身強體壯、志慮忠純的年輕人入宮當禁軍，這可不是樁輕鬆的活。」崔恆果然打開了話匣子。

「這些日子我都在與他商討選拔細則。」說起此事，沈澹輕蹙眉，一向平靜的面龐添了幾分無奈。

崔恆立刻懂了。「莫非你們共事得並不愉快？」

沈澹輕聲道：「徐尚書確有真才實學，又一貫嚴謹。」

崔恆端著茶盞笑道：「他那個性子，說好聽點是嚴謹，說不好聽便是較真到執拗，連聖上有時都會被他氣得乾瞪眼。」

「選拔禁軍自有聖上的吩咐與固定的程序，我只公事公辦。」沈澹道。

「進行到哪一步了？」崔恆問道。

沈澹放下茶盞。「規則都已確定，待敲定選拔時間與場地，初選便能開始。」

崔恆頷首道：「我猜，徐蒼一定對於諸般細則異常認真、反覆斟酌，還會對你這樣在他看來資歷尚淺的人毫不留情地說教。洎言，我說得對嗎？」

聞言，沈澹不由得扯了扯唇，算是默認。

「他本性不壞，只是性子不討喜罷了。」崔恆感慨了幾句，忽然想起什麼，壓低聲音道：「你可知徐蒼家中往事？保不齊他正是因為年少時的坎坷經歷，才養成這樣古怪的性子，總像荊棘一樣刺人。」

此事雖不是秘辛，卻並非人盡皆知，沈澹微微皺眉。「你是說，他少年時家中的巨變？」

崔恆點頭。「徐家原是世家大族，後來捲入『檀臺謎案』，貶官的貶官、發配的發配，這一支就漸漸凋零了。」

檀臺謎案……沈澹輕嘆一聲。那是本朝一場波及範圍極大、持續時間極長的風波，以京城中一樁刑案為導火線，扯出皇室旁支心懷不軌、意圖謀反之事，眾多朝中官員都受到牽連，最終天子震怒，下令清算，不少無辜者落得家破人亡的下場。

「到了他父親那一輩，才勉強有了些起色。徐蒼之父在距離京城千里之外的平章縣當個小官，日子倒也安穩，誰知後來碰上百年一遇的洪水，百姓流離失所，徐家也沒能逃過。」

崔恆感慨道：「聽說徐蒼有個妹妹，兩人關係一向親厚，可在那場洪災當中，徐家小娘子與家人失散，自此不知所蹤。洪災後又爆發了時疫，徐蒼的父親因此染病去世，那時的徐家可說是搖搖欲墜。

「好在徐蒼性格堅忍，將徐家支撐了起來。自那以後，他一邊供養母親，一邊發奮讀書，靠著自己的學識一路做到今日的官職，也是不容易。」

崔恆喝了口茶，繼續道：「不過徐蒼的性子太過執拗，這麼多年過去了，他還是不放棄尋找失散多年的妹妹，堅信她還活著，自己終有一日會與她重逢。」

沈澹道：「兄妹情深，即便相隔多年，他也無法徹底割捨，這是人之常情。」

崔恆嘆道：「可你說說，都快三十年了，哪還能找到？即便徐娘子僥倖活了下來，也早已不是年少時的模樣，就算當面碰到了，只怕徐蒼是『縱使相逢應不識』吧。」

兩人又閒聊了幾句，崔恆捏起一塊糕點咀嚼了幾下，皺了皺眉。「太膩。這家的茶是中品，茶點卻只能算下品。

「京城裡面的店家我幾乎吃喝了個遍，著實沒什麼新意，不知有沒有新開的店能讓我換換口味。」崔恆瞥了沈澹一眼，笑道：「問你這問題也是白費力氣。你除了聖上賜的廊下食與北門司的公廚，就是吃自家廚子做的膳食，當真無趣。」

沈澹捧著茶盞，思緒有些游移，不由自主地想到與李家茶肆一牆之隔的那家食肆，想起了那挺秀的字跡跟那碗香甜的豆腐腦。

他那若有所思的神情立刻被崔恆看出了異常，追問道：「怎麼，難道你真的吃到了其他好吃的？」

沈澹正想說點什麼，忽然聽見隔間外的茶肆大堂傳來異樣的喧譁跟吵鬧聲。

崔恆收起了笑容，兩人對視一眼，迅速站起身掀開竹簾走了出去。

姜菀正在試驗明天早食要販售的新品。

她將兌了麵粉攪拌成糊狀的瓠子絲放進燒熱的鍋子裡，用鏟子按壓成手心大小的圓形，煎至兩面金黃後出鍋。

另一邊的爐灶上，正燜著她做好的茶葉蛋跟虎皮蛋。

姜菀拿了兩個盤子，將這三樣東西各盛了一份，放在周堯與思菱面前。

她笑了笑，說道：「你們嚐嚐，這些都是明日要售賣的早食，我擔心火候把握不到位。」

這些食物的香氣誘人，周堯跟思菱難以抵擋，淨過手後便直接拿起來吃。

「如何？」姜菀觀察著兩人的表情。

周堯幾口便將虎皮蛋吞了下去，只覺得鹹香味在舌尖滾了一圈，就直接滑進胃裡。

他赧然道了聲「好吃」，緊接著拿起一顆茶葉蛋。

思菱咬了一口瓠子餅，這餅外表是薄薄的一層酥皮，還能感覺到根根分明的瓠子絲，雖是用油煎的，卻爽口不膩，她的眼睛亮了起來，笑咪咪道：「好吃！」

姜菀放下心來。她忙了半晌也有些餓了，便吃了一顆虎皮蛋，剛把那浸透了湯汁的蛋黃嚥下去，就聽見有人在敲門。

周堯過去把門打開，一個身影便慌亂地奔進來，哭喊道：「姜家阿姊，幫幫我阿娘吧！」

正是莫綺的女兒知蕓。

「阿蕓？」姜菀吃了一驚。

她見知蕓滿臉是淚、神色驚惶，連忙拿出手帕替她拭淨，問道：「發生什麼事了？」

門打開了，隱約能聽見隔壁茶肆傳來的怒吼聲。

知蕓身子顫抖，哽咽道：「阿爹今日醉了酒，回來以後便對我跟阿娘一陣叱罵，還揚言要……要打死阿娘！我真的害怕極了，求阿姊過去瞧一眼吧！」

姜菀想起了莫綺身上的傷，毫不猶豫道：「好，我這就過去。思菱，妳先陪知蕓待在這裡，我去隔壁看看情況。」

她剛走出去一步，便猛然回過神，叫上周堯。「小堯與我一道過去。」

說完，姜菀又低聲對思菱說了幾句話，思菱忙點頭應下了。

姜菀剛踏進李家茶肆，一只茶杯就朝她飛了過去，在她腳下摔了個粉碎。原來是李洪從莫綺手中奪過來的，轉手便摔在地上。

「二娘子當心！」周堯連忙擋在姜菀面前。

姜菀搖頭示意自己無事，隨即上前一步，只見李洪渾身酒氣、眼底赤紅，他對面的莫綺則滿臉是淚。

下一刻，他猛地揚起蒲扇般的巴掌，便要往莫綺臉上打去。

「住手！」

姜菀的呼喊跟茶肆內眾人的喊叫此起彼落。

李洪一愣，濃眉倒豎，喝道：「我管教自家娘子，不勞客人們費心！」

「即便莫姨是您的娘子，您也不能隨意打她！」

眾人忍不住看向那仗義執言的小娘子，只見她一身家常衣裳，雙手跟裙角還沾著麵粉，鬢髮也有些散亂，顯然是匆忙趕過來的。

李洪輕蔑地看她一眼。「原來是隔壁的啊，妳家的店都快開不下去了，還有空管我家的閒事？」

姜菀沒理會他話裡的嘲諷。「你既是在大庭廣眾下打人，便不再是家事了。莫姨素來溫和善良，尊您、敬您，不但在生活起居上照顧您，還將茶肆打理得井井有條，您怎可不分青紅皂白便對她動手？」

李洪哈哈大笑了幾聲。「既然嫁給我，就是我李家的人，有什麼打不得、碰不得的？」

「這麼說，李叔認為莫姨是您的附屬品，能隨意處置？」

「難道不是嗎？」李洪示威般地揮了揮拳頭。「女子要以夫為綱，事事順從，我教訓她是天經地義！」

有那麼一瞬間，姜菀的時光彷彿倒流回了童年。

她自小便面對會施暴的父親跟傷痕累累的母親，父親對母親動輒打罵，毫不留情。她小時候只是害怕地躲在一旁，長大了一些後，就會在父親發怒時拚命擋在母親面前，接著就變成兩個人一起挨打。那深入皮肉的疼痛感與在黑暗中溺水般的窒息感，她這輩子都難以忘記。

母親後來終於與父親離婚，帶著她遠走他鄉，母女倆相依為命，過上了不必擔心受怕的日子。然而在她大學畢業後不久，母親就因一場車禍意外離世，甚至沒來得及給姜菀留下一句話，造就她最大的遺憾。

姜菀此生最痛恨的是會家暴的人，最揮之不去的噩夢則是對自己拳打腳踢的父親跟擔心受怕的童年。

此時此刻，那種深入骨髓的恐懼再次湧上心頭，莫綺怯弱無依的模樣，像極了她的母親。

姜菀咬了咬牙，不甘示弱道：「李叔莫忘了，莫姨先是她自己，然後才是您的娘子！她嫁給您，是同您組成家庭，而不是把自己賣給您，還要任您隨意驅使跟打罵！」

被一個姑娘家當眾訓斥，李洪臉上掛不住，他一個箭步上前，抬起手便往她的臉甩了過去。「妳給我閉嘴——」

他凌厲的掌風朝姜菀臉上襲去，那熟悉的動作跟場景讓她一陣恍惚，一時竟忘了閃躲。周堯本能地要上前阻擋，然而終究慢了一步。

幾乎是在同一時刻，一個身影迅速上前，輕而易舉地單手制住李洪一雙手腕，另一隻手則輕輕地在姜菀肩頭一帶，將她護在自己身後。

清冽的氣息籠罩在姜菀周身，耳邊是郎君沈沈的呼吸聲，帶動姜菀的心跳劇烈起來。

事。

李洪生得膀大腰圓，在這年輕郎君面前卻猶如被扼住命門，任憑他怎麼掙扎都無濟於事。

他惱羞成怒，破口大罵道：「你是何人？竟敢……竟敢……唉唷！」

沈澹稍稍動了動手指，李洪便痛得鬼哭狼嚎，咄咄逼人的氣焰頓時煙消雲散。

與此同時，茶肆外傳來腳步聲，有人厲聲喝道：「誰在這裡鬧事?!」

眾人看了過去，是崇安坊的坊正。

坊正負責處理坊內一切大小事務，李洪欲在茶肆裡公然毆打旁人，無疑違反了律令。

只見坊正皺眉喝問。「你因何緣故要打人？」

他帶來的幾個屬下早已接手制住李洪，李洪狼狽地伏在地上，額頭磕在冰冷的地磚上，嚇得酒醒了，慌亂道：「我……我沒有！只是酒喝多了，與自家娘子拌了幾句嘴罷了！」

「胡說！」有位中年郎君反駁道：「若不是這位小娘子跟郎君阻攔，你早就動手了！」

坊正這才注意到被周堯扶著坐在一旁的姜菀，見她臉色蒼白，像是受到了驚嚇，便道：「小娘子方才看到了什麼，可一一告知我。」

姜菀咬了咬嘴唇，一時竟不知從何說起，還是那中年郎君看不過去，滔滔不絕地將事情說了一遍，末了補充道：「他不僅想對自家娘子動手，還想打這位小娘子。」

坊正看向在一旁垂淚的莫綺，神情嚴峻。「來人，把他帶走。」

李洪慌忙道：「我……我只是醉了，不是有意要冒犯姜娘子！」他向姜菀賠著笑臉。「姜娘子，剛剛是我衝動了，對不起啊！」

沈澹已悄然退開，他默默看著姜菀抬起頭直視李洪，一字一句道：「這句『對不起』，您應該對莫姨說。」

李洪一愣，還想說點什麼，就被人押著帶出了門。等到坊正離開，思菱才牽著知蕓從外面走進來。

「阿娘！」知蕓朝莫綺奔了過去，母女倆相擁而泣。

「小娘子沒事吧？」思菱擔心不已，上下前後把姜菀看了個遍。「小娘子來之前特地吩咐我去找坊正，幸好來得及。」

「多虧有妳。」姜菀的心緒已然平復，轉過頭去尋找方才救了自己的郎君。

然而，人群中，唯獨不見那道身影。

第五章　步步為營

見狀，一直默默旁觀坊正處置此事的崔恆不動聲色地離開，回到隔間裡。

他盤膝坐下道：「那位小娘子年紀輕輕便有如此勇氣，不僅當面聲討，還知道讓人提前去找坊正。不過，方才幸好有你出手。」

沈澹輕笑道：「你也一樣，若是坊正怠忽職守、不辨是非，只怕你立刻就找縣衙的人來了。」

崔恆嘆道：「只是他畢竟沒在眾人面前動手，坊正也沒辦法把他怎麼樣。」

他把玩著茶盞，擰眉道：「江山易改，本性難移，店主娘以後的日子想來不好過。」

按本朝法律，夫毆妻要見血或導致骨折，才會判為「傷」。也就是說，即使丈夫毆打妻子，只要不造成出血跟骨折，就不會被處置。另外，夫毆傷妻，最多判三十杖刑；妻毆傷夫，不論是否有傷，均判一百杖刑。即使這些年男女之間的尊卑差距有所縮小，但總體而言，女性的地位依然處在劣勢。

「聖上登基後，有心革新各種制度，只是條目眾多，實施起來難免緩慢。但聽說前段時日，已經著手修改律法了。」崔恆放下茶盞，起身道：「走吧，快到宵禁的時辰了。」

沈澹頷首，隨他一道離開了茶肆。

直到知蕓沈沈睡去，姜菀才跟莫綺到外間坐下。

「阿菀，我真的不知道該如何謝妳。」莫綺輕聲道：「若不是妳替我說話，還請來坊正，不知今晚會是什麼情形。」

燭火隨風輕輕搖晃，那灼熱的光亮映照出莫綺黯淡的眼底。她緩緩開口道：「我曉得，他一直想要個兒子，可我生蕓兒的時候傷了身子，此後便不曾有孕。他曾握著我的手立誓，說此生絕不會負我，那時年少情濃，我便信了他。然而自從茶肆的生意做大，他就變得暴躁易怒，對蕓兒也是疾言厲色。

「平日他對我跟蕓兒只是不耐煩，可一旦喝醉了酒，就對我打罵不休。」莫綺用手帕按著眼角。「等到第二日他酒醒了，又會向我賠不是，賭咒發誓說日後不會再這樣對我。」

她淒然搖頭道：「頭幾回我還信過他，可後來便明白，那不過是花言巧語罷了。」

姜菀看著莫綺疲憊的神情，忍不住道：「莫姨，您想過和離嗎？」

莫綺垂首道：「我雙親俱亡，亦無兄弟姊妹，這麼做只會無家可歸。況且，茶肆是他家的，若是和離，我的生計便成問題。再說了，蕓兒還小，我總得為她的將來考慮。」

姜菀明白這其中的無奈與心酸，伸手覆上莫綺的手。「我明白。當初我家中變故，莫姨私下幫了我們許多，這些恩情我都記著。日後若是有我幫得上忙的地方，您儘管開口。」

莫綺笑了笑。「阿菀，我們兩家比鄰多年，這樣的情分，不必說什麼見外的話。」

聽見外頭響起關坊的鼓聲，莫綺忙道：「時辰不早了，妳快回去吧。」

姜菀起身告辭，臨走時又忍不住叮囑道：「莫姨，明日阿叔想必就會回來，若是他再……您一定要小心。」

莫綺淡然一笑道：「這麼多年，我已經習慣了，不必為我擔心。」

直到晚間漱洗後躺下，姜菀依然忘不了莫綺臉色蒼白的模樣。她在黑暗中睜著眼，直到天微亮時才稍稍睡了一會兒，沒多久便起身，開始一日的忙碌。

姜菀開店門時，不意外地發現隔壁的李家茶肆今日沒營業。她將寫著每日新品的木牌擺在門外，滿懷心思地進了店。

瓠子餅跟虎皮蛋賣得很好，姜菀一邊清點帳目，一邊想著那位挺身而出救了自己的郎君。

昨日忙亂，加上她當時神思恍惚，因而沒能親口向他道謝。姜菀不禁朝店外看了幾眼，不知他今日是否還會再來光顧。

初次看見他時，姜菀只道那是個溫文爾雅的貴公子，誰知他竟能毫不費力地擒住李洪，想來武力值極高。

然而接下來幾日，姜菀都沒再見到那個人。

自從姜菀當面叫板李洪後，漸漸有一些當時在場的客人來光顧姜記食肆，他們望向姜菀的目光，欽佩中帶著讚許。

等到騰出空閒，姜菀就要出門去探望姜荔。她提前做了些點心裝在食盒裡，趁這日午後帶去給姜荔嚐嚐。

到了松竹學堂門前時，姜菀發覺有不少學子家人也前來探望。她在看守學堂的蘇家僕從那裡登記了名字，等他們進去稟報，足足等了半炷香的時間，才有學子依次從裡面走了出來。

姜菀一眼就看見了姜荔。幾日未見，她覺得妹妹瘦了些，不過看起來精神不錯，眉眼彎彎。

「阿姊！」姜荔很快就發現她，小跑了過來。

姜菀摸了摸她的頭，笑道：「這些日子怎麼樣？還適應環境嗎？」

只見姜荔雙手抱著姜菀的手臂，撒嬌似的晃了晃。「蘇夫子很好，其他人也很照顧我，可我還是好想阿姊啊。」

她把臉貼著姜菀的衣衫，用力吸了吸鼻子道：「我好想阿姊身上的味道。在學堂，我每晚休息時只能抱著枕頭。」

「有沒有好好用膳？」姜菀蹙眉道。

姜荔扁了扁嘴，小聲道：「學堂的飯菜尚可，但是根本比不上阿姊的手藝。」

說到這裡，她的目光定在姜菀手中的食盒上，眼睛一亮，笑咪咪道：「這是什麼？」

姜菀牽著她在一旁坐下，慢條斯理地打開了食盒。裡面裝的是用油紙包裹的花生糕跟核桃糕，外型雖不驚豔，但姜荔知道一定很美味。

她幾下拆了油紙便將糕點放進嘴裡，滿足地瞇起眼道：「還是阿姊做的點心好吃。」

「我做了不少，妳自己吃了後，也不要忘記給夫子跟其他人分一些嚐嚐。」姜菀一邊說，一邊將妹妹的髮辮打散，重新編了一下。

姊妹倆又說了一會兒話，便聽見學堂門口傳來一道聲音。「探視時間已到，請學子們返回學堂。」

聞言，姜荔依依不捨地從姜菀懷裡退了出來，嘟著嘴，有些怏怏不樂。

姜菀輕輕捏了捏她的臉。「休課日很快就到了，到時候阿姊會來接妳的。」

想到確實快休課了，姜荔點點頭，又貼過來親了親姜菀，這才離開。

松竹學堂雖然與蘇宅僅有一牆之隔，但是從大路上走還是有一些距離的。這個時辰行人不多，姜菀從學堂所在的巷子裡拐了出來，迎面就看見兩個人並肩走來。

左邊那人身穿一襲素色圓領袍，神色疏離而陰沈，看起來有幾分引人畏懼，他雙目直視前方，不曾留意旁人；右邊那人稍稍落後他半步，亦是一身深色簡單裝束，他觸及姜菀的目光時，眼波微微一動。

姜菀下意識想喚住沈澹，對他道聲謝，然而那素袍郎君腳下不停，逕自從她身旁走過，沈澹隨即跟上，不曾停留。

與那素袍郎君擦肩而過時，姜菀聞到一陣幽幽的檀香味。她放慢步伐，轉頭看著那兩人舉步朝學堂的方向走去。他們倆背脊挺直、渾身上下盡顯優雅與貴氣，不似尋常人。

他到底是何人呢？姜菀帶著這個疑問回到家。

姜菀出門前囑咐周堯買一些玉米跟雞蛋，再將玉米剝成粒留著備用。她走進院子時，思菱與周堯面前的碗裡已是黃澄澄一片，一顆顆玉米粒金黃飽滿。

進了廚房後，姜菀舀了幾大勺麵粉，開始和麵。

她原本想做玉米烙，但仔細思考了一下，玉米粒有限，若是都做成玉米烙，恐怕不夠明早售賣，於是她打算做些煎餃。

等到玉米粒剝好，思菱接替姜菀和麵，姜菀則去做包餃子的餡料。她準備了鮮蝦玉米、香菇雞肉、白菜豬肉三種餡，再將包好的餃子分為兩份，一份下鍋煮，一份放油鍋裡煎。

擀好餃子皮後，姜菀教思菱跟周堯包餃子。「在餃子皮外圈沾一層水，用筷子挑起一小團餡料放在麵皮中間，先把中間的麵皮捏起來，再向兩邊捏出褶子，最後一定要捏緊封口處，否則餃子一下鍋就會散開。」

包餃子是熟能生巧的事，兩人剛開始包出來的餃子還有些奇形怪狀，但熟練以後就漸漸有了樣子。

幾個人正忙碌著，忽然有人扣門。

「誰啊？」姜菀揚聲問道。

「姜娘子，是我。」

姜菀立刻聽出是李洪的聲音，她向周堯使了個眼色，示意他去開門，自己則謹慎地跟在他身後。

門一打開，一張帶著笑容的臉就出現在眼前。

李洪提了一個盒子，看到姜菀便笑呵呵地微彎了身子道：「姜娘子，那日是我冒犯了，我今日是特地來賠罪的。」

他將盒子往前遞了遞。「這是我家茶肆最好的茶葉跟我娘子做的一些點心，還請姜娘子笑納。」

姜菀沒接過東西，只是眼神微妙地看著他。

李洪尷尬地搔了搔頭，笑道：「我是真心實意來向妳道歉的。姜娘子那日的話，我冷靜下來想了想，覺得很有道理，從前是我喝酒誤事，往後我會好好補償我家娘子。」

姜菀見李洪確實表現得很誠懇，跟往日囂張跋扈的樣子判若兩人，然而她心底還是存疑，畢竟從前她父親也是這般，每次家暴母親後都會痛哭流涕道歉，過不了多久依舊變臉。她淡淡說道：「阿叔言重了，這茶葉我不能收，只要阿叔跟莫姨往後能和和氣氣就好了。」

李洪笑道：「那是自然的。不過姜娘子，這禮妳一定得收下，若不是妳那番話，我也難以醒悟。」

說完，他便將那盒子往姜家院子裡面一扔，很快就跑得沒了影。

周堯撿起東西拔腿就追，卻只能眼睜睜地看著李家的門在自己面前關上。他無奈地走回來道：「二娘子，他跑得太快，沒追上。」

姜菀看了看那盒子，說道：「收進庫房吧。」

「小娘子不試試茶葉嗎？」思菱問道。

「罷了，陌生的東西還是不要入口為好。」姜菀沒再多說，繼續包起了餃子。

第二日食肆開門迎客後，姜菀讓思菱跟周堯輪流下水餃，自己則親自做起了煎餃。

餃子以八顆為一組，放在鍋裡用小火煎，底部微微焦黃時澆一些澱粉水，片刻後倒入蛋液，再撒些黑芝麻後鏟起來擺盤。煎餃外皮焦脆，比一般水餃口感更好。

天氣漸熱，姜菀將豆漿放在井水裡冰鎮過後再售賣，大受好評。等到暫時閉店的時候，她再次出門了。

自從準備在蘭橋燈會上賣點心，姜菀便一直在思考如何做出特色，為此她特地去崇安坊一家鋪子買了些碗筷跟食盒。

姜菀付清款項，與店主道別後便走了，並不清楚正從門外進來、與她打了個照面的人，正是俞家酒樓的管事盧滕。

盧滕看了姜菀幾眼，一時沒想起來她是誰。

與他一道過來的人等姜菀走遠了，才嗤了一聲道：「剛剛那人就是姜家二娘子。」

「聽說姜記食肆這些日子起死回生了。」盧滕是來提貨的，打算新進一批碗筷跟杯盞。

「不過是垂死掙扎而已，」那人很不屑。「單憑賣早食能維持多久？她家連個像樣的廚子都沒有，必然成不了氣候。」

他話鋒一轉，換上了諂媚的口吻道：「到底是貴家的產業名聲大，聽說要在永安坊開分店了？」

盧滕謹慎地點頭道：「全仰仗我們家大娘子的謀劃。」

「那是自然，俞娘子確乃奇才，年紀輕輕便能將生意打點得如此好，真是令人佩服。」兩人說著話，一道離開了。

姜菀回家後將碗筷洗淨，用沸水燙了燙，又叫來周堯，遞給他一張紙。「小堯，你能做出這些模具嗎？」

周堯識字不多，姜菀貼心地簡單勾勒了一下物品的輪廓，又同他細細說了一些要求。思索了半晌以後，周堯點頭說道：「應當可以。二娘子急著要嗎？我得先試一試。」

「不急，你慢慢來。」姜菀道。

思菱站在一旁看著周堯手裡的紙，疑惑道：「小娘子，這些東西是做什麼的？」

姜菀回她一個神秘的眼神，道：「大有用處，等實物做出來再看。」

在七夕那日，除了穿針乞巧、觀星拜月這些傳統習俗以外，京城居民還喜愛結伴出遊、品嚐各色點心，再買一些精緻的手工藝品。他們最常吃的幾樣點心是巧果、巧酥、巧餅跟雕刻成不同形狀的瓜果，想在眾多店家中脫穎而出，少不了要在食物的外型跟味道上多下點工夫。

姜菀除了售賣節令食物，還打算做少量的月餅，預先打廣告。七夕過後的大節日便是中秋，幾乎所有人家都會提前訂好月餅，若是自己的月餅在七夕就能得到賞識，中秋的收入也許會很可觀。

當然，姜菀對此事並無萬全把握，她還是將大部分的希望寄託在七夕要賣的糕點上。

等周堯與思菱都去忙了，姜菀就揉了揉痠痛的手腕返回臥房，目光定格在房內簡陋的書架上。那裡有一本歷朝歷代的詩詞集跟一本供臨摹的字帖集，都是她某日心血來潮，忍不住花了些錢買下的。

兩本書的作者是同一人——本朝著名的大儒顧元直。他出身書香世家，自幼便顯露極高的天賦，精通詩書，堪稱「神童」。

顧元直前半段的人生可說是順風順水，科舉及第、在朝任職。然而他的性格不懂變通，之後受到政爭牽連，被貶了官。他厭惡朝堂紛爭，便毅然辭官，在民間開設學堂，不問出身，廣收學子。

講學之餘，顧元直還在前代的基礎上編纂了詩詞集，不僅收錄前代名家的作品，還搜尋到不少散佚之作。此外，他寫得一手好字，其楷書清雋俊逸、骨氣峭拔，時人稱為「元直體」。

前些年，顧元直忽然沒了消息，消失得無影無蹤，傳言都說他隱姓埋名，四處遊學去了。

現代的姜菀自小便練習書法，尤其擅長楷書。奇怪的是，她明明沒聽說過景朝這個時代，也沒刻意模仿顧元直的字，但她的下筆力度、字體結構都有元直體的味道。

正因如此，姜菀在書肆看到這字帖集時，便毫不猶豫地買了下來，時常拿出來臨摹。

姜菀摩挲著這兩本書的封皮，腦海中忽然浮現一個想法。

她翻開那本詩詞集，循著目錄開始勾畫起來。

這日營業結束後，距離六月底只剩幾日了。眼下最要緊的事，就是還上這半年共計十二兩的賃金。思及此，姜菀有些忐忑地翻開帳簿，思菱則在一旁清點這些日子的進出帳。

兩人口中唸唸有詞，周堯在一旁看得心怦怦直跳。雖說這些日子的生意不錯，但不仔細核對一下，還是不讓人放心。

清點完畢，姜菀跟思菱對視一眼，同時報出了一個數字。「十五。」

周堯不敢置信道：「這、這半個月我們淨賺了……十五兩銀子？」

思菱一下就紅了眼眶，連忙道：「我……我明日就去錢莊，把這些零碎的銅錢跟碎銀換成整的！」

她抹了抹眼角，笑逐顏開。「真想不到，我們不僅能付賃金，還餘下了不少錢。」

姜菀心中大石落地，道：「小堯，給祝家遞個口信，請他們來收租吧。」

「是，二娘子。」

晚間歇息的時候，思菱問道：「半年之期已到，接下來小娘子打算續租祝家的店面嗎？」

姜菀沈吟不語。她不想再同祝家打交道，但是以自己如今的財力，又不知能不能找到條件更好的地方。她用手撐著下巴道：「容我思索幾日。」

目前食肆接待客人的空間很小，後頭住的屋舍也很擁擠。院子裡的三間屋子，一間當作庫房，堆滿了雜七雜八的東西；一間是姜菀跟姜荔的臥房；一間則分隔成兩部分，原是給下人住的。然而一則男女有別，二則思菱要貼身照顧姜菀，乾脆跟姜菀擠，於是那個屋子一半給周堯住，剩下的另一半用來存放庫房塞不下的物品。

要想將生意做大，就必須擴張店面。再者，以後說不定需要增添人手，這狹小的房子遠遠不夠。

不過，就算要換店面，也得繼續留在崇安坊。他們在這裡已經有一定的名氣了，要是換個地方，就得從頭再來，與其他扎根多年的老店鋪打對臺。

姜菀整晚都在思考這件事，一夜難眠。

第六章　轉移陣地

第二日，吃完午食，蛋黃趴在窩裡睡覺，發出輕微的呼嚕聲。

姜菀現在已經能神情自若地撫摸蛋黃了。即便在睡夢中被摸，蛋黃也只是動了動耳朵，並未反抗。

見蛋黃睡得香，姜菀沒再打擾牠，淨過手後，就將用井水冰鎮過的瓜果取出來，招呼思菱與周堯一起吃。吃著吃著，她有些想念水果撈的味道了。

忽然，睡夢中的蛋黃醒了，衝著門外叫了起來。

一隻腳剛踏進門內的祝夫人嚇了一跳，精心描過的眉毛走了形。「我說姜娘子，妳家的狗也太不招人喜歡了，叫這麼大聲做什麼？這是待客之道嗎？」

蛋黃一臉警戒地盯著她，思菱連忙過去安撫。

祝夫人抱怨了幾句，帶著管家施施然地走進來，很自然地在桌前坐下。「聽說妳準備好了賃金？」

姜菀頷首。

祝夫人似笑非笑道：「妳倒有幾分本事。」

姜菀將賃金交給管家，他清點核對一番後，就對祝夫人點了點頭。

管家收好銀兩，祝夫人卻沒急著走。她翻看著賃契，道：「既然這半年的銀子結清了，妳索性把下半年的賃契也看一看吧。若是今日能簽，自然更好。」

姜菀從管家手中接過賃契仔細看了起來。起初的條目跟從前一樣，並無問題，然而，當她的目光一落在賃金數字上時，立刻皺起了眉。「『每月兩千五百文』？」

祝夫人理所當然道：「目前的行情與妳爹娘當初租的時候已是截然不同。妳且去坊內問問，誰家的鋪子沒漲價？崇安坊的地價原本就高，這裡又是前店後屋的格局，地方大、屋子敞亮，若換了旁人，只會比我出的價更高。」

說著，祝夫人輕笑一聲。「再說了，最近你們家食肆的生意好得很，賃金自然該根據妳的財力隨時調整。以妳現在的身家，每月不過是多五百文，難道就拿不出來了？」

「眼下已是六月底，您現在才跟我說七月起賃金要漲，不覺得太晚了嗎？」姜菀強忍著把她轟出家門的衝動，沈聲道。

祝夫人姿態閒適。「我並未要求妳今日就付清，若是有困難，我可以寬限妳一個月。」

姜菀心裡明白，祝夫人這是認定她孤身一人，又是個不經世事的小娘子，覺得她好拿捏，便肆意漲價。

若不是當今聖上曾下旨要求控制京城各坊的房價，規定每坪不得超過一定價錢，只怕祝夫人還想漲更多。一旦接受這份不平等契約，日後她只會越來越過分。

祝夫人笑盈盈地說道：「崇安坊商鋪眾多，但轉租極少，幾乎所有生意人都會固定租一處鋪子，畢竟積攢名聲不容易。我派人打聽過了，這些日子坊內並無多餘的店面出租。」

她這有恃無恐的模樣實在令人氣憤，但眼下不是大吵大鬧的時候。

姜菀按捺住心底翻湧的情緒，微微一笑道：「您說得有道理，容我準備幾日，備好賃金自然會找您續租。」

祝夫人滿意地點頭。「如此最好。」

待祝家的人離開，姜菀就斂起了笑容。「她真是得寸進尺，原本我還在猶豫，現在我真的想盡快搬走了。」

「可她說坊內沒其他出租中的鋪子，眼看就要月底了，上哪兒去找合適的呢？」思菱憂心忡忡。

姜菀道：「為今之計，只有去其他坊找了。」

思菱一愣。「可是小娘子，我們在崇安坊經營多年，也熟悉這裡的居民，一旦搬去其他地方，又要從頭開始，這些年的努力豈不是都白費了？」

周堯也擔心道：「正是，況且其他坊也有很多生意不錯的食肆，一旦換了地方，能開下去嗎？」

姜菀揉著眉心嘆道：「我何嘗不知這個道理。」

她環顧院子，實在不能接受這樣的地方每個月收兩千五百文，虧祝夫人還敢說這房子既大又敞亮。

姜菀站起身道：「剩沒幾日了，先找找看其他鋪子吧，若實在沒辦法，也只能……」

剩下的話，姜菀不想說出口。她終究不甘心跟祝夫人這樣的人繼續合作。

事不宜遲，周堯在崇安坊內尋找，姜菀跟思菱則去周邊的坊內。就這樣奔波了一下午，三人皆是一臉疲憊地無功而返。

周堯道：「我在崇安坊內問了個遍，沒有空鋪子對外出租的。」

姜菀跟思菱去了緊鄰崇安坊的延慶坊，那兒地價與崇安坊差不多，倒是有正在出租的鋪子，只不過要麼是相當昂貴的幾層酒樓，要麼是只有店面沒有住處。

接下來兩日，姜菀始終沒找到價格跟地段都合適的鋪子，她一顆心漸漸冷了下去，心想難道自己真的要被迫接受祝家的趁火打劫嗎？

這天傍晚，姜菀正心事重重地坐在臥房裡，就聽見周堯在外說道：「二娘子，松竹學堂的人來了信。」

姜菀心頭一驚，第一個反應是姜荔出事，連忙匆匆出去接過信，一目十行地掃完才放下心來。

信是蘇頤寧寫的。她打算在現有的幾門課程外加一門武術課，會從皇宮的禁軍中請來一位武藝高強的人，教導學子們強身健體跟防身之道。

此信是來徵求學子家人意見的，若願意上這門課，就在信中簽下名字寄回學堂。信中表明這位禁軍公事繁忙，因此武學課不會太頻繁，對方也不會在學堂內停留太久。

蘇頤寧之所以這麼做，無非是擔心學子的家人們會因為男女大防而憂心。不過景朝的異性交流並不像過去那樣嚴防死守，況且松竹學堂的名聲不錯，她本人對學堂的管理還是值得信任的。

姜菀看見信上已經簽好姜荔的名字，只差自己表態了。她思索了一下，便簽上名字，吩咐周堯將信寄回去。

周堯剛出去，思菱便匆匆地走進來，道：「二娘子，我在坊內找到了一家鋪子。」

「真的？在哪裡？價格如何？」姜菀瞬間看到了希望。

思菱跑得氣喘吁吁，喝了口茶才道：「地方有些偏，但房子寬敞，房主說按每月兩千一百文的價格出租。我已經跟他說好了，明日可以去看房。」

雖然略貴一些，但還在能接受的範圍。

姜菀點點頭，道：「好，若是能租下來，最好不過。」

第二日，姜菀跟思菱一道去看房。

這家鋪子的位置靠近小巷子，採光不是太好，牆面斑駁破損，有股悶熱發霉的味道，但確實算是寬敞。姜菀轉了一圈，稱得上滿意。

房主要求預付三個月賃金，姜菀心想接下來還要準備七夕的糕點，暫時不方便拿出全部的積蓄，便問房主能否寬限幾日，她再利用早食生意的收入湊齊賃金。

聽到姜菀不能立刻付清賃金的時候，房主有些不悅，但架不住她懇求，又承諾幾日後就能交錢簽賃契，便勉強同意了。

租房一事有了著落，姜菀終於定下心來，專心準備起七夕的糕點。

她買了不少用來打包糕點的紙張與小巧玲瓏的盒子，準備在外表上多下點工夫，畢竟誰不喜歡包裝得精緻又乾淨的點心呢？

調製糖水跟餡料的比例需要多次試驗，姜菀一時無暇顧及其他，好在賃金很快便備齊了，只待在約定的時間簽下賃契。

這日恰好趕上姜荔休課，姜菀親自去接她回家。她這兩日緊趕慢趕，總算做出了第一批糕點，打算親自送給蘇頤寧，算是感謝她為人師的盡心盡力。

去長樂坊的路上，姜菀的心情頗為輕鬆，畢竟他們往後就不必再受祝家的氣了。

學堂門前的蘇家僕從核對過姜菀的身分以後，便示意她能進去了。

姜菀來的時候，學堂裡已經沒剩多少學子，她快步走到最深處，一眼就看見姜荔坐在樹下，蘇頤寧則陪在她旁邊。

聽到腳步聲，姜荔看了過來，露出笑容道：「阿姊，妳終於來接我了。」

姜菀有些歉疚地說：「對不起，阿姊來晚了，讓妳等了這麼久。」

她又看向蘇頤寧，微微欠身說道：「煩勞蘇娘子了。」

說著將手中的東西遞了過去。「這些日子舍妹在學堂多虧了蘇娘子費心。我沒什麼能回報的，便做了些點心，若蘇娘子不嫌棄的話，可以一嚐。」

蘇頤寧有些意外，連忙推拒道：「姜娘子客氣了，傳道授業原就是我的分內之事，哪裡好意思收這個呢？」

姜菀道：「蘇娘子就收下吧，這是我一點小小的心意。」

蘇頤寧推辭不過，只得伸手接過油紙包，她垂眸望著那包點心，忽然想起了什麼。「前些日子阿荔帶了些點心分給我們品嚐，我與其他人嚐過後都覺得甚是可口，想必就是姜娘子親手做的吧？」
姜菀點頭道：「正是。」
蘇頤寧眉眼一彎，淺淺笑道：「那我又有口福了。」
兩人又閒聊了幾句，姜菀才帶著姜荔告辭離開。蘇頤寧一直送兩人到了學堂門口，才揮手與她們道別。
回家的路上，姜荔滔滔不絕地說著學堂發生的趣事，姜菀聽著妹妹歡喜的語氣，不禁微微笑了起來。
姜荔道：「那位教授我們武學課的夫子來了，蘇夫子說他在皇宮中當差，是禁軍隊伍裡的。阿姊，什麼是禁軍啊？」
「禁軍……應當是在皇宮中護衛聖上安全的吧，他們個個都有一副好身手。」姜菀想了想，根據自己的認知解釋道。
姜荔點頭道：「難怪蘇夫子要從禁軍中找人來教我們武學。」
晚間漱洗過後，姜菀才柔聲對姜荔道：「阿荔，阿姊準備帶著妳換一處房子居住，還在這坊內，但比如今的地方寬敞多了，如何？」
姜荔一雙眼睛亮了亮，笑道：「真的嗎？」
吹熄了燭火後，姜菀爬上床榻攬著妹妹道：「阿姊已經看好了房子，順利的話，下個月就能搬家，只是那房子不如現在的光照好。」

姜荔依偎著她說：「不管住在哪裡，只要阿姊能一直陪著我就好。」姊妹倆遲遲捨不得入睡，姜荔興致勃勃地說著學堂的生活與學習情況，姜菀一面聽著，一面憧憬起換了新房子以後的光景。

長樂坊，蘇宅。

蘇家目前人丁稀少，這裡住著的除了蘇頤寧，便是她的兩對兄嫂。

因家中沒長輩，眾人也不講什麼虛禮，晚膳便圍坐在一處用了。蘇大郎跟蘇二郎正說著朝中的事，大嫂秦氏與二嫂孟氏則在旁安靜地用膳。

蘇頤寧今日胃口不好，只簡單用了些清粥小菜便擱下筷子。

秦氏關切地問道：「要不要讓廚子重新做些妳愛吃的？」

「多謝大嫂，不必了。」蘇頤寧笑了笑，起身道：「大兄、二兄，若是無事，我就先回院子裡歇著了。」

聞言，蘇大郎點頭道：「去吧。」

蘇頤寧正要離開，孟氏忽然出聲喊道：「阿寧，妳且坐一坐。」

「二嫂有什麼事嗎？」蘇頤寧問道。

蘇二郎同樣茫然地看向孟氏，不解其意。

孟氏悄悄白了他一眼，堆起笑道：「阿寧，今日妳二兄同我說起，他在朝中有一位同僚，年紀輕輕卻很有作為，家世也不錯——唉呀，你扯我袖子做什麼?!」

蘇二郎一臉尷尬，低聲道：「別說了，我不是告訴過妳，阿寧她——」

孟氏瞪著他道：「你懂什麼！哪有姑娘家不嫁人的？」

蘇頤寧淡淡一笑道：「二嫂這是又要給我作媒嗎？短短半年以來，二嫂提了多少次，我就拒絕了多少次，饒是如此，二嫂還不肯罷休。」

孟氏也不在意，只道：「阿寧，我這也是為妳著想。妳在宮中這麼多年都沒獲賜一門好婚事，既然返家，我這個做嫂嫂的就不能不為妳操心了。」

她又道：「妳已經不小了，婚事可要趁早解決。阿寧，我知道妳在宮中見多識廣，素來心氣高，瞧不上凡夫俗子。可妳已不是十幾歲的小娘子了，不能老是這般任性，妳說對嗎？」

孟氏甩開蘇二郎拉扯她的手，道：「妳開辦學堂，我們只當是妳的愛好，不曾干涉過，可是妳瞧瞧，哪個大家閨秀到了年紀還不嫁人，天天拋頭露面？難道妳想一輩子守著這學堂？」

「二嫂，我從宮中歸家時，阿婆還在世。她親口說過，蘇家上下都不能逼著我去嫁一個不喜歡的男人，各位都還記得吧？」

聽到她這番話，蘇大郎與蘇二郎神情俱是一黯。

孟氏急切地說道：「我們可沒逼妳。再說了，妳既未見過那位郎君，又怎麼能斷言不喜歡呢？興許見了面就覺得投緣了？」

「二嫂，我今日就把話說清楚。」蘇頤寧看著她，神色淡漠。「妳若是想把我的婚事與阿兄的仕途扯上關係，那還是歇了心思吧。我嫁不嫁人，只有我自己作得了主。」

她握著帕子的手緊了緊。「我便是終身不嫁又如何？放眼京城內外，許多女郎都沒入後宅，而是在做事業。我開設學堂，吃穿用度皆是用自己的錢財，不曾仰仗你們的鼻息生活。那園子也是阿婆留給我的，白紙黑字，清清楚楚，你們早就知曉。我從未干涉過阿兄與阿嫂的生活，希望你們亦是如此。」

孟氏不甘心地嘀咕道：「不嫁人的都是異類，妳竟然跟她們比起來了？我這是為了妳好，妳卻不領情……」

「好了！」蘇大郎沈著一張臉。「別再提此事了。阿寧，妳若倦了，就先回去休息吧。」

蘇頤寧不再多說，欠了欠身子便帶著侍女離開。

孟氏盯著她的背影咬牙，怒道：「她可真是不識好歹！」

「妳少說兩句吧！」蘇二郎低聲抱怨道。

孟氏心不甘情不願地閉了嘴，眾人各懷心思地用完這一餐。

蘇頤寧返回自己的院子，命侍女點了香。聞著那幽幽的冷香味，她才覺得心底的煩悶淡了些。

侍女青葵道：「小娘子不必為那些話煩心。」

「青葵，大嫂雖然溫柔敦厚，不曾多說什麼，但她也覺得我該出嫁，二嫂就更不必說了。」蘇頤寧拿起筆，在紙上落下一撇。她心煩意亂時，便會透過寫字來靜心。

「自從辦了這學堂，我便從家中撥了一個廚子過來單獨負責學堂的膳食，工錢從我自己的帳上走，為的就是不影響阿兄跟阿嫂的生活。為了方便授課，我大部分時候都歇在園子裡，這裡的僕從跟守衛都是阿婆留給我的人，與他們並無干係，即便如此，他們還是不肯放過我。」蘇頤寧眼角是揮之不去的無奈。

青葵站在蘇頤寧身後，替她輕輕揉著太陽穴。

等寫完一張字，蘇頤寧忽然有些餓了。她看了看時辰，打消了讓廚子做宵夜的念頭。

「小娘子，這點心是哪裡買的？」青葵從旁邊的桌上拿起一個油紙包問道。

蘇頤寧這才想起姜菀製作的點心。她示意青葵將東西拿過來，親自拆開了包裝。外頭是平凡無奇的油紙，拆開後還有一層薄如蟬翼的紙。透過那半透明的紙，能看出糕點表面精緻的花紋，在這層紙外面，還繫著一根細窄的紙條作為封口條。

蘇頤寧拆下來一看，就見紙條上寫著一行雋秀的字，是一句詩：青山隱隱水迢迢。

她剝下那張薄紙，仔細觀察著糕點的表面，果然是一幅簡單卻傳神的山水風景畫。

蘇頤寧不禁對姜菀多了幾分好奇。她拿起糕點輕輕咬了一口，表皮雪白、糯而不黏，是山藥的清香，內餡是棗泥混著核桃仁，酸酸甜甜。

她又看向另一塊，拆開後上面的題詩是「千樹萬樹梨花開」，糕點表面是一株梨樹，撒了些細碎的梨花末當裝飾，餡料則多了些風乾的梨肉丁。

「這位姜娘子倒是有才氣，一點也不像做生意的人。」青葵在一旁看著，忍不住道。

蘇頤寧的笑容一頓。「青葵，妳這話說得不妥，難道生意人就一定是目不識丁的粗人？」

青葵臉上一紅。「奴婢失言了，小娘子教訓得是。」

蘇頤寧吃下幾塊糕點，又喝了盞茶，胸口的鬱氣總算平息了不少。

青葵見她神色和緩許多，這才小心翼翼地從懷中取出了一封信。「小娘子，這是今日沈將軍派人送來的，是……那位的信。」

蘇頤寧面色不變，淡淡道：「擱著吧。」

一直到漱洗過後歇下，她都不曾拆開信。

第七章　峰迴路轉

學堂休課只有短短一日，姜荔纏著姜菀做了不少好吃的，說要解決掉這十日的饞蟲。

這天早上，姜菀蒸了些紫薯豆沙夾心花捲，姜荔一連吃了兩個，還有些意猶未盡，又盛了碗酸湯麵。

吃著吃著，她不禁惆悵。「阿姊，為何假期過得如此快？我還想在家多待幾日呢。」

姜菀擦了擦手走過來，輕輕擰了一下她的臉。「怎麼，不想跟著蘇夫子唸書了？」

聞言，姜荔鼓起嘴搖頭，軟聲道：「我就是捨不得阿姊嘛。」

「是捨不得我，還是捨不得這些好吃的？」姜菀取笑她。

姜荔將碗中的湯喝完，一本正經道：「當然是……都捨不得。」

吃完飯，姜荔依依不捨地起身去收拾行李。

之前思菱給她做了幾身新衣裳，姜菀全打包進行囊，又為她裝了些能保存的糕點。

兩人正忙碌時，門外響起了一道柔和的聲音。「姜娘子在嗎？」

思菱開了門，來人竟然是蘇頤寧。

姜菀連忙請她進來坐下，又倒了茶水。「蘇娘子怎麼來了？」

蘇頤寧淡淡笑道：「我今日來，是想與妳商量一件事。姜娘子手藝極佳，我想從妳這裡訂購一批點心，作為學堂每日的小食。」

姜菀尚未開口，姜荔就先說道：「夫子，您上回說，以後每日都會在申正時分提供小食，就是這個嗎？」

蘇頤寧頷首。「是。姜娘子，學堂課業繁重，孩子們又都是長身體的時候，因此除了一日三餐以外，我想額外為她們提供點心與茶飲。上回阿荔帶去的點心很受大家喜歡，我便想到了妳。」

姜菀有些疑惑。「蘇娘子，請恕我直言，貴府不是有專門的廚子負責飲食嗎？為何妳會想與外人做生意？」

蘇頤寧的神色閃過一絲晦暗，但她很快就恢復淡然，淺笑道：「府裡的廚子膳食煮得不錯，卻不擅長做點心。」

姜菀更疑惑了，蘇家這種大戶人家，難道找不出一個會做點心的廚子？

說話間，思菱端來一道剛做好的奶香米糕。

蘇頤寧拈起一塊細細品嚐起來，道：「姜娘子，那日妳贈與我的糕點，不僅口味清甜不膩，裝飾上更是用心。我想，姜娘子一定是個蕙質蘭心的人，因此很想同妳做這筆生意，錢不是問題。

「當然，還有一個緣故，我就直說了，望妳不要介意。」蘇頤寧道：「妳是阿荔的阿姊，與妳合作，不必擔心食物出什麼問題。」

她從袖袋中取出一張薄紙，輕輕推到姜菀面前。「這是我擬的書契，請姜娘子過目。」

書契內容很簡潔，寫明訂購數量、交貨時間等基本訊息，還特別說明，若姜菀不想再做這樁生意，隨時能解除合約。

姜菀有些心動，問道：「蘇娘子，可否容我思索幾日？」

蘇頤寧道：「自然可以，若是想好了，隨時來找我。」

說著，她站起身道：「我就是為此事來的，也該告辭了。阿荔，該回學堂了，不如就坐我的馬車走吧。」

姜菀連忙道：「不必，這樣太麻煩蘇娘子了。」

「左右我都要回去，阿荔同我一路，姜娘子儘管放心。」蘇頤寧語氣溫和。

姜荔道：「阿姊，我就跟夫子一起回去吧，妳每天都這麼辛苦，實在不必再送我一趟了。」

見狀，姜菀只好點頭道：「那就拜託蘇娘子了。」

送走她們兩人，姜菀回房將那張書契又從頭到尾看了一遍，遲疑道：「思菱，妳說，我能不能同蘇家做這生意？」

思菱道：「蘇家應當是可靠的，只是不知蘇娘子為何不用自己府裡的廚子，寧願多費些周折從小娘子這裡訂購。」

其實姜菀也不覺得自己做的點心有多麼別具一格，甚至出色到能獲得蘇頤寧的賞識。她回想起方才蘇頤寧那一瞬間暗下去的表情，總覺得她說不定有什麼苦衷。

姜菀又把那書契看了一遍，思索著這樁生意的可行性。

若是自己能與蘇家學堂建立長久而穩定的生意，那就有固定的收入來源。再者，透過蘇家這個管道，或許能擴大自家店鋪的影響力。

思菱擔心的則是另一件事。「小娘子，蘇家的單子加上店裡的生意，單靠我們三個人，忙得過來嗎？」

姜菀回道：「不過是辛苦一些罷了，無礙。」

她心想，這樣來之不易的機會，自然不能錯過，必須盡最大的努力把握好這個商機，若是真的忙不過來，便想法子添些人手。

次日，姜菀就帶著自己寫下的茶點單子，踏上前往蘇家的路。

誰知正打算出門，那位房主忽然不請自來——當初明明說好明日付錢的，他怎麼提前來了？

姜菀心底浮現一股不祥的預感。

房主姓張，一看到姜菀，他便抹起了眼淚。「小娘子，對不起，那房子不能租給妳了！」

此話一出，思菱立刻變了臉色，周堯也驚疑不已，不明白出了什麼岔子。

姜菀心一沈。最不希望發生的事，終究還是發生了。

她鎮定了一下心神，伸手去攙扶張老伯。「您進來坐下慢慢說。」

誰知張老伯一手扒住門框，怎麼都不肯進去，嚎啕大哭道：「小娘子，今日有位租客經過我家房子外，問起了賃金，我便隨口說了。誰知他一聽，立刻就要付清賃金簽契。我同他說這鋪子已經許給別人了，他不依，說既然沒簽契，那這房子便是人人可租。他既然拿得出錢，我為什麼不租給他？」

他抹了抹臉，又道：「我耳根子軟，架不住他催促，便稀里糊塗同意了。那位郎君雷厲風行，令我馬上寫下賃契，又爽快地付了我一年的賃金。求小娘子體諒我孤苦無依，如今又生了大病，實在急需用錢，不得不如此啊！」

姜菀連忙說道：「您聽我說，我現在就回房拿錢，馬上就能付清三個月的賃金了。」

「小娘子，」張老伯搖頭嘆息。「人家已經付清一年的款項又簽了賃契，妳要我怎麼跟那郎君說？」

一想到原本解決了的事情落到眼下這個局面，姜菀的語氣不由得急切了幾分。「可是那日您分明答應我——」

張老伯見情況不妙，大哭道：「小娘子，此事是我對不起妳，但請妳看在我年邁的分上，理解一下吧！妳若想租鋪子，坊內坊外多得是，可我這把老骨頭生了病，等不起了！」

他鬧出這麼大的動靜，惹得不少路人側目，甚至有人停下步伐勸道：「小娘子，什麼事非得跟老人家過不去呢？就讓讓他吧。」

姜菀無奈道：「明明是他違約在先——」

「怪只怪妳當初沒一口氣簽下賃契，怨不得旁人捷足先登。」那人聽了事情經過，反倒幫張老伯說起話來。

她心灰意冷，擺了擺手道：「算了，事已至此，沒什麼好說的。」

此刻姜菀什麼禮節都顧不上了，她沒再看張老伯一眼，伸手關上了門。

「小娘子……」思菱滿臉擔憂。

姜菀一向覺得天無絕人之路，然而現在實在喪氣。難道她只能接受祝家的不平等契約了嗎？

「小娘子，事情也許還有轉機。」思菱盡力安慰道。

姜菀默然良久，道：「罷了，我們再想辦法吧。」

即使出了這種變故，姜菀也只能打起精神，先去松竹學堂。

今日松竹學堂的主要課程是武學課，姜菀跟著僕從穿過園子，正巧路過學子們練功的院子，聽到整齊劃一的呼喝聲。她匆忙掃了一眼，看到不少孩子跟著上首一位年輕人跳躍騰挪、揮拳踢腿。

姜菀收回目光，到了蘇頤寧的院子裡。

「姜娘子請，我家小娘子正在書房等您。」青葵微笑著掀開簾子。

蘇頤寧聞聲抬頭，笑著起身道：「姜娘子來了，這邊坐。」

青葵沏了茶，姜菀將茶點單子遞給蘇頤寧。「蘇娘子，這是我想出的一些點心種類與茶飲搭配，不知是否符合學堂的要求。」

姜菀擬的單子上，按照點心與飲品分為兩大類，其中點心又按照蒸、炸、煎、烤等製作方式，鹹、甜、酸、辣等不同口味劃分。她初步規劃了十餘種點心跟飲品，後續還會增加其他種類，盡可能保證每日的茶點都不重複，並且適合這個年齡段的孩子食用。

「看來姜娘子是願意同我做這筆生意了。」蘇頤寧一笑，接過了單子。

第一眼看到的便是那令人賞心悅目的字跡，她不由得讚了一句。「姜娘子寫得一手好字，曾師從哪位大家嗎？」

姜菀不太明白這個問題從何而來。「不曾。蘇娘子為何這樣問？」

蘇頤寧一頓，笑著搖頭道：「不過是隨口一問罷了。」

她繼續往下查看單子的內容，很快便看完了。「姜娘子設想得很周到，我相信妳。既然妳都來了，現在便簽了書契如何？」

孩子的胃口並不大，且點心不是正餐，分量不需要太多。蘇頤寧給每份點心定的規格是二十文，刨去成本，利潤很可觀。

兩人很快便簽好書契，各執一份，蘇頤寧也爽快地付了一個月的訂金，約定自七月開始，姜記食肆向松竹學堂供應點心。

生意是做成了，可是新的鋪子租賃處卻沒著落，姜菀正惆悵著往外面走，忽然聽見身後傳來姜荔的聲音。「阿姊，妳怎麼來了？」

大概是剛結束武學課的緣故，姜荔額頭上都是汗珠，一路小跑到了姜菀近前。

姜菀取出手帕為她擦汗。「我來與蘇娘子敲定送點心的事情。」

「怎麼了，阿姊不高興嗎？」姜荔看出姜菀的表情不太對，小聲道。

姜菀嘆了口氣，道：「阿荔，我們恐怕無法搬家了。」

她簡單地解釋了一遍事情經過。

姜荔不是很在意地搖搖頭道：「阿姊不要難過，現在的住處也沒什麼不好的。」

她牽著姜菀的手晃了晃，忽然想起什麼，不由得提高了聲音道：「我想起來了！前幾日荀夫子說，他家附近有處鋪子正在出租，阿姊，我們不如去問問他？」

「等等……」姜菀有些頭暈。「荀夫子是誰？」

「荀夫子就是教我們武學的夫子，他在禁軍裡當差，人很好說話。如今武學課可是我最喜歡的一門課，荀夫子也誇我進步快呢。」

姜菀吁了一口氣，道：「妳是說……這位荀夫子認識出租鋪子的人？」

只見姜荔點點頭，指著不遠處道：「阿姊，那就是荀夫子。」

姜菀順著她指的方向看過去，就瞧見了一位一身勁裝的年輕人。

那年輕人個子頗高、膚色略深，看起來就是武將的模樣。

他看到姜荔拚命衝自己招手，疑惑地走了過去。「姜娘子，妳找我有什麼事嗎？」

姜菀上前一步，禮貌笑道：「荀夫子，我是姜荔的阿姊。阿荔說夫子家附近有鋪子在出租，我想向您打聽一下此事。」

那人客氣地抱拳行禮道：「原來是姜娘子，在下荀遐。」

荀遐看著她。「妳想租鋪子是嗎？不知姜娘子家中做何生意？」

姜菀道：「我家經營一間食肆，因為原先的店鋪到期不欲續租，故而想換一處。」

「食肆……」荀遐露出恍然大悟的神情。「我想起來了，姜娘子曾帶過她阿姊做的藕粉糖糕分享給我們，想來就是姜娘子的手藝吧？」
姜菀赧然道：「正是，一點粗陋技藝，讓夫子見笑了。」
荀遐哈哈笑了一聲道：「姜娘子不必謙虛，學堂眾人都很喜歡妳的點心。我家在永安坊，要出租的鋪子就在我家附近，店裡與後頭的屋舍都很寬敞。那兒原是家成衣鋪，因店主舉家遷走，便退了鋪子。房主託我跟旁人替他問問有無需要租鋪子的人，若是姜娘子有意，可隨我一道去看房。」
永安坊……姜菀有些為難。
這是距離皇城中軸線最近的地段之一，住了不少朝中官員，這樣的條件，想必租金不會便宜。
然而無論如何，她都不能錯過這難得的機會。
姜菀問道：「不知夫子何時方便？」
荀遐想了想，回道：「明日我不當值，正好學堂也沒課，不然我們就約明日吧，可以嗎？」
此事迫在眉睫，姜菀沒有絲毫猶豫，點頭道：「自然可以。」
兩人約好了見面的地點跟時辰，姜菀便離開學堂回去了。
突如其來的困擾被風吹開了一個口子，讓人生出「柳暗花明又一村」的豁達感，姜菀一路往家的方向走，心情輕快了不少。

她見沿街有擺攤叫賣酥山的，便停下腳步，打算買來嚐嚐。

酥山是本朝宮廷的一道消暑美食，後來在民間興起，每逢夏日都大受歡迎。從冰窖中取出來的碎冰裝在盤子裡，奶油自上淋下，狀似一座小山，上頭插著些花草裝飾，冒著誘人的冷氣。

姜菀買了一份酥山，嚐起來倒是清涼，只是比起後世的冰淇淋，味道略顯單調。她看到旁邊賣水果的攤子，心念忽動。

她馬上買了幾份酥山，用最快的速度趕回家，將幾份酥山倒在一起，再把西瓜、蜜桃等水果切成小塊，放進冰涼的奶油裡，如此便有了幾分水果撈的味道。

吃完涼與甜交雜的「酥山水果撈」，姜菀心底暢快了不少，順便將明日要去看鋪子一事告知思菱與周堯。

事情忽然間又有了希望，兩人很高興。

思菱問道：「小娘子心中可有能接受的價位？」

「鋪子在永安坊，自然比這裡貴。」姜菀沈吟道：「明日我見機行事吧，也不知那房主是否好說話，能不能容我講價……」

這一夜，姜菀睡得有些不踏實。次日晨起，她便打點好店裡，叫了輛車去永安坊。

與荀遐碰面以後，他就帶著姜菀去了那處鋪子。

房主姓華，是個四十歲上下的女子。聽荀遐說明姜菀的來意，華娘子當下便領著兩人進入店內。

這間鋪子靠近坊門，地段之好，自不必說。

店內很寬敞，採光也好，牆面粉刷得很乾淨，地上也沒什麼污漬。除了大廳，還有幾個單獨隔開的小間，姜菀覺得能改造成具有隱私的雅座。

後頭能住人的屋舍與店面是相通的，店旁有一扇側門，可以從外面直接進入院子，不必經過店內。

華娘子引著他們往院子走去，邊走邊介紹道：「從側門進去，先是一大片院子，最深處便是屋舍，院子裡還有一口井。姜娘子既是開食肆的，定需要頻繁用水，有這口井就方便了。除此之外，這裡還有地窖，可以用來儲存食物。」

姜菀環顧四周，院牆下種了棵桂花樹，看起來有些年頭了，想必桂花盛開時會滿院飄香。後頭總共有三間大屋跟兩間略小的屋子，比現在住的地方大了許多。

最重要的是，店面跟屋舍都不需要再額外費力整理，空間設計與隔斷位置都很合姜菀的意。雖說前任租客是成衣鋪，但華娘子說，這兒最早也是家食肆，因此還保留著廚房等空間，無須再改造。

兩人討價還價了一會兒，最後華娘子要價每月兩千五百文，姜菀欣然接受。

華娘子做事也俐落，很快便要來筆墨寫了賃契，賃金是半年一付。姜菀預付了三個月的賃金，兩人各自簽名，便成交了。

「姜娘子若是要改造這院子跟屋舍，儘管動手就是。」華娘子笑著說，又向荀遐道：

「荀將軍，多謝了。」

荀遐嘿嘿一笑道：「舉手之勞而已。」

從房子裡出來，姜菀與荀遐一起走了一段路，便準備分開。

姜菀笑道：「荀將軍，等小店重新開張，還請您一定要來光顧。到時將軍的所有吃喝花費都由我承擔，就當是感謝將軍相助。」

她笑盈盈地看著荀遐道謝，眉彎如月，一雙眸子明亮如星辰，讓荀遐有些不好意思地移開了目光，訥訥道：「姜娘子客氣了。」

與荀遐道別後，姜菀步伐輕快地向坊門走去，偶然一抬頭，卻見不遠處走來一個意想不到的人。

年輕郎君今日身穿雲霧色的衣袍，顏色淺淡朦朧如竹間繚繞的霧氣，又似他那張玉石般清冷颯然的臉龐。腰間的革帶是深色的，一淺一深的反差，襯得那身姿在這煙火人間裡多了幾分縹緲仙氣。

——正是那日在茶肆保護自己的人。

第八章　堅定前行

終於碰到他，姜菀心想欠了多日的感謝也該表達了。她幾步便走到他面前，打了聲招呼。「郎君。」

那位郎君低頭看向她，輕聲道：「姜娘子。」

原本姜菀不確定他是否認得自己，沒想到他準確地叫出了她的身分。

姜菀露出一個笑，卻不知如何稱呼他，只好道：「當日郎君仗義，令我感激不盡，在此向郎君道謝。」

說著，她恭敬地行了一個謝禮。

他神色淡然道：「舉手之勞，姜娘子客氣了。」

姜菀試探著問道：「不知郎君如何稱呼？」

「在下沈澹，姜娘子隨意稱呼即可。」他看了姜菀一眼，道：「姜娘子當時挺身而出，此番大義，我亦是欽佩。」

「郎君謬讚了。」姜菀微笑。

兩人沈默了片刻後，沈澹便微微頷首，舉步離開。

姜菀在原地頓了一會兒沒回頭，便錯過了沈澹一步步走到荀遐面前時，荀遐那忽然變得嚴肅認真的表情。

待她轉過頭，只看到那兩人並肩而行的背影，不由得暗自訝異，沈郎君與荀將軍相識？

姜菀滿腹疑惑，荀遐亦是一肚子的問題，卻礙於沈澹的威嚴不敢開口。

方才他可是親眼瞧見了，將軍與姜娘子兩人一問一答，場面出奇的和諧，他們這是何時結下的緣分？

荀遐本想悄無聲息地靠過去湊熱鬧，卻被將軍用眼神警告了，只好老老實實站著不動。走了一段路以後，荀遐看向沈澹，清了清嗓子，有那麼一點八卦地問道：「將軍，您與姜娘子——」

沈澹言簡意賅。「幾面之緣。」

這下荀遐更好奇了，可是沈澹素來不喜多言，他只能按捺住蠢蠢欲動的好奇心，閉上了嘴。

姜菀回到家，第一時間將租到房子的好消息告訴周堯跟思菱。

思菱歡喜道：「終於不用受祝家的氣了！」

既然找好了新的店鋪跟房子，下一步自然就是搬家了。姜菀跟思菱開始大包小包收拾東西，周堯則去找人僱車。

姜菀每日要下廚，從不戴那些叮叮噹噹的首飾，最多就是在髮髻上配戴一些小飾物。除此之外，比較重要的物品就是書跟筆墨紙硯。

她整理好自己與姜荔的行李，就去開了庫房，從最裡面拖出一只大箱子，那裡存放著姜父與姜母的遺物。

姜菀開了箱子，看著裡面的東西發怔。姜父沒留下什麼，只有他寫的一本料理筆記；姜母留下的則是一些首飾，還有她給孩子們做過的小衣裳跟小玩意兒。

伸手拂過那些物品，一些自己不曾經歷過的記憶慢慢暈開，姜菀心頭微微有點苦澀。

姜母徐氏是個外柔內剛的人，她與姜父相識於年少，結髮多年，感情深厚。

徐氏原是姜家養女。她出身不詳，是在一年天災後與家人失散，後來被好心的姜家人救了。那時的她生了一場大病，病癒後許多往事都忘了，除了姓名，只記得自己有位兄長與雙親。

姜家百般打聽也沒能弄明白她的身世，便收養了她，對她視若己出。徐氏那時不過十二、三歲，漸漸不再執著於尋找親生父母。

箱子最下方有一塊用紅布包裹著的東西，姜菀打開來看，是一枚長命鎖，鎖上的花紋很精緻也很獨特，掛繩上綴著幾顆晶瑩剔透的珠子。長命鎖似乎被摩挲了許多遍，年代久遠，已經有些發黑，應當是姜母幼時戴的。

姜菀將長命鎖收好，珍重地放在姜母的妝奩裡。

等幾個人的東西都收拾妥當了，姜菀這才讓周堯給祝家傳了信，說要處理租房事務。

祝夫人是隔天來的，她進門的時候，神色泰然自若，自顧自地坐了下來，姿態慵懶。

「怎麼，湊夠錢了？既如此，就簽了賃契吧。」

她身後的管家剛拿出賃契，還未來得及放在桌上，就聽見姜菀十分平靜地說道：「今日請夫人來，是要交還這房子的。」

「此話何意？」祝夫人皺起了眉。

姜菀淡淡一笑，不緊不慢道：「意思是說，自下月起，我們就不再租您的房子了。」

噹啷一聲，祝夫人腕上的鐲子磕在冰冷的石桌上。「妳不是在同我說笑吧？後日就是七月初一了。」

姜菀故作不解道：「這半年的賃金已經結清，夫人還有什麼問題嗎？」

「妳的意思是下個月起不續租了？」祝夫人怎麼也沒想到，她以為板上釘釘的事情會在最後一刻突生變故。

看到姜菀點頭，祝夫人惱怒道：「妳到底是什麼意思？那日我們不是早就說好——」

「這賃契半年一簽，我從未說過會一直租您的房子，」姜菀學著祝夫人當時的口氣。「我自然能根據賃金變化，隨時決定續不續租。」

祝夫人沈默了半晌後，忽然笑了。「妳以為我會相信？阿菀，激將法對我沒用，賃金非漲不可，就算妳不同意，也只能接受，因為除了我家，這坊內再無人能提供合適的鋪面給妳。」

她那篤定的笑容在看到姜菀拿出新賃契時凝固了。「妳……真的租到了其他的房子？這不可能啊！」

姜菀道：「麻煩您今日親自驗收房子，若是沒有問題，我們明日就會搬走。」

祝夫人猛地站起身，冷笑道：「阿菀，沒想到妳會愚蠢到這個程度，放棄在崇安坊積累的所有人氣與名聲，不自量力地搬去永安坊。妳可知永安坊住的都是些什麼人？妳以為憑妳那點本事，能在那裡生存？」

姜菀並不打算與她糾纏，只道：「我們還有些事要處理，沒太多空暇留夫人久待，鑰匙會在明日送到府上。」

祝夫人只覺得自己一拳打在棉花上。任憑她好說歹說、誇大恐嚇，姜菀都不動如山。她沈著臉道：「既然妳如此不識好歹，那我也沒什麼好說的。不過妳可記住了，若是來日妳後悔了，想再搬回來，沒門！」

姜菀微微一笑道：「夫人放心，不會有那一日。」

見姜菀依舊一副雲淡風輕的模樣，讓人猜不出背後有什麼玄機，祝夫人最終冷哼一聲，喝令管家。「我們走！」

了結了房子的事，姜菀更有要搬家的實感了。

明日是崇安坊的姜記食肆最後一天營業，她將明早的食材準備好，打算同少之又少的老顧客們道別。

隔天，姜記食肆門前掛起一塊牌子，上面寫著「最後一日迎客，進店即送冰飲」。

一顆顆剝了皮的青提被搗成小塊，用冰鎮的糖漿沖開，再均勻地撒些茉莉花，喝起來酸甜甜。

見大家喝得滿足，姜芙又將昨晚寫的傳單一張張放在客人們面前，笑道：「有緣自會相見，若是客人們有閒暇，可待我們重新開張後再上門。」

在沒有影印機的時代，只能依靠人力，昨日為了寫這些傳單，姜菀熬得眼睛都紅了，也不知有多少效果。

傳單還剩最後一張，姜菀順手放在桌上，轉身去了廚房。等她再出來時，就看到一個人正拿起那張傳單凝神細看。

上面只用最簡潔的語句陳述事實，並介紹新食肆的具體位置與大致的開張時間。姜菀還特地讓思菱給傳單添了些圖案，並畫上前往新店的路線圖。

沈澮看罷，抬眸道：「姜娘子要搬去永安坊？」

見姜菀頷首，他又看了一遍傳單上的字跡，忽然問道：「姜娘子曾師從哪位大儒否？」

「不曾。」姜菀詫異地搖了搖頭。蘇頤寧也問過她這個問題，到底是為什麼？

沈澮眼底掠過一抹黯然，他默然不語，只將那張傳單收好。

姜菀淺笑道：「崇安坊的姜記食肆最後一日營業，郎君要用些什麼嗎？」

沈澮道：「姜娘子隨意發揮即可。」

說著，他便轉身去窗邊坐下，側頭看著桌上嫩綠的枝葉。

沒多久，一碗青菜瘦肉粥、一小碟豆沙花捲跟一份青提茉莉飲放在他面前。

姜菀道：「今日這一餐由我請郎君，就當是答謝當日之事，還望郎君成全。」

沈澮只笑了笑，握著勺子輕輕攪起了粥。

青菜跟肉都切成了碎末，燉得很軟爛，米香與菜肉香交織。因為是夏日，粥刻意放涼了一些，但仍有一定的溫度，對他來說正好。

等姜菀忙完從廚房裡出來，就發現沈澹已經離開了。

思菱指了指桌子道：「他沒打招呼，只留下了一點碎銀。」

姜菀有些無奈。「我分明同他說過不必花錢。」

思菱道：「那位郎君說，來日會去慶賀小娘子開張之喜，不必急於一時。」

姜菀有些懵。他的意思是自己著急了？可她只是不想欠別人人情啊……

然而人已經走遠了，姜菀別無他法，只好去收拾碗筷。

午後，姜菀送了一大盒糕點以及一些精巧的禮物到隔壁李家，算是感念這些年來的鄰里之情。

回到家，姜菀又給蘇頤寧寫了封信，請她代為轉告姜荔搬家的事，同時邀請她過些時日來店裡做客。

處理完這些，就開始搬家了。許多大件家具之前便由周堯看顧著提前送去新家，今日要運送的主要是裝了個人物品的箱子。

好不容易搬完家，稍稍歇了歇，姜菀就囑咐周堯看家，自己則帶著思菱出門去集市。

原先店裡的桌椅有不少已經不堪使用，姜菀本著能省則省的原則，讓周堯將還算結實的重新刷了刷漆，多釘了幾下加固；實在沒辦法坐人的，就劈成木柴放進倉庫裡，準備留著燒火。

新食肆店面大，能容納的人數更多，姜菀在集市上訂了些桌椅、碗筷與杯盞，又買了幾張布簾，打算把大堂隔成散座跟雅間。

東西添置得差不多了，兩人便回去將店內好好佈置了一番。

每張桌上依然放著一小盆綠色植物，再放上幾個小杯子與備用的碗筷。隔間跟通往後院的門洞掛上簾子，入口處與後頭的散座之間放了一架屏風隔開。

至於後面的屋舍，正房有裡、外兩個隔間，姜菀與姜荔一人住一間，思菱不必再像從前那樣同她們擠在一處，而是住在側面的耳房。周堯則住在另一間靠近院門的房子，旁邊就是庫房，他守在那裡，姜菀比較放心。剩下的空屋子，留著以後添人手的時候再啟用。

屋子裡原本就有床榻、衣櫃、妝檯等物，只要鋪上新的被褥再掛上蚊帳便可以了。

等佈置好家裡，姜菀再度出門做一件大事——實地走訪。

初來乍到，她自然不能隨意開張，得先了解一下坊內居民的飲食習慣、消費水準，再決定自家店鋪往後的經營方向。

眼看暮色漸深，姜菀心中還是沒底。坊內的食肆、酒樓不少，售賣的飲食種類也很多元，她若想做出新意，並非易事。

忙了一整天，姜菀雙腳痠疼不已，打消了繼續探訪的念頭。回去的路上，她意外遇到了荀遐。

姜菀同他打招呼。「荀將軍。」

荀遐見到她，笑著說道：「姜娘子已經搬過來了嗎？」

「正是。」姜菀點頭。她想起自己的問題，遂道：「荀將軍這會兒有空嗎？我有些事情想請教一下。」

荀遐很熱心地說道：「我剛好忙完公事，這會兒應當是沒——」

話音未落，不遠處忽然有人喊道：「行遠。」

兩人同時看過去，只見一身淺色衣衫的沈澹站在一株柳樹下，手中握著韁繩，姿態頗為清冷。

荀遐神色一凜，連忙快步跑了過去。只見沈澹嚴肅地說了幾句話，荀遐連連點頭。

兩人說完話便朝姜菀走去，荀遐滿臉歉意道：「姜娘子，我臨時有事，恐怕不能幫妳的忙了。」

姜菀微愕，但很快就道：「無妨，將軍的公務要緊。」

「姜娘子有要緊的事？」荀遐問道。

姜菀搖搖頭道：「沒有，只是想請教荀將軍坊內居民的結構跟飲食習慣，便於日後經營。」

荀遐「喔」了一聲，瞥向一旁默不作聲的沈澹，忽然靈光一現，道：「姜娘子，不然妳問將……沈將軍吧？他也住在永安坊。」

雖同為將軍，可沈澹的階級比荀遐高，沈澹既有心隱瞞，荀遐只得配合。

姜菀微微一怔，看向沈澹。

——沈將軍？

雖然知道沈澹絕不是個手無縛雞之力的文弱郎君，不料他竟非尋常百姓。

姜菀一時沈默了。

平心而論，這位沈郎君並不平易近人，有如高山上終年不化的積雪，只可遠觀，接近了就會沾上一身的冰碴子。至於荀遐，他就跟小太陽般熱情如火，又沒有架子，與他相處，她總覺得自在一些。

沈澹看著猶豫不決的姜菀，神色沒什麼變化，只靜靜地等她表態。

荀遐道：「姜娘子，沈將軍住在這坊裡的時間長，比我更了解這兒的情況，妳就放心吧。」

姜菀好奇地問道：「兩位將軍似乎很熟？」

荀遐正想說些什麼，沈澹就淡聲道：「我們同在禁軍當差，是同僚。」

「對對對，我們……我們是同僚。」荀遐忙不迭道。

姜菀低頭想了一會兒，對沈澹欠身道：「那就恭敬不如從命，麻煩沈將軍了。」

沈澹頷首道：「姜娘子請吧。」

兩人就這樣散起了步。

姜菀起初不知該如何開口，有些侷促地摩挲著手指，可轉念一想，他既然都爽快答應了，自己何必扭扭捏捏？於是她主動打破沈默。「沈將軍，這坊內住著的居民，多數都在朝為官嗎？」

沈澹道：「十之六七。」

「他們一般在何處用餐？」

沈澹回答道：「每日上朝及上衙的時辰早，多數人無暇用早食；午間多在衙署公廚用午食；等到處理完公務後返家，那時再考慮晚食。」

姜菀喃喃道：「不用早食，這個習慣可不太好……」

她眼尾餘光瞥見沈澹步伐一滯，連忙轉移話題道：「那其餘居民呢？」

「其他人若是沒有要事，一般會按時用早食，只不過坊內的食肆跟酒樓都不售賣早食。姜娘子明日一早若是出門來看，便會發現靠近坊門處有許多流動的早食攤子。」

說著，兩人走到坊內最熱鬧的一條路上，道路兩旁是各種店鋪，其中不乏食肆跟酒樓，店內人聲鼎沸，酒肉飯菜的香味不斷地飄出來。

又走了一段路，姜菀便向沈澹道謝。「今晚多謝沈將軍撥冗解答我的疑惑。」

沈澹點了點頭，語氣平淡。「能幫上姜娘子的忙就好。」

「沈將軍在此留步，我先告辭了。」

姜菀剛轉過身，就聽見沈澹喚道：「姜娘子。」

「沈將軍還有什麼事嗎？」姜菀回頭看他。

「京城居，大不易。妳若是想在這裡長久地經營下去，得找出自己的優勢，並好好利用。」沈澹望著她緩緩道。

姜菀的神色從驚訝到若有所思。她朝他一笑，道：「多謝沈將軍指點。」說著向他行了一禮，轉身走入茫茫夜色中。

沈澹站在原地看著她的身影徹底消失，這才離開。

第二日，姜菀起了個大早，去了永安坊的坊門一帶。同崇安坊差不多，街旁一排全是賣早食的，有推著小攤車的，也有挎個籃子、鋪個攤子的。

姜菀一路走過去，發現有幾家小店營業，這些店鋪的規模比食肆小很多，坐在裡面的食客少之又少，多數人買了就走。她想了想，永安坊大多是有公職在身的人，早上時間有限，自然沒心情坐下來慢慢吃。

幾家略大一些的食肆這會兒尚未開門，果然如沈澹所說，並不售賣早食。

姜菀隨意進了一家店，要了一籠肉包跟一碗白米粥，店家還贈送她一小碟自己醃的鹹菜。

今早她吩咐思菱與周堯出門買菜，讓他們自己解決早食，她則再花一個上午的時間考察。

姜菀小心地咬開包子皮，將裡頭的肉餡吹涼。白米粥沒什麼味道，但正好能解肉包的膩。這兩樣東西的價格都比崇安坊的高，消費水準果然不一樣。

她邊吃邊分神看向了店外，不少人行色匆匆地往坊門走去，三三兩兩地站在一起說話，等候坊門開啟。

坊門一開，街上的人就散去了不少。姜菀付了錢出來繼續沿著路走，瞧見不少農民一大早便趕過來賣菜，那剛摘的菜葉新鮮嫩綠，還帶著濕意。

姜菀走了幾步，看到有賣荷葉與蓮蓬的，不由得停下了腳步。荷葉可以泡茶喝，不但清熱解毒，還能健脾開胃，更能用來做菜。

她想了想，買了一些荷葉。

第九章　競爭對手

姜菀返家時，思菱與周堯還沒歸來，她將荷葉洗淨放在一旁備用，再把心血來潮時自製的米酒端出來。

煮熟的糯米飯混合酒麴搓成的粉末密封在陶罐裡，姜菀將包裹在陶罐外的棉紗布取下來，有些忐忑。她揭開罐子聞了聞，覺得酸味似乎有些重，大概是溫度偏高了吧。

姜菀用木勺在糯米表面深深壓下一道痕跡，舀起一勺米酒嚐了嚐——味道尚可，但不夠完美。

她皺了皺鼻子，心想下次一定要把握好每個環節。

周堯與思菱採買東西回來以後，姜菀先是讓他們兩人嚐了嚐米酒，接著便要周堯將買來的雞清洗乾淨，又吩咐思菱將糯米粉和成麵團後再搓成珍珠大小的丸子。

荷葉雞這道料理做起來頗費心思與工夫，雞要經過炸、燒、燜等工序，再淋上鹽、油、酒等做的滷汁，最後包裹進沸水燙過的荷葉裡，在火上烤香。

等候荷葉雞烤好的過程中，姜菀在鍋裡放入米酒跟小丸子，切了一些水果丁與紅棗，煮一鍋熱氣騰騰的酒釀圓子甜湯。

等到雞烤熟之後，姜菀小心地剝開荷葉，整隻雞的外皮已被滷汁染成令人食指大動的黃褐色。雞肉鮮美嫩滑，除了本身的香味，還有屬於荷葉的淡淡清香。輕輕一扯，雞肉便脫了骨，每一口肉都有飽滿的汁水。

爐上煨著的甜湯煮好了，煮過的水果丁依然保留著口感，甜絲絲的汁水滲進米酒中，讓米酒的酸味不那麼重。

夏天喝碗熱甜湯，五臟六腑都被熱意浸透，三人流了汗，十分暢快。姜菀將剩下的甜湯用井水湃著，打算等到晚上再熱一熱來喝。

忙完以後，姜菀終於有了空閒，思索食肆該如何發展。

售賣早食顯然不是絕佳的選擇。一則她初來乍到，不像在崇安坊時有一定的名聲，無法同永安坊的老字號早食攤子競爭；二則早食盈利有限，又耗費精力，ＣＰ值不高。

這麼一來，售賣晚食最恰當。姜菀又想，既然每日都要給學堂送點心，那乾脆多做一些，畢竟點心不拘時間，任何時辰都能賣。

第二日開坊後，姜菀去了一趟西市。

景朝的東、西市劃分很明確，西市主打大眾化、多元化，賣的多是外地或西域等地傳進來的貨物，其中有許多是本地不適合種植的作物。

這個時候的交通不太便利，許多水果需要千里迢迢地運輸過來，有些罕見的、珍貴的，平常人家根本吃不到。

相較於西市，東市主打貴族化，售賣的都是較為昂貴的商品，去那裡的人非富即貴。

雖說西市內不少貨品在永安坊內也有賣，但坊內空間有限，無法滿足開店的大量需求，因此想進貨的話，還是要去西市。

姜菀正想著要淘什麼東西回去，一低頭便看見一個婦人面前的籮筐裡堆著不少黃綠色的果實，不禁好奇問道：「這是什麼？」

婦人笑道：「小娘子，這是薜荔。」

姜菀一時沒反應過來，呆呆地重複了一遍。「薜荔？」

婦人很熱心地解釋。「這果子搗碎揉搓後可以做成涼粉，無須添加其他東西。」

在缺乏現代化工具的古代，這樣純靠手工就能製作食物的果實很難得，姜菀當機立斷買了一些薜荔，那婦人亦毫不吝嗇地傳授給她製作涼粉的小秘訣。

回家後，姜菀先將薜荔放在一旁，將今日為學堂做的點心裝箱。

她準備的點心是綠豆糕跟紅豆酥餅，飲品則比較簡單，把葡萄洗乾淨搗爛，再倒入冰鎮的茶水與煮熟的小丸子，加一些糖，清爽的口感正好可以用來解糕點的甜膩。

點心備好了，姜菀把糕點用油紙包起來，葡萄飲則按二十餘人的量裝進一只銀製的壺裡。使用銀壺，也是求個雙方安心。

周堯這些日子馬不停蹄地按照姜菀的要求如期做出一些器具，其中就有一只木箱，正好能用來裝送往學堂的點心。

木箱分兩層，底部做了凹槽，可以將包裝成塊的點心與裝滿液體的銀壺穩穩當當地嵌在箱底。內壁也預留了一定的空間，待點心裝好，姜菀就塞了些柔軟的棉花跟布料進去，既能減緩震動，也能留住涼意。

原本蘇頤寧與姜菀商量的是她每日派人駕車上門取貨，但姜菀覺得讓自己的人親手把點心交給學堂更妥當，因此兩人取了個折衷的法子，由周堯乘坐蘇家派來的車去送點心。

綠豆糕是蒸出來的軟糕點，放一放倒是無妨。紅豆酥餅是新鮮出鍋的，這樣焦脆的餅得趁熱吃才能餘香滿口，放久了口感會大打折扣，因此周堯不敢耽擱，將箱蓋蓋緊後，搬起木箱放上車，立刻前往松竹學堂，待學子們用完點心再把箱子帶回來。

目送馬車遠去，思菱問出心底的疑問。「小娘子，我們的食肆何時重新開張？」

姜菀道：「不急。眼下才剛搬過來，盡可能積累些名氣後再開張，才能讓盈利最大化。」

思菱聽得有些迷惘，但是她無條件相信姜菀，便未多言。

數日後的早上，思菱買了菜回來時，一臉悶悶不樂，嘟囔道：「他家怎麼陰魂不散啊！」

「思菱，妳說什麼？」姜菀端著一個陶盆從廚房走了出來，沒聽清她的話。

周堯恰好從門外進來，隨口回道：「前頭那條街上好生熱鬧，似乎有新店開張。」

思菱撇了撇嘴道：「什麼新店？就是俞家開了家分店罷了。」

她看向姜菀，抱怨道：「小娘子，俞家是專跟我們過不去嗎？從前挖走我們的人，如今又在附近開酒樓。」

姜菀推開了門，隱約能聽見鞭炮聲與人聲，她回頭問道：「思菱，妳回來時可曾看清裡頭的格局？」

思菱悶悶道：「看清了，是三層的屋子，今兒是第一日開張，說所有的菜品跟酒水都便宜賣，吸引了不少人過去。小娘子，他們的陣仗這麼大，我們……有勝算嗎？」

姜菀將門關好，很平靜地說道：「我們自然比不過。」

思菱不禁有些沮喪。「小娘子也這麼認為嗎？」

「妳也瞧見了，俞家酒樓起點高，有足夠的人手跟錢財，負擔得起幾層的屋子，能挖走任何瞧上眼的廚子，這是他們的優勢。」姜菀不遮掩自家的短板。「我們只賣尋常的點心跟晚食，而俞家必然會走高價的經營路子。」

她輕嘆口氣道：「我們沒那種條件，只能守好自己這一畝三分地，踏踏實實做生意。既然比不過，就不必跟他們比，否則只會徒增煩惱。」

思菱一時語塞，沈默了一會兒才澀然開口。「小娘子……」

「別垂頭喪氣了，快來幹活。」姜菀招手讓兩人過來。

思菱與周堯看著自家小娘子笑盈盈的樣子，便打起精神開始忙碌。

蘭橋燈會即將到來，姜菀每日除了給學堂供應點心，其餘時間都在專心研究新品。

周堯已根據她的要求用木頭、竹子等原料做了不少物品，有些他根本從未見過，也不知自家二娘子是怎麼想出來的。思菱則根據姜菀對不同食物的要求，在包裝紙上勾畫了一些花樣。

這日，姜菀前往蘭橋實地探訪。她抵達蘭橋的時候，正是午後，即使隔著帷帽，依然有些燥熱。

待走到覓蘭河畔，不知從何處飄來一片雲，擋住了熱辣辣的太陽。姜菀伸手撩起帷帽的薄紗，感受著那帶著涼意的風拂過。

方才姜菀仔細看過了，蘭橋這一帶有不少店鋪，她也向人打聽了一下，得知燈會當日河岸邊、橋上都能自由擺攤，並無限制，簡單來說，就是先到先贏。

由於只有七夕當晚取消宵禁，因此他們沒辦法前一夜就去搶占合適的攤位，思來想去，只能等七夕一早開了坊門後就馬不停蹄趕到蘭橋，在那裡守到晚上。

「小娘子若是想占個天時地利，必須來得早一些，否則只怕擠不過旁人。」說話的老人似乎也是提前來踩點的，一副很有心得的模樣。

看來七夕那日要做好堅守陣地一整天的準備了，還得帶好口糧跟水壺。姜菀向老人道過謝，繼續考察起來。

燈會當晚除了擺點心，還要放其他道具，因此姜菀需要一處開闊寬敞的地方。看來看去，她相中橋邊一棵柳樹下的區域。

橋上人潮洶湧，占據橋下的有利位置，便能吸引過路人的注意，再者，柳條隨陣陣涼風擺動，賞心悅目，就著美景品嚐點心，別有一番風味。

相中了地點，姜菀又決定把家中那輛小攤車推來，心想如此應當萬無一失。

返家後，姜菀搬了張小凳子坐在屋簷下吹風。周堯去學堂送點心，思菱則將蛋黃的小木屋搬到屋簷下，給牠換水添食。

蛋黃趴在那裡，不知為何有些躁動不安，不停地用爪子扒拉著自己脖子上的毛。

姜菀以為牠在求摸，便摸了摸牠的頭，然而蛋黃卻還是一副煩躁的樣子，牠伸長脖子，露出脖子上的牽繩。

這讓姜菀察覺可能是繩子緊了，牠不舒服，便伸手過去鬆了鬆繩子。她撥開蛋黃的毛，發覺繩圈末端用紅繩打了一個小小的蝴蝶結，紅繩有些褪色，露出毛毛的線頭。

「這個結……」姜菀喃喃道。

一旁的思菱輕聲道：「是……從前娘子在的時候繫的。」

姜菀一時沈默了。

雖然她對素未謀面的爹娘沒什麼感情，卻擁有原主的記憶，再想起自己前世的母親，不由得感傷。

「過了七夕就是七月半，是時候去看看阿爹跟阿娘了。」姜菀輕輕撫著蛋黃的頭，低聲道。不僅是祭拜姜氏夫婦，也是遙遙思念母親。

「小娘子……」思菱走過去，伸手摟過她的肩膀輕拍著安慰。

微風陣陣吹拂，卻吹不散心底紛繁複雜的情緒。

姜菀靠在思菱身前，慢慢閉上眼睛。

七夕前一晚，姜菀幾乎沒怎麼睡，她索性早早起身，又做了不少新鮮的糕點跟飲子。

坊門快開的時候，姜菀已經做好準備，與周堯合力推著車候在那裡。她掃視了人群一圈，有不少人看起來也是要去擺攤的。

天微亮時，鼓聲自宮城內響起，待聲音傳到坊內時，永安坊的坊門便緩緩開啟了。姜菀與周堯卯足一口氣，在坊門徹底打開後用最快的速度衝了出去。

周堯腳底猶如踩了車輪，推著小攤車片刻不停地往蘭橋趕去；姜菀跟在後面，扶著小攤車上堆放著的點心與道具，防止掉落。

晨風裡，她的鬢髮有些凌亂，垂在身後的髮辮隨著她奔跑的動作飛舞，辮梢繫著的一朵明黃色小花猶如振翅的蝴蝶，醒目的顏色擾動旁人朦朧的睡眼。

兩個人剛好騎馬從她身旁掠過，其中一匹馬上的人微微側頭，目光凝在那一抹亮色上。

荀遐正滔滔不絕說著話，眼尾餘光見將軍的注意力似乎不在他這裡，不由得看了過去，「咦」了一聲道：「那不是姜娘子嗎？她急匆匆的是要去哪？」

沈澹沒作聲，很快就收回了目光。

荀遐自言自語道：「看她的行頭，倒像是趕著去做生意……可蘭橋燈會是在晚上啊？」

「蘭橋燈會」那四個字讓沈澹的眉梢動了動。「你很了解？」

荀遐點頭。「當然，末將每年都會去燈會。」

沈澹睨了他一眼。「從未聽你說過。」

荀遐嘿嘿一笑，有些不好意思。「畢竟七夕是小娘子們的節日，燈會上也大多是年輕女郎，末將呢，又沒個伴，說出來多丟人。」

他瞥了神色平淡的沈澹一眼，試探著問道：「將軍，您要去嗎？」

沈澹面無表情道：「今晚是我當值。」

「那末將只能自己去了。」荀遐興高采烈，毫不彆扭。

沈澹不語，只默默催動身下的馬匹再快一些。

姜菀自是沒留意到這兩個人，她與周堯兩人保持腳下的速度，終於順利趕到蘭橋邊，搶占最佳地點。在他們之後，有不少人相繼趕來，雖然還未到晚上，但蘭橋已是熱鬧得很。

兩人氣喘吁吁，額頭上都是薄汗。姜菀指揮著周堯把小攤車擺好，其他的物品則先不急著取出來。

那日為姜菀解答疑問的老人亦揹著個碩大的布包來了，他看見姜菀，不由得稱奇。「小娘子來得可真夠早的。」

老人在小攤車旁邊席地而坐，將布包從身上解下來，笑呵呵道：「小娘子，我就在妳旁邊擺攤了。」

姜菀瞧著那鼓鼓的包裹，好奇道：「不知您是賣什麼的？」

「小娘子安心，我不是來同妳搶生意的。」老人說了句玩笑話。「我沒什麼手藝，只會做些機巧玩具。」

左右這會兒沒什麼人，姜菀便跟老人聊了起來。

這老翁姓鐘，住在京郊，家中有點田，種了不少蔬菜，種類也算齊全，平日靠來城裡賣菜謀生，每逢年節還會趕製一些小玩意兒到集市上售賣。

鐘翁的溫飽不成問題，只是面朝黃土背朝天的日子過久了，人顯得很蒼老。

姜菀看他的衣衫打著大片補丁，那雙黧黑的手滿是深深的裂紋，一看便是辛勤勞作的人。

兩人就這麼一直聊到了午間，姜菀覺得腹中空空，便讓周堯取了幾塊點心出來，又分給鐘翁一些。

鐘翁道了謝，接過點心道：「一過了晌午，來燈會的人就會變多，小娘子就能把要賣的東西擺出來了。」

確實如他所說，往來的人逐漸多了起來，姜菀便與周堯一道從小攤車裡搬出一個可摺疊的木架。

木架打開後，下端是三角底座，穩穩當當地立在地上，上端則釘著一塊圓形的木板。木板被毛筆劃分出幾塊扇形的區域，每塊區域都貼著一張寫了字的紙。最後，姜菀把一根細長的薄木條固定在木板的圓心位置，木條前端被削成了尖尖的形狀。

鐘翁不識字，只瞪大眼睛看著這奇形怪狀的東西，道：「小娘子，這是何物？」

姜菀道：「我叫它『轉盤』，今晚我的生意便靠它招攬了。」

鐘翁仔細觀察著這木架的組裝與連接處，道：「這是小娘子自己做的嗎？」

姜菀笑著指了指周堯道：「是他做的。」

鐘翁連連點頭，讚道：「後生可畏。」

說著，他也將自己布包裡的東西一樣樣拿出來擺好。

姜菀看了看，幾乎都是木頭或竹子製作的一些小玩具跟小擺飾，做得很小巧可愛。因為周堯要去學堂送點心，思菱便過來接替他。她對鐘翁做的那些手工藝品十分感興趣，蹲在一旁興致勃勃地跟著學了幾手。

天色漸晚，蘭橋周圍亮起了燈火，許多商販高高懸掛起各式花燈，映得整條街亮如白晝。

姜菀跟思菱一起掛起「姜記」的招牌，比起千篇一律的叫賣聲，那擺在蘭橋邊、格外顯眼的木架顯然更引人注意。

很快的，有人停在小攤車前，疑惑地問道：「這是？」

姜菀回道：「此物名為『轉盤』，上面貼有內容不同的紙張，凡今晚在姜記購買點心達到四十文者，就獲得一次轉動木板抽取贈禮的機會，以此類推。」

說著，她示範著轉動了木板，待木板緩緩停住，圓心處的木條就指向了一片區域。

眾人湊過去看，只見那裡的紙片上寫著一行字：轉至此處者，可得珍珠奶茶一杯。

「珍珠奶茶？難道珍珠可以食用？」一個小娘子瞪大了眼睛。

姜菀端起杯子說明道：「奶茶是用牛乳加茶磚沖泡的。此『珍珠』非彼珍珠，而是用木薯粉加紅糖做成、如珍珠般大小的圓子。」

本朝已有奶茶，倒不稀奇，稀奇的是這奶茶中的「珍珠」。

那小娘子眼前一亮，感興趣地說道：「我來試試。」

她饒有興致地看著姜菀擺出來的點心，發覺樣式都很精巧，聞起來也香氣撲鼻，便買了些鮮花餅跟紅豆糕，湊夠了抽取贈禮的金額。

小娘子興沖沖地捋起袖子，用力轉動那木板。

木條最後沒能如她所願指向珍珠奶茶，而是指向另一處：轉至此處者，可得第二份半價。

小娘子立刻皺起了眉，問道：「這又是什麼？」

姜菀笑著說道：「小娘子可在所有的點心裡任選一份，付一半的錢就可以。」

第十章　燈會偶遇

小娘子看了一會兒，最後拿起一份包裝好的荷花酥，油紙包外用一條寫著小字的字條固定住，還黏著一朵紙剪出來的小小荷花，很是精緻。

姜菀道：「您抽中了半價贈禮，因此這包荷花酥只要付十文。」

小娘子戀戀不捨地盯著那杯珍珠奶茶，遺憾道：「我可以重抽嗎？」

姜菀抿嘴一笑，將珍珠奶茶跟銀匙遞給她。「您是我們第一位客人，這杯就送給您了。」

小娘子驚喜地道謝，接過來喝了一口──奶茶甜度適中，牛乳的綿密醇香與茶葉的清幽淡雅相得益彰，小圓子軟綿綿的又很有嚼勁，令她滿足地瞇起眼。

眼見小娘子心滿意足地離開，很快就有人跟著買了點心去轉木板。

不管古代還是現代，人們總是對碰運氣的抽獎情有獨鍾，不少人為了獲得更多抽獎機會，消費了不少金額。

姜記的小攤前漸漸排起長隊，思菱收著錢，眉開眼笑。她沒想到自家小娘子這麼有商業頭腦，想出了這個法子來吸引食客。

除了點心，姜菀沒忘了將各種餡料與花色的月餅各擺一個出來展示。

盛放月餅的陶瓷碟子色澤為深藍，如廣袤夜空。渾圓豐盈的月餅便如那皎皎明月，嵌在夜色之中。

月餅的餅皮表面圖案不一，有玉兔與桂花，也有山水風景跟花卉樹木，寥寥幾筆便十分傳神。月餅碟旁放著的是禮盒，每個禮盒裡都裝著各式月餅，很適合用來贈與他人。

七夕的主題不是月餅，因此整條街上除了姜菀，沒有第二家攤鋪售賣月餅。

有人問起月餅的事，姜菀順勢遞出她寫好的傳單，打起了廣告。「距離中秋還有幾日，各位能提前訂購月餅。」

說著，她拿出一些月餅供客人試吃。

包著月餅的是兩層紙，裡層的油紙沾滿油漬，外層的紙張則清清爽爽的，繪著簡單的圖案。

姜菀掰開一個月餅展示餡料有多實在，但更引人注意的是，月餅中包著一張細細長長的字條，上面題著詩句，有如籤文一般，每個月餅中的字條內容都不同。

每碟月餅前皆放著標籤，上面寫著月餅的口味。除了常見的豆沙、棗泥跟五仁，還有鹹蛋黃、水果等餡料；餅皮除了奶皮、油酥皮，還有爽口的冰皮。

甜的吃多了容易膩，姜菀細心地準備了冰飲子供食客解膩。

很快就有人買了幾樣月餅，也有來晚的人問道：「月餅還有嗎？」

「今日剩的不多了，不過我們接受預訂。姜記食肆就在永安坊內，過完七夕就會開張，若客人們有需求，可以去店裡詢問跟下單。」姜菀一面介紹，一面將自家食肆在官府的備案文書拿了出來。「客人們儘管放心，我們家是正規經營。」

有官府的文書作為擔保，不少人索性今日訂購，當場簽下書契。

這一晚收穫頗豐，姜菀正將轉盤上翹起邊的紙張撫平，便聽見一道熟悉的聲音。「姜娘子，妳果然在這兒。」

姜菀莞爾一笑，側頭道：「荀將軍可安好？」

荀遐探頭看向她身後的轉盤。「都好都好……姜娘子，這是什麼？」

思菱解釋了一遍規則，荀遐一聽，立刻說道：「好，我來買些點心。」

荀遐火速挑了幾樣點心，姜菀替他打包時，他便迫不及待地轉起了木板。

為了增加活動的趣味，同時盡可能刺激消費，姜菀在木板上劃出一處非常微小的空白區域作為「謝謝惠顧」的鼓勵區，轉到此處為不中獎。

一整晚的食客都是百分百中獎，因為那塊鼓勵區實在太小，想轉到那裡可不容易。

然而這千里挑一的運氣就落在荀遐身上，他看著木條緩緩指向某個區域，忙湊過去看，卻發現那裡空空如也。

得知自己沒中獎，荀遐一張臉苦哈哈。「妳是說，今日只有我一人什麼都得不到？」

看到姜菀點頭，他誇張地長吁短嘆起來。「上天薄待於我！」

姜菀想笑，卻努力忍住了，安慰道：「這贈禮原本就是博君一笑，荀將軍不必——」

荀遐擺擺手，一副不服輸的模樣。「我不信我的運氣這麼差。姜娘子，是不是花四十文就能再轉一次？」

姜菀點頭道：「正是如此，荀將軍要賭嗎？」

荀遐賭性堅強，又買了些點心，再度轉動起木板。

慢慢的，木板緩緩停住。荀遐屏住呼吸，看著那木條指向的區域。

——又是空白！

這下思菱忍不住「噗哧」笑出了聲，她連忙捂住嘴，小心翼翼地偷瞄荀遐的臉色。

姜菀沒想到荀遐的手氣竟是這般「驚人」，畢竟接連兩次轉到空白處的機率可太低了。

眼看荀遐還想再花錢，她連忙勸道：「荀將軍，四十文的點心分量不少，天氣炎熱，食物若是囤積，很容易就會變質。」

荀遐一想也是，只得悻悻道：「姜娘子說得是。」

姜菀將珍珠奶茶端給他。「荀將軍不必再破費了，這杯就當我請您的。」

誰知荀遐拒絕了。「姜娘子客氣，妳且等我一等，我看看——」

荀遐的目光在四周梭巡一圈，忽然在人群中發現某個人，那個人察覺到荀遐訝異的視線，緩步走了過來。

沈澹今日穿了身深色衣裳，整個人彷彿要同夜色融為一體。他看向荀遐，道：「何事？」

荀遐見姜菀的注意力被其他食客吸引，忙低聲對沈澹道：「您今晚不是當值嗎？」

沈澹揉了揉眉心，沈聲道：「聖上微服出宮，我隨侍在側。」

「聖上也來了？」荀遐驚得四下打量。「在哪？」

沈澹不動聲色地朝蘭橋那邊望了過去。
荀遐往橋上看去，果然看到聖上一身靛藍色常服、腰束玉帶，打扮得有如尋常郎君，他身旁還站著一個女子，模樣再熟悉不過。兩人正並肩說話，神色都很嚴肅。
他咋舌道：「原來是為了見——」
沈澹咳了一聲，蓋住荀遐說出的那個名字。「慎言。」
荀遐忽然想起了自己的本意，便道：「將軍，您想吃點心嗎？」
沈澹默默看著他，不開口。
荀遐討好地笑了笑。「末將知道您有胃疾，不愛吃點心，只是姜娘子的手藝不錯，您不想嚐嚐鮮嗎？」
「你若再兜圈子，我就要走了。」沈澹撣了撣袖口，聲線平平。
荀遐連忙笑嘻嘻道：「將軍，那末將就直說了。」
他指著姜記的招牌跟那個轉盤，解釋了一下規則，並「哭訴」了一番自己那差到極致的手氣，而後道：「將軍，您明白末將的意思了嗎？」
沈澹淡淡「嗯」了一聲，抬步走了過去。
「咦，沈將軍？」姜菀意外地眨了眨眼。「真巧，您也來燈會了。」
不知為何，今日的他看起來比平日多了幾分冷肅的氣息。
沈澹掃了小攤車一眼，琳琅滿目的點心散發著誘人的芳香。他沈吟半晌，買了幾樣點心，不等姜菀說明就放下了銀錢，走向轉盤，伸手隨意一撥。

荀遐緊盯著那不斷旋轉的轉盤，看著木條最終穩穩地指向了珍珠奶茶。他無可奈何地嘆了口氣道：「果然還是將……沈將軍的手氣更好。」

姜菀抿唇一笑，將珍珠奶茶端出來。「沈將軍請嚐。」

沈澹聞到了一陣帶著暖意的甜香味，緊繃的眉頭鬆了鬆，眸光落向姜菀手中那杯尚冒著微弱熱氣的珍珠奶茶。

他伸手接過了茶杯跟銀匙，輕輕一嗅，心底的話就那麼脫口而出。「這是以茉莉花茶為底。」

姜菀訝然，點頭道：「沈將軍好靈的鼻子，確實是用茉莉茶熬的茶湯。」

荀遐亦是瞪大眼睛看向沈澹，心想將軍真是深藏不露，雖不重口腹之欲，卻是個品鑑高手。

沈澹唇角微揚，對荀遐道：「我不吃甜食，給你吧。」

荀遐終於嚐到心心念念的珍珠奶茶，姜菀卻忍不住看向沈澹，露出費解的神情。她還記得，那日他來食肆用膳，要的就是甜口的豆腐腦，怎麼今日又說自己不吃甜食了？

只見沈澹向她微微頷首道：「我尚有要事在身，先告辭了。」

說罷，他便快步離開，沒入洶湧人潮中，沒忘了帶走那些點心。

姜菀收回目光，在心底暗暗稱奇。這位沈將軍能輕易察覺藏在食物香氣背後的真面目，按理說，這樣的人應該很會吃，也喜歡吃吧？

她正發著愣，荀遐已經用銀匙喝下最後一口珍珠奶茶，隨口道：「姜娘子，若是這珍珠奶茶能拿在手裡邊走邊喝，該有多好。」

聽他這麼一說，姜菀便思索起此事的可能性。確實，若有便於攜帶的杯子跟能用來吸吮珍珠的「吸管」，可就方便多了。只是在如今的物質條件下，要用什麼原料做呢？

姜菀陷入自己的思緒中，許久沒作聲。

荀遐歸還空了的茶杯跟銀匙，向她抱拳道：「姜娘子，今日多謝款待，我先告辭了。」

姜菀點頭道：「荀將軍慢走。」

等荀遐走遠後，姜菀轉頭就看見鐘翁有些疲倦地站起身捶打腰部。「人老了，不中用了。上元節燈會的時候，我也是如今日一般忙了幾個時辰，卻不曾覺得乏力。」

姜菀瞧了天色一眼，道：「時辰不早了，您準備的東西都已經賣完，何不回去歇著？」

鐘翁道：「我孫子倒是在家，只是——」

他不知想到了什麼傷心事，眼眶一下子就紅了。

姜菀直覺他的命運似乎有些坎坷，便安靜聽他說話。

原來鐘翁中年喪妻、老年喪子，只留下他與孫子跟孫女相依為命。鐘翁的孫子如今不過十六歲，平日跟著他種地賣菜。

說到這裡，鐘翁沈默良久。

姜菀小心翼翼地開口道：「那您的孫女呢？」

鐘翁抬手抹了抹眼睛，哀嘆道：「我那孫女……都是被我連累的，才不得歸家。」

那時鐘翁的兒子還在世，鐘翁得了場急病，卻拿不出足夠的錢醫治。鐘大郎不得不忍痛將十二歲的女兒送去啟平坊一戶人家為婢，換取銀兩給阿爹尋醫問藥。鐘翁雖病癒，卻從此無法日日與年幼的孫女相見。

景朝的奴僕買賣分為好幾種，有終身買斷的，也有按期雇傭的，鐘小娘子屬於後者。她雖在那家府裡當差，不得輕易離開，但每逢年節時，若得了主人的恩准，還是能與家人團聚。當年那戶人家買走鐘小娘子時簽了十年的契約，等期限一到，鐘翁就能把孫女接回家了。

鐘翁說著，忍不住掉下了眼淚。「我那孫女生下來便沒了娘，從小就沒享過福。她阿爹把她送走的時候，我在病榻上不知情，等我能起身時才知道此事，卻不能苛責大郎，畢竟他是一片孝心。

「後來大郎得了病沒救回來，家中就剩下我跟孫子，孫女只有年節時能回家。她說那家主人對待下人很仁慈寬容，自己不曾受過什麼委屈，可我如何不明白，她小小年紀便離了家去伺候旁人，定然吃過不少苦頭。」

鐘翁嘆道：「她在啟平坊的徐府，大郎曾說那府裡的主人是朝中官員，只是我不懂這些，也不知究竟是怎麼樣的人家。」

姜菀心中有些唏噓，兩人一時無話。

眼看來逛燈會的人潮漸漸散去，姜菀便與思菱一道整理起東西，準備打道回府。

鐘翁只背了一個布包，收拾起來很快，他對姜菀說道：「小娘子，我就先走一步了。」

他頓了頓，又道：「小娘子是開食肆的，若需要蔬菜水果，可以來找我。我每日都在永安坊的集市擺攤，賣的東西都是自家所種。」

姜菀對上老人疲憊憔悴的容顏，點點頭道：「好。」

鐘翁正要離開，卻見遠處走過來一個年輕人。他一身粗布衣衫，沈默地上前喚道：「阿翁，我來接您了。」

「阿紹？你不是去啟平坊看阿慈了嗎？」儘管驚訝，但看到孫子的鐘翁還是笑了。

鐘紹簡短地「嗯」了一聲。「去過了，她一切都好。」

他的面色雖冷，倒也生得清秀，姜菀想了想，用現代的話來說，就是長了一張厭世臉。

鐘紹雖然面無表情，攙扶鐘翁的動作卻很小心周到。他將鐘翁身上的布包接過來挎在自己身上，另一隻手則牢牢扶著鐘翁的手臂，低聲提醒他注意腳下。祖孫兩人踏著滿地的燈火，相偕著漸行漸遠。

姜菀回過神，就見思菱已經收拾得差不多了，周堯也按照她囑咐的時辰過來，負責將小攤車推回去。

猶豫了一下後，姜菀說道：「你們先回去，我在這邊轉一轉。」

「小娘子，天色不早了，還是早些回去歇息吧？」思菱遲疑道。

「無妨，今晚沒宵禁，我過一會兒就回去。」姜菀安撫兩人，催促他們盡快回去清點今日的進帳。

待思菱與周堯離開，姜菀才往橋上走去。她停在一處售賣花燈的攤子前，瞧著造型五花八門的花燈，一時有些猶豫不決。

「小娘子喜歡什麼樣的？若想親手放，可以選擇天燈、河燈；若想帶回家欣賞，可以選擇能懸掛的花燈。」攤主熱情地介紹。

姜菀的目光在那些花燈上打轉，最終選了一個蓮花形狀的河燈。她剛付錢，就聽見身旁響起一道溫婉的聲音。「姜娘子？」

姜菀側過頭，看到了蘇頤寧含笑的臉。「蘇娘子。」

蘇頤寧看向她手中精緻的花燈，道：「姜娘子是要去放河燈嗎？」

姜菀點頭。「正是，趁著今日還未結束，我也正經地過一回七夕。」

蘇頤寧淺笑道：「真巧，我也是這樣想的。」說著，她也買了一個河燈，向姜菀道：「姜娘子不介意的話，我可否與妳同行？」

姜菀欣然答應，兩人順著蘭橋的石階一路向河邊走去。

覓蘭河悠悠流過，河岸邊聚集了不少放河燈的女郎們，也有相依的年輕男女共同將河燈放入河水中。

兩人徐徐蹲下身去，將河燈點亮。姜菀望著那螢螢燈火，心底默默祈禱：希望食肆能順利開張，業績蒸蒸日上，自己能早日實現財富自由，過上衣食無憂的生活。

她雙手合十，閉目許願，許久才睜開眼，十分虔誠莊重地將河燈輕輕放上水面，目送它漂向遠方。

一旁的蘇頤寧亦是如此。

待兩人的河燈都流走，姜菀便笑著說道：「蘇娘子年年都會來蘭橋燈會嗎？」

蘇頤寧搖頭。「早些年我待在宮中，一言一行俱受宮規制約，無法像尋常人家的女郎一般自在生活。」

路旁有小販叫賣外型精緻的七夕巧果，兩人各買了一些，沿著河岸邊走邊吃。

蘇頤寧用帕子按了按鼻尖，笑言道：「出宮了才發現，原來人世間如此鮮活，倒讓我遺憾沒能早些出來，否則還能做更多有趣的事。」

姜菀道：「蘇娘子與辦學堂，正是在做有意義的事。」

蘇頤寧搖搖頭道：「姜娘子謬讚了。辦學堂是我及笄之年的心願，如今終於得償所願。」

提及此事，姜菀也有些感慨。「若不是聽人說起松竹學堂，還不知我家小妹何時才能順利唸書進學。」

蘇頤寧的眸子輕輕閃了閃。「我聽阿荔說過，姜娘子年歲不大，卻能在短短一個月內重振食肆的生意，想來付出了巨大的心血。我雖不曾從商，但開設學堂的過程中也遇到很多困難。我想，姜娘子比我更不容易。」

姜菀慨嘆道：「現下想起以前的種種，有種撥雲見日之感。無論如何，只要結果是好的，那麼一切辛苦也就值得了。」

蘇頤寧深以為然。「姜娘子說得對。」

她憶起往事，臉上浮現出了一絲抑鬱。「起初我提出興辦私學之事，家中兄嫂都不甚贊同，好在我身邊還是有人支持我，不至於獨木難支。」

姜苑望著她的側顏，不禁說道：「蘇娘子，我聽過很多人對您辦學堂一事讚不絕口，大家都打心眼裡敬佩您能做出這樣一番事業，能向寒門子弟敞開大門，我也是。」

蘇頤寧柔聲道：「有妳這句話，我便知道自己所做的一切都有價值。」

她微微一笑，只是笑意未達眼底。

姜苑試探著問：「蘇娘子似乎有心事？」

第十一章　熱鬧開張

蘇頤寧不答反問。「姜娘子在經營自家生意的過程中，可曾遇過什麼意料之外的事情？」

姜菀點點頭。「那是自然。旁的且不論，單單是租賃店面這件事，我便險些無路可走。若不是荀將軍，只怕我得屈服於原先的房主，接受她上漲賃金的無理要求了。」

細細想來，這一切與松竹學堂有千絲萬縷的關係，若不是松竹學堂，她便不會與荀遐相識，更別提後面種種事情了。

姜菀笑著說：「世間萬事總是環環相扣，即便是意料之外的微小細節，或許也會在日後掀起巨大波瀾。」

「那……姜娘子遇過意料之中、情理之外的事情嗎？」蘇頤寧抿了抿唇，問道。

意料之中、情理之外？姜菀慢慢咀嚼此話，總覺得蘇頤寧身上藏著許多隱秘的故事。她斟酌著回道：「似乎沒有。」

蘇頤寧頷首，沈默不語。

兩人又走了半晌，蘇頤寧說道：「姜娘子，恕我冒昧，妳會將經營食肆當作終身事業嗎？」

姜菀回道：「自然。我既有這一技之長，又肩負著整個家的擔子，便要將姜記食肆做大做強。」

「即使旁人不理解、不支持？」

姜菀思索了一下，道：「聖上登基後，對女子的束縛較從前少了許多，女子也能靠著一身本領做生意。我們無法改變旁人的想法，只能做好自己，況且……」

她苦笑道：「我家中長輩俱已離世，不會有人干涉我。」

蘇頤寧默然良久，才緩緩道：「我家中尚有兄嫂，常對我開辦學堂一事有所議論，他們總覺得我該完成其他事。」

姜菀微愕，很快就反應過來「其他事」指的是終身大事。

蘇頤寧無疑是一位值得尊敬的女性，但她的家人恐怕更在意她「大齡」未婚的問題。

想到這裡，姜菀有一瞬間的迷茫。前世她早已成年，但因為原生家庭的陰影，一直很抗拒婚姻。再者，她畢業後便一直專注於事業，忙得無暇接觸年齡相仿的男性。

眼下，這具身體也已到了能成婚的年紀，她卻依然沒有心思。當生存都成了問題，誰還有閒心風花雪月？

「姜娘子對婚事是怎麼想的？」

今晚的蘇頤寧彷彿化身哲學家，總問些直擊心靈的問題。

姜菀道：「順其自然。我斷不會為了成婚而委屈自己，若要嫁人，必要尋一個真心相愛的郎君，也不放棄經營食肆。」

前世的姜菀身為美食部落客，製作美食既是事業，也是興趣。這世她雖是穿過來的，卻為了重振自家食肆而費盡心思，要她放棄這些，不可能。

晚風挾著簌簌葉聲拂過兩人的衣角。蘇頤寧輕輕嘆了一聲，喃喃道：「我與妳想法相同，只是天底下的男子似乎都更希望娘子在後宅操持家務，而不是在外拋頭露面。」

「若遇不上支持我發展事業的男子，不嫁也罷。」姜菀笑著攤手。

蘇頤寧望著她不甚在意的神情，抿了抿嘴，長吁了一口氣。

到了永安坊的坊門處，蘇頤寧停下步伐，輕輕握住姜菀的手，微笑道：「姜娘子，今晚叨擾妳了，我同妳很投緣，謝謝妳願意聽我說這些話。」

姜菀看著蘇頤寧柔和的眉眼，心頭不禁一軟，覆上了自己的手，道：「能同蘇娘子說話，我也很開懷。」

「留步吧，早些回去。」蘇頤寧向她告別，轉身離去。

姜菀望著她的背影，忽然覺得蘇頤寧並不是初見時那個讓人覺得只可遠觀的女郎。

她笑了笑，轉身返家。

過完七夕，最要緊的事就是盡快讓姜記食肆開張。如果說人生是由無數個階段性目標組成，那麼對姜菀來說，下個階段的目標就是讓姜記強大起來，掙到更多錢。

姜菀花了一下午的時間，擬定了初版食單跟銷售策略，又小小迷信了一把，請人算了算開張的最佳日子——七月初十。

蘭橋燈會時荀遐說過的話姜菀還記得，恰好周堯熟知各種製作小工具的植物原料，姜菀便與他商量該用何種東西製作便於攜帶的杯子跟吸管。

最後，兩人敲定使用竹子與蘆葦稈。

周堯去附近的山裡砍了幾節竹子帶回來，姜菀研究了一下，決定把竹筒改造成純天然的杯子。

只是竹筒容易受潮發霉，姜菀決定先煮過再曬乾，每次使用後也及時晾乾，同時避免多次使用，及時更換。

當然，開張後店內還是以瓷杯為主，竹筒只在特殊情況下使用。

蘆葦稈則用來充當吸管，雖不如後世的紙吸管跟塑膠吸管來得方便，但勝在純天然、容易採集。

萬事俱備，只等開張。

七月初十這一日，永安坊內一家空置已久的鋪子敞開門，掛上「姜記食肆」的招牌。

雪膚花貌的店主俏生生地立在店門口的小攤車後，現場製作各種吃食。

食肆進門處是一小片獨立的區域，擺了一張長條案桌，案桌後放了架屏風，將裡間與外頭隔開。店內的窗戶敞開著，透過窗口看進去，牆上掛了些裝飾的壁畫跟墜飾，簡單大方；桌椅沿著窗下一字排開，每張桌子上都放了一盆綠色植物與一塊木牌，最裡面還有幾間懸掛著布簾的雅間。

店門口，一個小娘子正高聲吆喝。「今日姜記食肆開張，進店即送烏梅湯一份！消費滿三十文即可抽獎一次！」

她一面說，一面向路過的人發放一張有字畫的薄紙。

「抽獎」這陌生的名詞讓路過的食客困惑地眨眼，不由自主地停下腳步，接過那紙仔細看了起來。

紙上用線條勾勒出幾樣食物，圖畫旁邊則寫著簡單的介紹。

其中一幅畫是一根細長的竹籤串著層層疊疊淺黃色的橢圓形薄片，邊上寫著四個字：旋風薯塔。

眾人好奇地看向店主與她面前的小攤車。

車上擺了一排木製的置物架，上頭鑽了小孔，整整齊齊插了一排竹籤；旁邊的陶盆裡是已經清洗乾淨、削去外皮的馬鈴薯。灶臺上有一口大鍋，鍋裡翻滾著熱油。

圍觀的人群中探出一個饒有興致的面孔，正是荀遐。他知道今日姜記食肆開張，打算來當一回「開門客」。

荀遐張望了一番，目光定在姜菀身上，她繫著圍裙，正在小攤車後忙碌著。

姜菀使用傳統又考驗技巧的法子切馬鈴薯片。她用竹籤穿過馬鈴薯，一邊小心切，一邊慢慢旋轉馬鈴薯，切的時候還要確保馬鈴薯片厚度適中，太薄容易斷裂，太厚則不易入味。

她沒徹底切斷馬鈴薯片之間的連接處，這樣就讓馬鈴薯一片片堆疊在一起，形成類似現代點心「薯塔」的模樣。

姜菀將串在竹籤上的馬鈴薯片整個投入油鍋裡，再用筷子挾住翻面，直到馬鈴薯片表面變得金黃焦脆後，才撈出來瀝油。

灶臺邊擺放著幾個小碟，裡頭是各種醬料。姜菀捏起一串薯塔，端起一個盛滿番茄醬的碟子，由上而下澆了一層，番茄醬的酸甜與馬鈴薯片的焦香交織，令人口水直流。

思菱乘機叫賣。「今日開張，旋風薯塔十文一串，還送冰涼可口的烏梅湯！」

荀遐率先擠了上去，笑咪咪道：「我來兩串！」

思菱將兩串炸好的薯塔遞給他，荀遐捏著竹籤尾端，見那淋了番茄醬的馬鈴薯片形狀猶如寶塔，顏色分外誘人。

一旁的思菱機靈得很，俐落地拿出一個盤子，笑著道：「客人裡頭坐著慢慢吃吧，烏梅湯馬上就端來。」

荀遐便將兩串薯塔放在盤子裡，往店裡走進去。

除了旋風薯塔，店內還有各種糕點、酥餅，贈送的烏梅湯也很開胃。

越來越多人拿著傳單進店，也有人手裡拿著薯塔，邊吃邊欣賞店主的刀功。

眾人見她年紀不大，手藝卻如此嫻熟，不由得暗暗讚嘆。

有的食客駐足店門前不欲進去，姜菀見狀，便取出提前煮過曬乾的竹筒，盛滿烏梅湯後遞了過去。「這竹筒是能帶走的，客人若無暇進店，便端著邊走邊喝。」

竹筒裡的烏梅湯添了分竹香，喝起來別有一番風味。

此時又有人問道：「何為抽獎？」

小攤車旁邊擺了張長條案桌，姜菀抱出一只木箱放在上面。木箱上蓋著一層綢布，頂部中間挖了一個圓孔，正好能容納一隻手進出。

她晃了晃木箱，道：「諸位客人可以將手伸進木箱中隨意摸索，並抽出一個紙卷，打開後，紙卷上的文字會詳細說明中獎的內容。木箱內有五十枚紙卷，每張上面的內容都不同，有人中獎以後，那張紙卷便會作廢，不再放回去。」

有人瞅著這看不見內部結構的木箱，垮了嘴角道：「這裡頭不會有機關或奇怪的東西吧？」

姜菀失笑道：「怎麼會呢？若是這樣，我這生意恐怕就做不成了。」

眾人議論紛紛，卻沒一個人願意上前嘗試。

此時一個身穿鵝黃色衫子的小娘子碰巧路過，好奇地看了幾眼，認出了姜菀。「咦？妳不就是蘭橋燈會那晚賣點心還送珍珠奶茶的那位店主嗎？」

姜菀聞聲看過去，憶起這位小娘子是那日頭一位客人，遂笑道：「小娘子，又見面了。」

「秦三娘，妳認得這店主？」有熟識小娘子之人問道。

秦三娘——秦姝嫺眉眼彎彎地笑道：「自然。燈會那晚，我便是在她的點心攤上轉了……」

她剎住話頭，有點尷尬地向姜菀問道：「那東西叫什麼呢？」

姜菀回道：「轉盤。」

「對，我買了四十文的點心後有了一次抽獎的機會。有一個這麼大的木板，我伸手一撥弄，那木板便轉了起來。」秦姝嫻張開手比劃。「我中的獎叫『第二份半價』，也就是買兩份點心時，第二份半價。」

她回想起那日的經歷，唇角一挑道：「後來，店主說我是頭一位客人，便送了我一份『珍珠奶茶』。」

隨著秦姝嫻的回憶，很快就有人想了起來。「原來妳就是想出那般新鮮點子的店主啊！」

秦姝嫻已經指揮著自己的婢女挑了幾樣點心，剛好滿了三十文。她豪情萬丈地捲起衣袖，躍躍欲試道：「店主，我可以抽獎了嗎？」

姜菀正要說話，荀遐就從店裡走出來，他與秦姝嫻的目光對上時，兩人俱是一愣。

秦姝嫻瞪大了眼睛道：「你怎麼在這兒？」

荀遐手一攤。「我怎麼不能在這兒？」

看樣子這兩人是舊相識啊……姜菀眨了眨眼，對秦姝嫻道：「秦娘子請吧。」

秦姝嫻素來膽大，毫不猶豫地將手伸進木箱，她摸著裡面的紙卷，神情若有所思。

圍觀的人不禁屏住呼吸，想瞧瞧究竟能抽出什麼來。

許久後，秦姝嫻將手拿了出來，慢慢展開紙卷，唸道：「敬謝客人惠顧，抽中此卷者，可得一次三十文以下的免費用餐機會，菜品不限。」

秦姝嫻揚了揚手中的字條，道：「意思是，我可以在食肆裡挑選不超過三十文的飯菜，毋須付錢便可食用？」

姜菀點頭。
荀遐心癢難耐，連忙道：「姜娘子，我也付了三十文，可以抽獎了。」
說著，他把手伸進木箱，認真摸索後拿了出來。
他在打開紙卷前先雙手合十，煞有介事地念叨了一番，這才小心地展開紙卷，只見上頭寫了短短一句話：抽中此卷者，贈點心一份。
荀遐頓時眉開眼笑，舉起紙條道：「姜娘子，我中獎了！這次我的手氣很不錯吧，沒再抽到空白了。」
姜菀抿唇一笑，正猶豫要不要說出真相，思菱已快言快語道：「荀將軍，這木箱中所有紙卷都有獎。」
秦姝嫻一臉意外。「莫非燈會那日你沒中獎？」
荀遐沒說話，表情卻說明了一切。他看了看自己的手，嫌棄道：「都怪這不爭氣的手讓我在燈會時轉到了空白。」
秦姝嫻格格一笑，道：「誰能想到，堂堂驍雲衛的衛隊長，功夫如此了得，卻嫌棄自己拿刀拿劍的手？」
姜菀好奇地問道：「驍雲衛？」
秦姝嫻解釋道：「驍雲衛是北門禁軍的一支衛隊，集結了最精銳的一批人，荀大郎就是這支衛隊的隊長。」
她語速極快，荀遐來不及阻止，只好摸了摸腦袋說：「呃……確如三娘所言。」

這麼說來，荀遐的官職級別可不低。姜菀不由得想起了沈澹，那他……

「店家，我也要抽獎！」客人的喊聲打斷了姜菀的思緒。

她回過神，忙笑道：「好。」

有了這新奇的銷售手段，姜記食肆開張日的生意很好，姜菀等人忙得團團轉，直到午食時分才得以喘息。

午食吃得簡單，姜菀下了一鍋麵條，撈出來後淋些醬汁，再放上一顆荷包蛋就成了。她匆忙吃完，就開始準備要送去學堂的點心。

考慮到薯塔形狀狹長、不易攜帶，姜菀便改良了一下。她將馬鈴薯切成單獨的薄片，在鍋裡放少量的油，炸熟後照例拌上調味料，再裝盤端出，就是簡易版的炸馬鈴薯片了。

她叮囑周堯道：「盡快送去，馬鈴薯片放涼就不好吃了。」

待周堯坐車離開，姜菀這才脫力般地坐了下來，長吁一口氣道：「今日可真是累壞我了。」

思菱替她按摩肩膀，道：「也不知晚間的生意如何。」

說起晚食，不可避免地會想起一街之隔的俞家酒樓，思菱撇嘴道：「那俞家酒樓不售賣點心，但晚間十分熱鬧，我們該如何同他們搶生意啊？」

姜菀笑道：「怎麼，還沒正面交鋒，就打退堂鼓了嗎？」

思菱忙搖頭說：「我自然相信小娘子的本事，只是終究有些擔憂。」

姜菀道：「我們走的路子不同，不必攀比。」

她示意思菱不必繼續捏了，站起身舒展了一下筋骨，道：「好了，該去準備晚食了。」

思菱按下重重心事，隨姜菀去了廚房。

姜菀今天早上又買了些新鮮荷葉跟蓮蓬，應季的食物自然要在最合適的時節吃。

思菱與周堯負責剝蓮蓬，又將一顆顆蓮子去掉外皮跟蓮心，姜菀則將晚食的配菜準備好。

拿出上回買的薜荔果，姜菀按照那婦人傳授的小秘訣，耐著性子用薜荔果籽搓了不少冰粉出來。

夏日吃冰粉最爽口，即便不加任何配料，只澆些糖漿上去，都能讓人回味無窮。拿幾樣水果出來任意排列組合，便能創造出不同滋味的冰粉。

姜菀想了想，前幾日她剛好買了些芒果跟椰漿，這樣就能做個簡易版的楊枝甘露冰粉。至於荷葉，就拿來煮荷葉飯吧。

夜幕降臨，各家店鋪都點起了燈火。

有了蘭橋燈會與白天那一陣熱鬧作為鋪墊，加上姜菀又發放了不少傳單，晚間光臨姜記食肆的客人數量頗為可觀。何況新店開張，總有喜歡嚐鮮的人過來點些吃食享用。

食肆內香氣繚繞，姜菀在廚房忙碌，思菱跟周堯則馬不停蹄地穿梭在大堂與後廚之間。

寫有桌牌號跟所點菜餚的單子遞到廚房，姜菀端出準備好的飯菜，由思菱用托盤盛著，有條不紊地送去客人的桌上。

前來兌獎的秦姝嫻端詳著自己面前的白瓷盤。純色的盤底放著一團柔軟而熱氣騰騰的荷葉飯，荷葉包裹著蒸得透爛的米飯，飯粒間還夾雜著肉丁、醬菜跟香菇。

荷葉事先用熱水煮熟，包裹著米飯上鍋蒸熟，荷香與米香徹底融合在一起。

秦姝嫻用木匙舀起一口米飯咀嚼，鮮、香、鹹味在嘴裡交織，可口極了。最特別的是那滲入每一粒米中的荷葉清香，若有似無，出挑又不搶戲。

她的目光落向荷葉飯旁的小碗，碗的外壁貼了張小籤，上面寫著「楊枝甘露冰粉」。碗裡盛著透明的冰粉，澆著乳白色的椰漿與牛乳，還點綴著黃燦燦的芒果丁。淺嚐一口，冰粉剔透清涼、芒果丁甜而不膩。

秦姝嫻暗想，這位姜娘子確實有幾分手藝。

用畢飯食，她順手帶走了幾張食單，打算給家中姊妹看看。

秦姝嫻歡歡喜喜地踏出姜記食肆的大門，往家中去了。

第十二章　謎樣過去

快打烊的時候，食客漸漸散去，姜菀累得渾身痠痛。她倚著櫃檯，伸手揉起了額頭。果然，店面擴大帶來更多客流量的同時，也產生了新的問題。從前賣早食時還不覺得人手不夠，現在晚食跟點心一起賣，僅靠她與思菱、周堯，確實力不從心。

如今只有她一人在廚房備餐，思菱與周堯雖也能幫忙，卻無法獨立烹調，日後客人越來越多時，尖峰時段出餐只怕有困難。然而新生的姜記食肆根基不穩，名聲尚未遠揚，恐怕很難招到手藝極佳的廚子。

姜菀不想為了減輕壓力而招個不如自己的廚子，影響食肆的長遠發展，目前還是只能靠自己。

一想到明日還要起個大早去集市採購蔬菜，姜菀頓時覺得更疲憊了。為了往後著想，最好是有個穩定而便捷的進貨管道，不然每日出門採購，花費的時間跟精力也不少。

「小娘子，要打烊嗎？」思菱問道：「宵禁的時辰還未到，只是我瞧小娘子累極了，不如早些休息吧。」

姜菀猶豫了一下，正要點頭，卻聽見有人推門，那是個神色略顯焦急的年輕人，看衣著打扮，應當是某個大戶人家的僕從。

那人迷茫地四處張望一番以後，目光轉向了櫃檯，對姜菀道：「請問店家，這會兒東西還賣嗎？」

姜菀站直身子，道：「客人想吃些什麼？時候不早了，廚房剩的菜品怕是不多。」

那人抓了抓頭髮，苦惱道：「我家郎君方才回府，吃膩了府裡廚子做的菜，因此我便來外頭瞧瞧。」

「貴客有什麼忌口或偏好嗎？這是我家的菜品單子，您先看看。」姜菀遞過去一張紙。

他接了單子過去，最後點了一盤清炒山藥、一碗素麵跟一盅紅棗粥，又道：「不知這幾樣是否能現做？若是可以，還請儘量做得清淡溫熱些，我家郎君吃不了生冷重口的。」

紅棗粥還剩下不少，一直煨在鍋裡，只有清炒山藥與素麵需要做。

姜菀點點頭，吩咐思菱去下一碗麵條，再往裡面加幾片青菜，自己則把山藥削皮切成片，簡單在鍋中翻炒一下，沒放太多調味料便盛盤端出了。

這位僕從自帶食盒，倒也省事，分層將料理裝好便是。

送走他以後，姜菀便淨了手，讓思菱關上店門。

夜深時，姜菀躺在床榻上，半夢半醒之間，忽然想起燈會那日，鐘翁曾對自己說，若是有需要，可以從他那裡訂購新鮮蔬菜。

不如明日就去集市上找鐘翁問問，如果他家的蔬果品質不錯，價格又公道，就從他那裡採買。

姜菀睏倦地打了個哈欠，沈沈睡去。

沈府內安靜無聲，沈澹的書房裡點著燈火。他今日看的不是公文，而是從書架深處找出來、一本年代久遠的書。

封面已經落了一層灰，卻蓋不住那幾個遒勁的大字。左下角是著作者的落款，那熟悉的名字讓沈澹眼眸一黯，前塵往事湧上心頭。

書房外間，長梧看著桌上絲毫未動的飯菜，愁眉緊鎖。正想著如何勸阿郎休息片刻填飽肚子，就見成安滿頭大汗地跑進來，手中還提著一個食盒。

長梧不由得皺眉，上前壓低聲音道：「你這是去做什麼了？」

成安原本是做粗活的，因表現出色又勤勞能幹，便被長梧收到身邊當徒弟。他這個人肯吃苦，就是不夠穩重。

聞言，成安笑道：「您不是讓我想想辦法讓阿郎用膳嗎？我便去外頭的食肆買了些清淡暖胃的吃食，給阿郎改改胃口。」

長梧沈下了臉，喝斥道：「誰讓你自作主張的？你明知阿郎有胃疾，飲食上要小心再小心。外頭食肆的東西要是不乾淨，阿郎吃了不舒服，你擔得起責任嗎？」

成安呆了呆，小聲道：「我只是想到阿郎老是吃府裡廚子做的飯菜，總有吃膩的時候。」

長梧還想說什麼，便聽見沈澹喚他。他連忙應了一聲，順帶揪著成安進去。

昨日阿郎便事先吩咐過，說是白日有要事，晚間才會歸府，一應飯食就在宮中用了。所以當府裡的趙廚子今晨說家中有急事，需要告假時，長梧便允了。

誰知宮中臨時生變，沈澹忙得腳不沾地，一直沒空閒，拖到這個時辰才回府。一整天下來，除了在宮中吃了少量點心，什麼正經膳食都沒用。

府裡另一位蕭廚子迅速煮了米飯、炒了菜，然而長梧把飯菜送過來後，卻不見阿郎動筷子，只默不作聲翻著手裡的書。

長梧跟隨沈澹多年，知道他在書房凝神專注時萬不可打擾，便候了片刻，見沈澹依然沒用飯食，只道是不合他胃口，無奈之餘便讓成安想法子更換食物種類，誰知這小子竟添亂。

想到這裡，長梧又看了裡間一眼，發現沈澹已經合上書，正立在原地若有所思。他便輕手輕腳揭起簾子，輕聲道：「阿郎，趁熱用些飯食吧。」

沈澹從沈思中回神，隨手將書擱在書案上，舉步朝外間而去。

他在桌前坐下，看著面前擺著的飯菜，又看向成安手中拎著的食盒，不由得蹙眉道：「那是什麼？」

長梧忙道：「成安見阿郎沒用餐，心想蕭廚子做的不合阿郎胃口，便自作主張去外頭買了些回來。阿郎放心，小的這就去處理掉，阿郎還是吃府裡的飯菜吧。」

說著，他便拿過成安手中的食盒要出去。

沈澹隨口問道：「哪家食肆買的？」

長梧一怔，看向成安，成安連忙道：「阿郎，小的先去了俞家酒樓，只是那兒生意太好，需要等很久，小的便去了新開的姜記食肆。」

沈澹拿起筷子的手微微一頓。沈默片刻後，他道：「店主是一位年輕小娘子嗎？」

成安不明所以，點頭道：「正是。」

只見沈澮輕聲道：「放著吧。」

長梧遲疑道：「阿郎，外頭的東西能隨意吃嗎？若是——」

「無妨。」

長梧知道自家阿郎說一不二的性子，只好依言揭開食盒蓋子，把裡頭的三樣吃食端了出來，好在東西還溫熱著。

沈澮慢條斯理地吃起姜記的料理。待他放下筷子後，那道清炒山藥已經見底，素麵跟紅棗粥也吃了個乾淨。

至於府裡準備的米飯，他一點未動，菜則吃得剩下一小部分。

長梧跟成安收拾好東西，提著食盒出去後，心中皆對姜記食肆有些好奇。瞧阿郎的樣子，像是與食肆的店主相識，而且食物還很合他的胃口。

此時長梧想起曾向阿郎建議府裡應當多聘幾個廚子的事。要知道，按照阿郎的官職、府第的規格，怎會只有兩位廚子？

然而阿郎一向喜歡清靜，又說自己常在宮裡，在家用膳的機會少之又少，沒必要雇這麼多人進府。

沈府的兩位廚子搭配起來一向有默契，飲食方面打點得井井有條，從未受過質疑或苛責，然而今日之事卻讓長梧動搖了。

他心想，只怕還是該為府裡的庖廚添置一些新人手，阿郎總吃他們兩人做的，定是吃膩了。

沈澹淨過手，負手踱步出了書房，立在階上望著墨色的夜空。

晚風微涼，他卻覺得胃裡那紅棗粥的暖意仍未散去。

月色倒映在他眼瞳深處，那蒼山般靜默的目光，朝遙遠的方向投了過去。

第二日，姜菀起了個大早，出門前往永安坊的集市，找了一圈以後，沒發現鐘翁，倒是看見了他的孫子鐘紹。

整條街擺攤的都是附近村莊的農民，年紀大多在四、五十歲，鐘紹那張略顯青澀的年輕面孔反而少見。

他面前放了幾個竹筐，裡頭裝的都是新鮮蔬菜跟時令水果。

姜菀走過去打招呼。「鐘郎君。」

鐘紹掀起眼皮看了姜菀一眼，目光無任何波動，看來是沒認出她。

見狀，姜菀便道：「那日蘭橋燈會，我在你阿翁旁邊擺攤。」

他淡淡道：「我記得，姜娘子。」

姜菀愣了愣，笑道：「我今日來是有件事想同你跟鐘翁商量，怎麼他今日沒來？」

鐘紹道：「阿翁病了。」他語氣平淡，彷彿漠不關心一般。

姜菀一愣，問道：「鐘翁病了？要緊嗎？」

「染了風寒，我已請郎中開過藥，休養幾日便能大好。」鐘紹答道。

就在此時，恰好有人來向鐘紹詢價。
姜菀看著鐘紹那張平靜無波的臉，懷疑他是不是永遠只有這一副表情。
她乘機打量他所賣的蔬果，看起來品相都還不錯，價格也公道。
等那人買了菜離開，鐘紹才看向姜菀。「姜娘子方才說有什麼事？」
聽姜菀說明來意，鐘紹低著頭想了一會兒，道：「此事我不能作主，需要回家問問阿翁。明日我在這裡賣完菜，回家路上會經過姜記食肆，我們到時再說。」
「好。」姜菀心想既然來了，乾脆買些短缺的蔬菜跟水果回去。過幾日姜荔就要回來了，這次她在學堂多待了些時日，一定饞壞了。
前些日子蘇頤寧從學堂裡傳信出來，說是荀遐將軍接下來有要事在身，無暇前去學堂授課，武學課的時間需要調整，學子們因此要比平日多上幾天課才能回家，當然，休課的時間也會多一些。
姜荔回家時會是七月十四，而七月十五，在景朝一向是祭拜亡人的日子，姜菀打算帶姜荔去山上祭拜一下過世的姜氏夫婦。
轉眼便到了七月半，姜菀一早便把姜荔叫了起來，僱車出城去城外山上掃墓。
她原本吩咐思菱跟周堯留在家中，可兩人卻堅持要一同去祭拜從前的主人。
四人坐了許久的車，才終於到了地方。
這座山有個諢名叫歸泉山，只因山上到處都是墳塚，許多踏上黃泉路的人在此安眠。

幾人沿著山間小路前進，撥開一片灌木叢，才看見了姜氏夫婦的墓碑。

這是穿越後的姜菀第一次見到這具身體的爹娘，雖然只是刻在冰冷石碑上的兩個名字，難以言喻的悲傷卻油然而生，她情不自禁地抬手去拂去碑上的灰塵。

一旁的姜荔早已抽泣起來，輕聲道：「阿爹、阿娘，我好想你們啊……」

周堯跟思菱默默把供品擺好，幾人上過香、燒了紙錢。空氣裡飄起紙錢的殘屑，最後慢慢歸於塵土。

姜菀望著墓碑上的字跡。

在這個女子姓名多不為人知的時代，墓碑上卻刻上了姜母的名字——徐蘅。

姜菀的頭忽然有些疼痛，有什麼往事猛然擠進她的腦海中——

「……阿菀，待阿娘去了，記得把阿娘的名字刻在墓碑上。

「一則，到了黃泉地下，就不怕妳阿爹找不到我。

「二則……」徐蘅艱難地支起身子咳嗽，呼吸平靜下來後輕輕撫摸著女兒的手背。「阿娘自小與家人失散，這些年都沒見過親生父母與兄長，往後更是見不到了。有了這名字，興許哪日會有家中後人發現，好讓我再見他們一面。」

那雙含著淚的杏眼留戀地望著自己。「阿菀，若是阿娘的兄長還在，只盼有朝一日他能找到妳與阿荔，讓妳們姊妹不要再過這樣的日子……」

姜菀渾身一顫，從回憶中醒過神，盯著那兩個字，久久不能平靜。

阿娘她到底……有怎樣的過去呢？

從山上下來，姜菀一直沒開口。她的心情有些沈重，有種說不清、道不明的難受。

回到食肆之後，她才勉強打起精神，為晚上的生意做準備。無論如何，生活總要繼續。午食吃蛋包飯跟糖醋里脊，恰好櫥櫃裡有不少雞蛋，姜菀便打算將蛋包飯作為今日晚食主推的新品。

蛋包飯做起來簡單，一份需要兩顆雞蛋，一顆打散拌在米飯裡，一顆則單獨煎成蛋皮。姜菀盯著那呈現半圓形的蛋包飯成品看了半晌，用自己做的番茄醬在蛋皮上畫了個笑臉裝飾。

看著那笑臉，她努力扯了扯嘴角，想讓自己也開心一些。

晚間，姜菀在廚房忙碌，姜荔則在後院洗水果，順便給蛋黃添食。

忙碌了多日的荀遐與沈澹一道出現在姜記食肆外，正要進門，沈澹卻遇到了一位舊友，便讓荀遐先進去。

荀遐進了店，正好與要送水果到廚房的姜荔撞上了。

姜荔眨了眨眼，道：「夫子？」

「是我。」荀遐在孩子們面前一向沒什麼架子，他看了姜荔手中裝滿水果的小筐一眼，道：「怎麼，在幫妳阿姊做事？」

姜荔點頭，又道：「夫子想吃些什麼？」

她先去把小筐放下，又拿了張食單遞給他。

荀遐擺擺手道：「不急。」

姜荔記掛著要給蛋黃添食的事，便道：「夫子，我還要去餵家中的狗，先走一步了。」

荀遐道：「妳家還養了狗？我能瞧瞧嗎？」

姜荔爽快地點頭。「當然了，夫子同我一起去後院看吧。」

荀遐忽然想到自己是外人，後院又是人家的居所，未經姜菀同意，不好擅入，便含蓄道：「不了，我遠遠看一眼就好。」

姜荔不明所以，索性讓荀遐去店外，自己則牽著蛋黃從旁邊的側門走了出來，招呼道：「夫子，您看。」

荀遐慢慢走了過去，面對蛋黃有些戒備的目光跟緊繃的身體，不由得道：「這……牠不會咬我吧？」

見狀，姜荔對蛋黃道：「蛋黃乖，這是我的夫子，是自己人。」

蛋黃似乎是聽懂了，身體放鬆了下來，雖然對荀遐沒對姜荔那樣溫順，但也沒那麼抗拒了。

荀遐試探性地緩步靠近，先是伸手碰了碰蛋黃的毛，一觸即離，見牠沒什麼反應，這才大著膽子用了些力道，順著蛋黃毛髮的生長方向摸了起來，只覺得這毛油亮滑順，主人顯然費了些心思照顧牠。

雖然荀遐是騎馬的好手，卻從來不曾養過動物。他見姜荔在一旁逗著蛋黃，不論她說什麼，蛋黃彷彿都能聽懂，還能根據她的指令做出相應的動作，不禁覺得有趣。

姜菀去院子裡舀水，卻見蛋黃與姜荔都不見蹤影，側門又敞開著，不由得心驚，快步出來看了一眼。

她見姜荔正帶著蛋黃在外面，連忙揚聲道：「阿荔！快把蛋黃牽回來，當心嚇到客人！」

雖說蛋黃在他們面前素來乖巧，可牠從前卻是一條看門犬，凶狠起來很不得了。

姜荔原本正鬆鬆地牽著蛋黃，被自家阿姊這麼一喊，嚇了一跳，手一顫，牽繩便落了地。

沈澹送走舊友，見荀遐站在外面沒進去，便走了過去，說道：「行遠，怎麼不進去？」

側門處沒有燈火，有些暗，沈澹定睛一看，這才發覺荀遐腳邊蹲著一隻狗兒。

那狗兒的牽繩碰巧被鬆開，牠看到沈澹往這個方向走來，氣息陌生，便警戒地逼近了幾步。

沈澹步伐一頓。

緊接著，他便見蛋黃換上了攻擊的姿態，一陣狂吠後，衝自己猛撲過來。

姜菀從店裡出來時，只聽見蛋黃洪亮的吠叫聲，吃了一驚，定睛一看，正巧瞧見蛋黃欲朝沈澹發動攻擊。

那一瞬間，姜菀的心提到了嗓子眼，腦子裡同時閃過無數他們承擔不起的後果。

這個朝代並沒有狂犬病疫苗，若是沈澹被狗咬了，該怎麼辦？她該如何處置蛋黃？出了這種事，她要怎麼賠償？食肆還開得下去嗎？

情急之下，姜莞只來得及高聲喊出一句。「沈將軍，當心！」

沈澹早在看到蛋黃的時候就察覺出牠的不友好，不過那只是犬類對陌生人正常的提防。他不欲引起騷動，打算停下步伐。

然而，此時他身旁恰好有個孩子路過，那孩子本想伸手逗弄蛋黃，卻被牠凶猛的模樣嚇到了。

那孩子惱了，竟將攥在手心的幾顆小石子接連扔了過去，不偏不倚砸到蛋黃身上。

蛋黃吃痛，目光很快便鎖定那孩子，齜牙咧嘴地怒吼起來。

那孩子被蛋黃的叫聲嚇了一跳，他沒留意到蛋黃的牽繩鬆開了，抬腳便往蛋黃身上踢過去，口中還惡狠狠地罵道：「瘋犬！」

荀遐、姜荔跟姜莞見狀，同時驚呼出聲，內心暗道不妙。

在他出腳的一瞬間，蛋黃被徹底激怒，朝那孩子直撲而去。

沈澹來不及譴責那孩子的行為，反應極快地上前一步擋在他身前，順手將他拉開。

蛋黃一看，本能地將目標轉向沈澹，對著他狂吠。

第十三章　忍無可忍

在這種情況下，沈澹竟回想起了自己的少年時期。

那時他遠在京城之外，家人尚在，也曾養過一條忠心耿耿、聰慧過人的狗兒，牠曾陪自己穿行茫茫山林、攀登懸崖峭壁；他熟悉狗兒的一舉一動、一呼一吸，也知道牠的氣息變化代表什麼意義。

因此，在蛋黃發動攻擊的剎那間，沈澹拉開那孩子的同時，自己也調轉了步伐，悄無聲息退開了些距離。

與此同時，荀遐也撿起了牽繩，將蛋黃牢牢拽住，避免牠再有動作。

這一變故讓姜荔被驚得呆愣在原地，反應過來後只聽見蛋黃不服氣的嗚咽聲。她木然抬頭，就見到阿姊快步走了過來，一向沈穩的面孔上滿是驚慌跟憂急。

姜菀從荀遐手中接過牽繩，道：「蛋黃，趴下！」

蛋黃聽懂了，蔫頭蔫腦地趴在地上，沒了方才的氣勢。

她向沈澹行禮，愧疚道：「家犬頑劣，驚擾了沈將軍，萬望寬恕。日後我會好好管教牠的。」又向荀遐道：「多虧荀將軍出手快，才避免釀成大禍。」

沈澹抬手道：「無妨。牠並未攻擊我，只是被那小童用石子扔中了才會如此。」

姜菀這才注意到那個孩子。他衣飾華貴，一副漫不經心的樣子，像是絲毫沒意識到剛剛發生了什麼事一樣。

原來蛋黃不是主動攻擊人的，而是被這孩子用石子砸了才這樣。姜菀蹲下身，撫摸著蛋黃的腦袋，低聲安撫道：「蛋黃，乖。」

蛋黃原本黯淡的眼神又亮了起來，尾巴也小幅度搖了搖。

那小郎君嘴一撇，叫道：「喂，妳是主人？妳為何不看好自家的狗，害我差點被咬傷！」

姜菀道：「沒牽好牠是我們疏忽，在此向小郎君致歉。不過家犬從不主動襲擊人，今日是因為小郎君砸了牠，牠感到疼痛，才會如此。」

「怎麼，妳的意思是怪我？」小郎君怒氣沖沖地反問道。

姜菀正色道：「我只是在陳述事實，望小郎君往後不要隨意招惹旁人家的狗，免得造成難以預料的後果。」

「妳誰啊？還想管教我？先掂量掂量自己夠不夠格吧！」

那小郎君長得眉清目秀的，說起話來卻相當可惡。

姜菀努力讓自己的語氣平和一些。「小郎君，我沒有想管教你的意思。只是望你日後小心行事，這樣不論是對你或對旁人都好。」

「不過是一隻狗，砸就砸了，妳囉嗦什麼？我生平最討厭被說教，況且妳算什麼東西，敢教訓我？」小郎君哼道。

姜荔惱怒地上前說道：「你憑什麼這樣對我阿姊說話！」

小郎君被她嚇了一跳，怒道：「嚷什麼嚷？虛張聲勢嚇唬誰呢？」說著，他將手中剩餘的一顆石子往姜荔扔了過去。

他動作太快，又離得近，荀遐跟沈澮來不及出手阻攔。姜荔本能地抬手擋了一下，那石子就砸在她手上，原本白嫩的皮膚立刻紅了起來。

姜菀沈了臉色，一把攥住小郎君的手腕。「你砸了我家的狗不夠，還對我妹妹動手？道歉！」

荀遐看不下去了。「你這孩子怎的這般沒禮貌？姜娘子在同你講道理，你卻是非不分、出言不遜，還一而再、再而三動手？」

姜菀握著小郎君的手用了點力氣，大概是弄疼了他，那小郎君吼道：「妳放開我！」說著抬腳就踢了過去，動作熟練自然，像是做了不知多少遍一樣。

姜菀跟他距離極近，一時不防，被他踢中了小腿。她「嘶」了一聲，只覺得心底的火被點燃了。

荀遐跟沈澮同時變了臉色，上前制住那小郎君。

沈澮面沈如水，冷聲道：「小小年紀便如此蠻橫無理、頑劣無德……你是誰家的孩子？」

那小郎君尚未開口，就見姜菀緩緩抬眸，浸了冰一樣的眼神朝他投去。

「妳要做什麼？」小郎君被她的眼神鎮住，下意識問道。

姜菀彎腰拾起那顆砸了姜荔的石子在手中掂了掂。「既然你不愛聽人說教，那麼我便請你親身體會一個道理，就是什麼叫『禮尚往來』。」
她手腕抬高，握住石子的手在半空中停頓片刻，接著便狠狠地朝他的臉招呼過去。
那小郎君被沈澹跟荀遐聯手按著，動彈不得，眼看那石子朝自己飛來，嚇得尖聲驚叫。
「妳敢——」
沈澹眉眼微動，卻見姜菀慢悠悠地收住手，淡淡笑道：「怎麼，這就怕了？」
她一手捏住小郎君的下巴，將攥著石子的手貼著他的面頰，力道掌控得恰到好處。「剛才用石子扔我妹妹的時候，不是威風得很嗎？」
尖利的觸感拂過面頰，小郎君的瞳孔劇烈收縮，忽然感覺到自己的臉上有液體流了下來，他不禁大叫。「妳敢劃傷我的臉?!妳——放開我！」
就在此時，不遠處傳來人聲。「你們是什麼人？為何抓住我們家小郎君不放?!」
姜菀循聲看過去，是兩個衣著打扮一致的僕從。
小郎君一聽到他們的聲音，立刻喊道：「快來救我！她用石子把我的臉劃破了！」
那兩個僕從大驚失色，以為遇到歹人，連忙上前查看情況。
姜菀適時把手一鬆，神態自若地退開了一步。
那小郎君臉上乾乾淨淨的，哪有被劃破的痕跡，甚至連一絲紅痕都沒留下。
姜菀攤了攤手，道：「小郎君臉上的是你自己的眼淚，並非血跡，你可莫要誣陷我。」
那尖利的觸感也不是石子造成的，而是姜菀的指甲。
沈澹垂眸，幾不可聞地笑了笑。

小郎君又羞又惱。其中一個僕從道：「你們幾個聯合欺負一個孩子，真是豈有此理！等我回去稟報我家郎君，看他怎麼修理你們！」

沈澹打量著他們的衣著，微微蹙眉道：「你們是……啟平坊徐府的人？」

那兩個僕從一驚，卻沒否認。

荀遐訝然道：「什麼，這小子是徐家的？」

見沈澹點頭不語，荀遐驚恐地豎起眉毛道：「徐望怎麼變成小孩子了？」

這種情況下還能開玩笑？

沈澹不禁閉了閉眼。「若我沒料錯，這孩子應當是徐家大郎的表弟。」

荀遐嘖了一聲道：「徐望的表弟？他那麼彬彬有禮的人，怎麼有這種表弟？真是有辱家門！」

他看著那兩個僕逐漸轉為青白的臉色，又道：「聽說徐家家風肅正，徐蒼又對子姪一向嚴厲，從不心慈手軟。」

那孩子聽到了「徐蒼」的名字，頓時沒了氣勢，身子抖如篩糠，哭哭啼啼起來，顯然對這個人很畏懼。

荀遐嫌棄地皺眉道：「剛剛還耀武揚威的，這會兒哭什麼哭？」

沈澹只淡淡掃了那孩子一眼便移開目光。他靜靜望著姜菀，只見她正柔聲安慰著姜荔，查看著姜荔手背上的紅痕，而她被踢中的那處，衣衫上還留著痕跡。

荀遐對那兩位僕從道：「你們知不知道自家小郎君做了什麼事？他先是無故襲擊這位姜

娘子的愛犬，又對姜娘子跟她妹妹出言不遜、拳打腳踢。」

他很快把事情經過詳細地說了一遍。兩個僕從對視一眼，正要說些什麼，其中一人忽然瞥見了荀遐無意間露出的袖口花紋，他的眼神頓時一凜。

那僕從朝另一人示意，兩人低聲商議一番後，其中一人道：「若此事確如您所說，我們自會如實稟報郎君。」

「我以性命擔保，一切皆是實情。」荀遐拱了拱手道。

那兩個僕從沒再多說什麼，向幾人躬了躬身，便帶著那孩子迅速離開了。

他們一走，姜菀才把手中的石子拋到一邊，揉了揉手心。

荀遐對她肅然起敬。誰想得到溫和的姜娘子也會有這樣懾人的一面？他清了清嗓子道：「姜娘子好氣魄。」

姜菀不好意思地笑了笑。「不過是做做樣子嚇嚇他罷了。」她正色道：「今日之事，我會引以為鑑，多謝兩位將軍為我們主持公道。」

「舉手之勞而已，姜娘子不必客氣。」沈澹道。

荀遐向沈澹道：「那孩子若只是徐家的親戚，徐蒼大概不會對他多加責怪。」

沈澹搖頭道：「非也。那孩子是徐夫人虞氏唯一的外甥，他雙親先後辭世，虞氏便把他接到自家府裡照顧。徐蒼一向嚴格，既然這孩子養在自己家中，他必然會用同樣的規矩管教。」

荀遐不解。「既然如此，那小子為何這般頑劣？」

沈澹道：「他應當是這個月才到徐府的，這些時日徐蒼忙於公務，必然無暇管教。至於他夫人，面對兄長留下的血脈，難免溺愛。」

荀遐點點頭。自從聖上下旨選拔禁軍，徐蒼便跟自家將軍一樣，既要處理官衙事務，又要往返於演武場與皇宮之間。

「姜娘子，妳放心，今日之事不會就此了結的，徐家定會給妳一個交代。」荀遐說道。

姜菀只當他在安慰自己。他們的對話她聽了個大概，既然沈、荀兩人都熟知徐家，那麼徐家主人必然是在朝中為官。這樣的家族，怎會因為與尋常百姓發生衝突而給予補償或道歉呢？不追究自己對那孩子的恐嚇便謝天謝地了。

她笑了笑，道：「借荀將軍吉言。兩位是來用晚食的吧？耽擱了這麼久，快請進去吧。」

沈澹頷首道：「行遠，走吧。」

姜菀見沈澹與荀遐踏進食肆大門，思菱迎上前去招待，便轉頭對姜荔道：「阿荔，妳隨我來。」

兩人從側門進去，姜菀拴好蛋黃以後，進入臥房在床沿坐下，這才問起了姜荔。「疼嗎？」

姜荔的手並未破皮，只是有些泛紅而已。她面對自家阿姊，忍不住委屈道：「不疼。阿姊，他為何要欺負我們？」

聞言，姜菀摸著她的髮頂道：「他不懂規矩，仗著家門有些地位，才會如此。」

姜荔不服氣道：「那又如何？蘇夫子教過我們，不論是誰，都不能隨意欺負人。」

「生在這樣的世道，我們也沒法子。」姜菀嘆了口氣。

姜荔問道：「阿姊，他踢了妳，妳疼嗎？」

「不疼。」姜菀笑了笑，問起另一件事。「今日為何要把蛋黃帶出家門？」

「因為荀夫子說想看看狗，我便把蛋黃牽出去。」姜荔道。

姜菀又問：「那妳好端端的怎會鬆開牽繩？」

「那是因為……因為阿姊妳忽然叫我，我驚了一下才會這樣。」姜荔小聲解釋。

姜菀沈默了片刻後，道：「蛋黃雖然在我們面前乖巧溫順，但牠會受外在環境影響，容易令人感到不安。被狗咬傷不是小事，若治療不當，可是會出人命的。」

雖然蛋黃養了這麼多年都很健康，但誰敢擔保牠身體裡一定沒病毒？

姜菀不了解古代人被狗咬了該如何治療，她只能想辦法掐斷一切源頭。最有效的法子就是拴好牠，不讓牠隨意接觸外人，以免造成什麼不可挽回的後果。

「阿姊，我知道錯了，我以後不會再把蛋黃帶出去見人了。」姜荔望著姜菀道。

姜菀緩聲道：「妳也不希望蛋黃再被那個小郎君一般的人傷害，對嗎？」

「對。」

「好了，妳在房裡待著吧，阿姊還要回店裡忙。」

「阿姊，我去幫妳吧。」

姜菀拗不過妹妹，便帶著她返回店裡。姜荔負責收集各桌客人點的單，再遞到廚房。思菱向姜菀道：「小娘子，荀將軍跟那位客人點了兩份蛋包飯、一份糖醋里脊。另外，那位客人問今日還有沒有清炒山藥與紅棗粥。」

姜菀指了指另一邊的爐灶道：「紅棗粥還有，山藥我待會兒來炒。」

做好蛋包飯以後，姜菀蘸了些番茄醬，準備在蛋包飯上畫一個笑臉，不知為何手腕一抖，笑臉的收尾處變成一道歪歪扭扭的線條，那表情看起來像是哭笑不得。

她想補救，結果越描越奇怪，原本的笑臉逐漸成了歪嘴哭臉。

姜菀不想再費工夫畫這份蛋包飯的笑臉了，她將這份蛋包飯翻了個面，藏住那奇怪的表情。

她將這盤蛋包飯擱在一旁，轉身去廚房裡間拿東西，誰知出來的時候盤子已經不見了。原來是因為許多客人催促著上餐，思菱進來時，便急急忙忙將灶臺上的蛋包飯一股腦兒地全放在托盤上端了出去。

罷了，端出去就端出去吧，只是沒另外畫笑臉而已，不礙事。姜菀沒太在意，切起了山藥。

「這是何物？」荀遐盯著那金黃的半圓形上燦爛的笑臉發出疑問。

思菱解釋。「這是蛋包飯，即用蛋皮包裹米飯，蛋皮上的圖案是我家小娘子對各位客人的小小寄語，笑臉就是希望客人們用餐愉快。」

待思菱離開，荀遐就見沈澹握著木匙發愣，他好奇地往下一看，禁不住道：「將軍，為何您這份飯沒有圖案？」

沈澹不甚在意地說道：「或許是姜娘子忙亂中忘了。」

荀遐道：「姜娘子看起來很細心，也會有手忙腳亂的時候？一定是被那孩子氣的！」

他想起方才的事情，說道：「姜娘子的狗，叫……蛋黃是吧？我沒養過狗，一直很好奇狗會在主人跟外人面前有怎樣的兩副面孔，今日算是見識到了。」

沈澹垂眸，用木匙輕輕戳了戳蛋包飯的蛋皮。

荀遐見姜菀面對客人時恢復了往常的溫和有禮，不禁感慨道：「將軍，末將本以為姜娘子真的會動手，著實驚了一番，這與末將最初對她的印象可是完全不同。」

沈澹想起姜菀剛剛那乾脆俐落的動作跟冰冷的表情，道：「從前是什麼印象？」

荀遐想了想，道：「溫婉、知進退、守禮。今日的她卻很強硬，無所畏懼。」

沈澹的唇角輕牽了牽。「嗯。」

荀遐餓了，吃起蛋包飯，沈澹正要挑起蛋皮，卻發覺背面似乎有些黏稠的醬汁留在盤子上。他將蛋包飯翻了個身，頓時神情微妙，無言以對。

看著那似哭非哭的表情，再對比一下荀遐那份蛋包飯的笑臉，沈澹不由得捏了捏眉心。

她為何畫了一個哭臉？

沈澹抬起頭，恰好看見姜菀站在櫃檯後，眼神有些空泛，神色雖已恢復平靜，卻還隱約有些不安。沒多久，她皺著眉輕吸了口氣，彎下腰，似乎在按摩腿部。

他想起那一腳，擰了擰眉。小孩子最沒個輕重，也不知是不是把她的腿踢得瘀青了。

片刻後，姜菀緩步走了過來，將清炒山藥跟紅棗粥放下，道：「今晚這頓晚食由我請了，就當是給兩位將軍的一點謝禮。」

沈澹目送她離開，視線落回蛋包飯上。

蛋包飯……他第一次聽到這種料理。

沈澹用木匙挑起那層金黃色的薄薄蛋皮，蛋皮展開後是一個弧度流暢的圓形，裡頭的米飯用番茄醬炒過，染上了淡淡的紅色，夾雜著胡蘿蔔丁、黃瓜丁、玉米粒跟臘肉丁。

米飯鮮香、臘肉粒微鹹，蔬菜丁則很脆爽，組合在一起有種奇妙的滋味，很好吃。

待吃完了米飯，沈澹將那張蛋皮翻過來，又看了那張哭臉一眼，以及隨蛋包飯附贈的、供客人們自行使用的一小碟番茄醬。

他見荀遐悶著頭吃，沒注意自己這邊，猶豫了片刻後，才遲疑著拿起筷子，蘸了一點番茄醬，做了一件自己都覺得不可思議的事。

等到客人散去，思菱前來收拾碗筷，卻發現一張盤子上畫著圖案。

姜菀正在廚房內將菜板上的菜葉清理乾淨，思菱就端著一疊盤子進來，對她喊道：「小娘子，您瞧這個！」

映入姜菀眼簾的，是一疊盤子最上方的圖案，上面有一個不夠完美、筆觸略顯呆板的笑臉。作畫者應當是用筷子蘸著番茄醬畫的，因此筆觸深淺不一，但還是看得出上揚的嘴角。

姜菀沒太在意，道：「或許是哪家孩子閒來無事隨手畫的。」

「阿姊，是跟荀夫子一道來的那位郎君畫的。」姜荔正好進入廚房，看見了那個笑臉。

「他畫的時候，我瞧見了。」

這下姜菀真的愣住了，不明白沈澹這是何意。

……沈將軍這麼有童心嗎，竟有閒情逸致在餐盤上作畫？

姜菀看著那個有些傻氣的笑臉，彷彿在安慰自己，再想想沈澹那張沒什麼表情的臉，忍不住笑了笑，縈繞在心頭的煩悶散去了不少。

原來這位冷面郎君還有不為人知的一面，倒是挺可愛的。

第十四章　狹路相逢

「對了阿姊，荀夫子讓我把這個給妳。」姜荔遞來一個小盒子。「他說這藥膏可以緩解外力所致的疼痛，不過這是他身邊那人拿出來的，只是讓荀夫子轉交而已。」

姜菀接過那小小的盒子，有些訝異。

這是……沈澹給的？

思菱一驚。「小娘子怎麼了?!」

姜荔憋了一肚子的火，迫不及待地把事情說了一遍。

思菱聽得直皺眉。「那孩子竟這樣可惡！」

「罷了，都過去了。」姜菀盯著那圖案看了許久，笑了笑，洗起了盤子。

關了店門後，姜菀覺得腹中空空，便將剩下的紅棗粥熱了熱，就著些米飯跟糖醋里脊吃了起來。

姜荔也有點餓了，聞著那酸酸甜甜的味道，禁不住吞了吞口水，默不作聲地盛了一小碗米飯，挨到姜菀身邊吃。

糖醋里脊炸了兩遍，很是酥脆。番茄醬與冰糖的比例掌握得極為恰當，切成條的里脊肉外酥內嫩、很有嚼勁，極為下飯。

紅棗粥沒放糖，棗仁經過高溫熬煮，整個滲入粥裡，喝起來有股淡淡的甜香味。

幾人圍坐在一處邊吃邊聊，姜荔享用了美食，心情好轉，說起了學堂發生的趣事，其他人則聽得津津有味。

漱洗完畢後，思菱進入姜菀的臥房查看她的傷勢，她朝上面按了按，姜菀忍不住輕呼了一聲。

思菱將那小盒子打開，挖了一些帶著淡淡苦味的藥膏，不由分說就要幫姜菀抹上。

姜菀連忙道：「這麼淺的印子，沒必要用藥。」

「小娘子的皮膚向來容易留下疤痕，還是抹一些吧。」

姜菀語塞，低頭看向自己的雙腿，確實有不少青青紫紫的印子。這具身體大概是疤痕體質，但凡輕輕碰一下，就可能留下痕跡，若是破了口子，過了很久都還能看到發白的傷疤。

思及此，她只好由著思菱往自己身上塗藥膏了。

第二日，日頭升起的時候，鐘紹按照昨天說的推著車過來了。

他用來運菜的推車是最簡易的一種，前進時只能透過人力，不但費力，速度也很慢。

姜菀記得鐘翁曾說自己家離坊裡並不近，他們祖孫每日賣菜須得提前幾個時辰起床趕路。

鐘紹將雙手往衣衫上擦了擦，才向姜菀道：「我與阿翁說過，他同意了，只是他還沒完全好全，便囑咐我來與妳商量一下往後送菜的時辰跟數量。」

鐘家給出的價格很公道，姜菀欣然接受，與鐘紹約定每日清早收貨的時間。姜記食肆本就在從坊外進入坊內集市的必經之路上，鐘紹只需要按原先的時辰出發，就能順路經過，把菜送過來。

姜菀從懷裡取了一張紙出來。雖然這只是一筆小交易，但她還是習慣性地寫好書契，防止雙方日後產生糾紛。

她將書契遞給鐘紹，他茫然地看了一眼，隨後遞還給她，平靜道：「我不識字，煩勞姜娘子唸給我聽吧。」

姜菀一愣，猛然想起不是每個家庭的孩子都有財力跟時間唸書。按照鐘家的條件，鐘紹必定從小便開始幹農活。

她輕嘆一聲，道：「無妨，我請旁人來吧，這樣公正一些。」

姜記食肆附近正好有家書肆，她便去請店主過來。

書肆店主將書契逐字逐句唸了一遍，鐘紹認真聽著，最後點點頭道：「我沒意見。還需要做什麼嗎？」

那店主道：「自然是雙方簽字或按手印。」

鐘紹毫不猶豫，抬手便想咬破指尖。

姜菀趕緊攔住他道：「可別見血，我來教你寫名字吧。」

說著，她入內取了筆墨，在紙上寫下「鐘紹」兩字，教他照著臨摹。

鐘紹那用來翻土種菜的手窘迫地握著筆，有些無所適從。

姜菀耐著性子，一一扳動著他的手指放在正確的位置上，再一筆一畫讓他學寫自己的名字。

在鐘紹的額頭冒出細細密密的汗之後，他終於歪歪扭扭地簽了名。

姜菀同樣簽好名字，交給他一份，道：「我們各執一份。」

鐘紹將筆還給她，一向平淡的神色罕見地動搖了一下。他遲疑半晌，低聲道：「姜娘子，這張紙可否送與我？」

說著，他指了指姜菀示範時那張寫了他名字的紙。

姜菀點頭道：「自然可以。」

鐘紹接過紙張，認真地摺起來收進懷裡，對姜菀道：「多謝。」

待他離開，思菱才道：「往後可以省去出門買菜的時間了，小娘子早上也能多歇一會兒，我同周堯輪流負責起來接收蔬菜就行。」

姜菀笑道：「大熱天的，反正也睡不安穩，還不如早些起來。」

思菱算了算時間。「等處暑過了，天氣就會漸漸涼爽。」

兩人又閒話了幾句，姜荔打著哈欠走出來道：「阿姊，早食吃什麼啊？」

天氣熱，姜菀想做些清爽的，她熬了一鍋米粥，攤了幾張薄餅，打上一顆雞蛋，再放些菜跟醬，捲起來就可以吃了。

用完早食，姜荔小聲道：「阿姊，該出去遛蛋黃了。」

姜菀道：「我跟思菱去就行，妳待在家吧。」

黃。

自從出了昨晚的事，姜菀就決定以後遛狗至少得兩個人去，這樣在必要時能馬上拽住蛋黃。

兩人收拾妥當便牽著蛋黃出門。坊內養狗的不多，偶爾才會見到同樣出來遛狗的，大多是大戶人家的下人。

姜菀握著牽繩道：「我打算將做好的月餅拿一部分出來叫賣，順便看看坊內居民對月餅口味的喜好。」

思菱點頭。「我見周堯又在組裝木板，想來是為了小娘子賣月餅做準備吧？」

姜菀頷首道：「總得想些新鮮法子吸引更多客人。」

聊了幾句以後，思菱忽然想起什麼，扁嘴道：「小娘子知道我昨兒在坊內看到誰了嗎？」

「誰？」姜菀見她神色憤憤不平，疑惑道。

思菱哼了一聲道：「那位『大名鼎鼎』的陳讓師傅。他如今就在與我們一街之隔的俞家酒樓掌勺。」

姜菀頗為訝異。「他不是在崇安坊嗎？」

「這我就不清楚了，或許是俞家安排他來這邊的。」思菱嗤之以鼻。「我一看到他那忘恩負義的嘴臉就覺得噁心。」

姜菀沈默不語。

陳讓是個寒門子弟，自小雙親俱亡，十幾歲時為了習得一技之長，便去當時的姜記食肆當學徒。

姜父是個寬嚴相濟的好師父，對陳讓可說是傾囊相授，手把手地把他教成了有幾分手藝的廚子。除了學習技藝，姜氏夫婦在生活上對陳讓也是百般照顧，從不曾苛待。

然而，姜父病倒後，陳讓勉強在食肆待了些時日，就因賺不到錢而萌生了離去的想法，最後投向俞家，對昔日的師父不念一絲舊情。直到姜父去世、出殯，他都不曾來過。再後來，昔日的師母過世，他也沒現身，完美示範何謂「無情無義」。

「小娘子，您恨他嗎？」思菱大概是覺得「厭惡」這個詞的程度不夠，直接用上了「恨」。

姜菀說道：「心涼罷了。都說患難見真情，放在他身上，便是日久見人心。這種人還是早日離開的好，留在身邊，難保哪天又遭他背叛。」

思菱認同道：「反正我早就當他死了。」

她對於陳讓的厭惡，除了他的薄情寡義，還有其他原因。

陳讓在姜家當學徒時，表面上裝得老實本分，其實一肚子壞水。姜父病重的那些時日，他不僅不關心自家師父的身體，還想對思菱動手動腳，被姜菀撞見後怒斥了一番。他怕事情鬧大，便趁俞家向他發出邀請時，順勢離開了。

姜菀想起往事，臉色沈了沈。「阿爹當初真是看走了眼，竟收了他當學徒。」

話音剛落，前方的小巷子裡便拐出來一個人。那人二十多歲，打扮得光鮮亮麗、神色驕矜，正哼著小曲兒眯著眼睛走路。

狹路相逢，蛋黃朝對方狂吠了起來。

這一次，姜菀沒阻止蛋黃。

此人正是陳讓。他被突如其來的狗叫聲嚇了一跳，一低頭，便看見一條大黃狗凶狠地盯著自己，不由得一慌，險些崴倒，怒道：「哪來的瘋狗！」

想來，他已經忘了那是姜記食肆養的狗。

「你長沒長眼睛？怎麼擋我們的路？」思菱不甘示弱地回道。

陳讓看清了姜菀跟思菱，臉上掠過一絲心虛，卻嘴硬道：「我當是誰呢，原來是二娘子啊！二娘子不待在崇安坊，怎麼搬來了這裡？」

思菱反問道：「與你何干？要你在這裡多嘴！」

陳讓懶得理她，向姜菀一揖道：「改日我會上門拜訪，不知二娘子歡不歡迎？」

思菱搶著道：「我呸！你做出那樣的事情，還好意思上我們家的門，要不要臉？你若是敢來，我會拿著掃把將你攆出去！」

連續被她搶白，陳讓終於變了臉色，冷笑道：「永安坊內已經有了一家大規模的食肆，二娘子把店開在這裡，豈不是自斷後路？」

他說了這麼多話，姜菀卻絲毫沒有反應，一個正眼都沒給他，只是詫異地揉了揉耳垂，向思菱道：「哪來的聲音？」

陳讓嘲諷道：「怎麼，二娘子不認得我了？」

「咦？我怎麼看不見人在哪？」姜菀撫了撫鬢髮。

思菱尚不明白她的意思，指了指眼前道：「在這兒呢。」

姜菀微挑眉道：「這是人？我怎麼看著像禽獸？原來這年頭，禽獸也能冒充成人，說人話了？不，應當是——禽獸不如。」

思菱會過意來了，笑著說道：「可不是嘛，禽獸以為披上人皮就能當人了？」

被這樣一唱一和地諷刺，陳讓臉上有些掛不住，冷冷道：「二娘子不必耍嘴皮子，把自家食肆開下去才是正經事。」

姜菀的唇角挑起一個弧度。「不勞你費心，你還是操心自己吧，來日可別因為背信棄義而被俞家掃地出門。」

陳讓哼了一聲，得意地說道：「我告訴妳們，俞娘子是賞識我，才會讓我來永安坊的酒樓掌勺。我如今的境遇可比當初在姜家好多了，看來我真是做了一個明智的選擇啊！」

「陳讓，我有一事不明，想請教你。」姜菀故作疑惑狀。

陳讓不耐煩地說道：「何事？」

「你的臉皮是不是比雲安城的城牆還厚？」姜菀輕聲道：「當初我阿爹百般提攜你、教導你，卻料不到自己的好心都被當作驢肝肺了。你這樣忘恩負義、沒心沒肺的東西，也好意思在我面前亂吠？」

陳讓變了臉色，胸口起伏不定。「妳——妳少得意了！就妳這小小食肆，還妄想能越過俞家去？我……」

他那嘴臉讓姜菀感到噁心，她實在忍不住了，說道：「你且等著，來日姜記食肆興旺發達，我一定會親手按著你到我阿爹跟阿娘的墳前磕頭請罪！」

「好啊，我就把這話擱在這兒，若是你們能贏過俞家，我就親自上門認錯！」陳讓脫口而出。

「一言為定。」姜菀微微一笑道。

陳讓還想說些什麼話，卻見那條狗又朝自己叫了起來。他嚇得縮了縮脖子，袖子一甩道：「懶得跟妳們多說！」

說罷便狼狽地離開了。

直到他走遠，思菱依然惱怒不已。

姜菀拍拍她的手。「莫要氣了，傷身。與其生氣，不如想想如何讓咱們家的食肆早點做出名頭，狠狠打他的臉。」

「小娘子說得對，我們快回去吧。」思菱接過蛋黃的牽繩，順便摸了摸牠。「蛋黃乖，對待惡人就是要這麼凶！」

姜菀失笑道：「妳可別把牠教壞了啊。」

「怎麼會？蛋黃最聰明了！」思菱稱讚道。

兩人邊說邊笑，往家裡走去。

姜荔在家休息了幾日，便準備要回學堂了。

她懨懨地站在房裡，無精打采地對著鏡子擺弄衣裳，有氣無力道：「阿姊，我不想去上學。」

姜菀已經習慣妹妹每次回學堂前都要說的這句話，只道：「再檢查一下，看看衣裳帶齊了沒有。」

姜荔「嗯」了一聲，說：「都帶齊了。」

「那就走吧，阿姊送妳過去。」姜菀叫好了車。

車子一路平穩到了長樂坊，姜菀帶著姜荔逕自往松竹學堂走去。

學堂明日正式開課，因此學子們是零零散散到達的。姊妹倆到松竹學堂門口時，只有一個僕從，他查驗過姜荔的證件，便讓她們進去了。

松竹學堂裡的學子生活的院子叫風荷院，位在園子深處，取自「一一風荷舉」。兩人到院門口時，只有一個慈眉善目的嬤嬤在侍弄著花草，她是張嬤嬤，負責管理整個風荷院學子的飲食起居。

張嬤嬤素來笑臉迎人，今日卻有些心事重重，時不時地往風荷院旁邊的一處小院子看去。姜菀記得，那是蘇頤寧生活的地方。

見姜荔來了，張嬤嬤收回目光陪她進去，等到姜荔收拾停當，姜菀便出了院門。

她剛出來，就聽見旁邊傳來腳步聲，轉頭一看，一個體態豐腴的少婦正搭著一個侍女的手，從蘇頤寧的院子裡款款走了出來。她兩道柳眉揚著，眉宇間是掩不住的得意。

而她身後，蘇頤寧正立在自己的小院子門前，身形清減了不少。

姜菀正猶豫要不要同蘇頤寧打招呼，卻見她目光毫無焦距地盯著某一處愣了片刻，接著便怔怔地回了房。
她心想，大概是蘇家內部有什麼私事，自己還是別問的好，便也往園子外走了。
那少婦走得極慢，姜菀跟在後面，聽到那侍女奉承道：「郎君終究是心疼娘子的，畢竟娘子才是他枕邊人，懷著的又是他的孩子。那位只是個未出閣的姑娘家，總有一日要嫁人，又怎及娘子這位當家人重要？」
少婦哼笑一聲道：「那是自然。我倒要看看，沒了稱手的人，她要怎樣把學堂開下去？妳說好好一個小娘子，真能在宮中待到老不回來也就罷了，偏偏出宮了；出宮了還不想著嫁人，弄什麼烏煙瘴氣的學堂，把一群不知哪來的貧民子弟召集在園子裡，真是糟蹋了這裡的景致！」
她那高高在上的傲慢語氣讓姜菀打心眼裡反感，心想這應該就是蘇頤寧的兩位嫂嫂之一了。她的意思像是要阻撓學堂日後的運轉，究竟是何居心？
姜菀停住步伐，本想找蘇頤寧聊聊，可她明顯情緒不佳，自己還是別去打擾了。

七月二十三，處暑。景城有個風俗是處暑日一定要吃百合鴨，因此姜菀一早便去集市上買了宰殺好的鴨，打算煮一道百合蓮子老鴨湯。百合鴨湯不僅是一道羹湯，更是藥膳，具有很高的營養價值。
姜菀從乾貨鋪子買了乾百合，又把之前剝好儲存著的蓮子取出來，一起放在水裡泡一段時間。

將鴨子清洗乾淨後，姜菀掄起菜刀，把鴨子剁成塊，再焯一遍水，倒一點點酒去腥。鴨湯不需要放太多辛辣刺激的調味料，只要用最簡單的鹽、蔥、薑跟糖調味即可，這樣能最大限度保留鴨肉本身的細膩鮮美。等湯煮沸後，再撒些枸杞，既好看又營養。

姜菀淺淺喝了一口鴨湯，鹹淡正好，熱呼呼的湯汁濃香醇厚，熱意一路延伸到胃裡，讓人整個身子都暖了起來。鴨肉燉得很爛，並不油膩，還有枸杞的微甜，百合跟蓮子也都在湯中泡得入了味。

三人接連喝了幾碗湯，仍是意猶未盡。

等用完午食，姜菀繼續做起月餅。今日是個涼快的好天，她打算在門前搭個攤子，宣傳一下自己的月餅。

裝月餅的紙包、紙盒都是姜菀去外頭訂製的，過幾日便能拿到手。

她將展示用的樣品小心擺在盤子裡，又讓周堯從庫房搬了一張長條案桌到店外，放上一塊「團圓餅」的牌子。

思菱早已按照她的吩咐手繪簡單的月餅餡料示意圖，每一款月餅的內餡有幾層、有哪些材料都一清二楚，示意圖就張貼在月餅樣品旁邊，方便往來的客人自行查看。

由於食肆下午也賣點心，有三三兩兩的食客在店裡用些小食，出來時也能看到月餅的宣傳單。

「店主，這月餅怎麼賣？」有人問道。

姜菀答道：「有單賣的，有盒裝的；盒裝可以選單一口味，也可任意混搭口味。標準盒裝月餅是二十枚，若客人有需要，也能選擇買五枚、十枚的。購買盒裝月餅，即贈送本店惠顧票。」

說著，她示意周堯將一張足足有半人高的紙板搬到門口。

第十五章　登門致歉

這紙板類似現代的宣傳海報。只是古代沒有展示架，只能先在大幅紙張上繪製、書寫好內容，再黏貼於木架上。

標題簡明扼要，叫「姜記食肆中秋有禮」。紙張最上方畫了一塊巨大的月餅，底下的內容寫得很詳盡，簡單來說，就是買的月餅越多，價格越優惠。

至於「惠顧票」，則是一張巴掌大小的紙片，上頭蓋了姜記的章，繪著特殊的圖案，下方寫著限用日期。

「這張紙名叫『惠顧票』，您若是拿到它，在約定的期限內來姜記食肆用飯或買點心，便能比平日少花一定的銀錢。」

姜菀將一張寫著「憑此票可在姜記食肆享晚食滿五十文減十文」的紙作為範例貼在紙板上，指著下方的文字解釋。「若您拿著這張惠顧票來食肆用晚食，原本五十文的餐點，就只要付四十文。」

客人點頭道：「您這裡賣的月餅有哪些口味？」

姜菀親自用小刀切了一小塊月餅，笑道：「所有月餅均可試吃，嚐過了覺得不錯再買。」

中秋是個大日子，姜菀為了增加月餅的銷量頗費心思，光是餅皮的類型就做了好幾種，外皮的圖案印花、內餡的甜鹹葷素也不同。

那位客人嚐的是芋泥紫薯餡，淡紫色的餡料裹在冰皮裡，甜味綿密細膩，還有奶香味。其餘的餡料則有棗泥芝麻、鹹蛋黃、山藥花生豆沙、玉米南瓜、紅糖五仁、奶香椰蓉等。

至於月餅的數量與大小，除去單賣跟盒裝兩種，姜菀更根據人的食量，準備了小型月餅與中型月餅，還有適合一家人分食的大型月餅——相當於一個小蛋糕那麼大。

試吃完，果然有不少人衝著月餅豐富的種類、規格以及那張惠顧票，向姜記食肆預付訂金，登記訂購月餅的資料。

這日晨起，姜菀正對著鐘紹送來的菜思索著今日要吃什麼，便聽見敲門聲。

周堯前去開門，片刻後回來道：「二娘子，有一位姓徐的郎君找您，說是來上門致歉的。」

徐？

姜菀愣了愣，起身向門口走去。

首先映入眼簾的，是那日那個蠻橫無理的孩子，今日的他滿臉委屈，雙眼似乎因為哭過而有些紅腫。

姜菀目光上移，看到了一張溫潤如玉的面龐，他的眉眼溫和，一派書生模樣。

那郎君拱手道：「姜娘子，在下徐望，乃虞磐的表兄，今日來為舍弟當日的冒犯向姜娘子賠罪。」

姜菀著實有些意外。徐家人居然真的上門道歉了？

徐望對上她半信半疑的目光，語氣更誠摯了些。「姜娘子，家父一向治下嚴謹，不容許家中任何人在外欺壓百姓，我時刻謹記家訓，詳細盤問一番後，確定是舍弟無禮在先，今日特上門致歉。」

姜菀打量了他幾眼，只見他神色真誠、舉止有禮，確實像真心實意來道歉。

徐望又道：「我知此事已發生數日，未曾早些處理，實乃事出有因。這段時日家父忙於公務，多日不曾回府，我也身在京城外，昨夜方歸。家中僕從如實稟報後，我立刻告知家父，家父已用家法責罰表弟，並命我帶他向姜娘子請罪。」

說著，他低聲向虞磐道：「磐兒，還不快向姜娘子道歉？」

虞磐走上前，期期艾艾道：「姜娘子，我那日不該用石子扔妳家的狗，不該砸妳妹妹，也不該有踢妳的舉動。我知道錯了，希望姜娘子原諒我。」

徐望接著道：「我對舍弟疏於管教，萬分愧悔。那日他對令妹也有所冒犯，若是方便，我們也想見一見她。」

姜菀回道：「舍妹人在學堂，不在家中。徐郎君跟虞小郎君的心意我接受了，既然兩位如此誠心，那麼事情就到此為止吧。」

徐望頷首道：「多謝姜娘子海涵。」

他示意身後僕從奉上一個錦盒，道：「裡面是上好的藥膏，能祛瘀止痛、不留疤痕。盼姜娘子能收下，全了我的愧疚之情。」

姜菀沒接下。「徐郎君客氣了，我並未受多重的傷。如此名貴的藥膏，我不宜收下。」

徐望見姜菀態度堅決，只好作罷，牽著虞磐又鄭重其事向她行了一禮，這才轉身離開。

廚房裡，姜菀正面不改色地將一大把紅通通的小米椒切碎。

「咳咳咳！」思菱掩住口鼻衝出廚房後，暢快地打了個噴嚏，隨後甕聲甕氣道：「小娘子，這辣椒的味道也太嗆了。」

姜菀穿過來後最驚喜的一件事，莫過於辣椒已經引進景朝，並在地種植了起來。

她聽旁人提過，多年前一位異域商人來景朝做生意，帶來了一把辣椒種子。辣椒起先在沿海地區種植，後來逐步傳入京城，景朝人進而輸入其他種類的辣椒，廣泛種植。

辣椒能驅寒，也能調味，又不似茱萸般苦澀，大大改善了食物的滋味，因此很受人們歡迎。

小米椒並非京城本土的作物，而是從南方一路運輸過來的。這種辣椒的辣味極其強烈，不是人人都吃得慣。

姜菀最近有些犯饞，總想吃些辣的，便去西市買了些小米椒。正巧今日有蝦，她便打算做個剁椒蝦餅。

她將辣椒混上薑跟蒜剁碎，再加點鹽跟酒調味，放入乾燥的罐子裡密封起來，剁椒醬就做好了。

蝦餅做起來也容易，把蝦仁跟麵粉、澱粉、玉米粒、黃瓜丁混在一起攪拌均勻，再加入少許剁椒醬，在熱鍋上定型煎好即可。

怕思菱跟周堯吃不慣辣的，姜菀又另外做了些鮮蝦餅，保留原汁原味。

事實證明，辣這種味道會讓人欲罷不能。

儘管思菱被那味道熏得直咳嗽，卻仍忍不住繼續品嚐；周堯吃了剁椒蝦餅還不夠，又另外舀了一大勺剁椒醬拌到米飯裡，吃得滿頭大汗。

姜菀看著被辣到直吐舌頭吸氣的兩個人，笑了出來，把冰鎮後的西瓜石榴汁端出來給他們解辣。

剩下的剁椒醬被姜菀收藏起來，這可是極為可口的下飯醬，即便是一張平凡無奇的粗糧餅，抹上剁椒醬也能變得美味無比。

晚上營業時，趁著客人較少的間隙，餓到發慌的姜菀下了碗素麵。她捧著麵碗坐在櫃檯後，把剁椒醬澆在麵上拌了拌，速戰速決。

沈澹進店的時候，恰好趕上一波客人用完餐離開，食肆瞬間空了不少。他一眼便瞧見姜菀正在櫃檯後低著頭，起初以為她是在清點帳目，結果下一刻她抬起頭，就見她嘴唇被辣椒染得嫣紅，一雙眼裡是尚未散去的饜足。

姜菀沒料到會在這種情形下遇到他，忙用帕子擦了擦嘴，起身笑道：「沈將軍來用晚食嗎？裡面坐。」

沈澹說道：「正巧路過。」他逕自找了位子坐下。

落後幾步的荀遐此時也進了門，笑咪咪道：「姜娘子，您這兒的月餅怎麼賣？」

姜菀從櫃檯下拿出傳單遞給荀遐，他拿了傳單，便朝沈澹走了過去。

只見他同沈澹交談起來，沈澹則是神色淡漠，稍稍有些嚴肅。

等他們用過晚食，沈澹隨即先走一步，荀遐則向姜菀問道：「若是現在預訂，大約何時能來取？」

姜菀把記錄月餅訂購訊息的小冊子拿出來翻找一番，片刻後道：「大約在八月初，不會耽誤中秋。」

荀遐想了想，指了指單子道：「這幾種各一份。」

姜菀替他登記以後，又取出一張單子遞給他道：「請荀將軍在這裡簽名。」

荀遐握著毛筆簽好自己的名字，姜菀又問：「荀將軍是自行來取月餅還是由我們送到府上？因為食肆人手有限，若需要我們送，可能會比原先約定的時日晚一些。」

「中秋當日我會親自來取。」荀遐將簽好名的單子推了過去。

姜菀頷首道：「好。」

原本姜菀準備送一盒月餅去給蘇頤寧，沒想到她卻先一步來了。

「姜娘子喬遷新居後，我還不曾來拜訪過，今日叨擾了。」蘇頤寧微微欠身道。

「蘇娘子這是哪裡的話，妳過來之前已派人傳了信，何談叨擾？快請進。」姜菀引著她在雅間坐下。

她不自覺地想起那日在松竹學堂聽到的話，有些擔心地看向蘇頤寧，卻見對方神色如常，並無半分憔悴失意。

思菱送了茶上來，蘇頤寧淺抿了一口，說道：「我今日是為了阿荔來的。她入學已有一段時間，身為夫子，我理應來拜訪一下姜娘子，將阿荔在學堂的情況告知妳。」

這大概就是家庭訪問吧？姜菀問道：「不知阿荔在學堂表現如何？」

蘇頤寧道：「阿荔雖入學得比旁人晚，卻十分聰穎認真，功課完成得不錯，對我跟荀夫子亦很尊敬。」

姜菀放下心來，笑道：「蘇娘子這樣說，我就放心了。」

蘇頤寧又道：「另外還有一事，根據荀夫子的觀察跟分析，他發覺阿荔似乎在武學上有天分。」

「有武學天分？」姜菀很意外。「願聞其詳。」

「像她這個年紀的小娘子，家中若無武學淵源，又不曾接觸過武學，初學時會有些吃力，然而阿荔從第一日上課時便精力充沛，一些拳腳動作也做得很到位。在練完以後，小娘子們或多或少都會全身痠痛、乏力疲憊，阿荔雖也會如此，但她在極短的時間內就能恢復如初。」

姜菀越聽越驚訝。在她的記憶裡，姜荔確實身體不錯，甚少生病，從小到大一直活蹦亂跳、機敏靈活，可在武學上有天分這種事，她還是第一次聽說。

蘇頤寧喝了一口茶，繼續道：「荀夫子教導一些較為複雜困難的動作時，阿荔也總比旁人明白得更快，還能舉一反三。荀夫子身為驍雲衛的衛隊長，深諳武學之道，他認為阿荔的天分值得挖掘，我們身為夫子，理應將此事告知妳。」

姜菀明白蘇頤寧的意思，也感慨她的用心良苦，不僅對每個學子都觀察入微，還不厭其煩地逐家拜訪。

她道：「蘇夫子對孩子們的苦心，我替阿荔謝過。只是……」

姜荔既於武學上有天賦，那該如何培養？

蘇頤寧誤解了姜菀的欲言又止，勸道：「雖說傳統一向推崇女子嫻熟女紅與詩書，但我朝對女子練武並無限制，京城有不少武館，其中不乏女子開辦者。阿荔雖於『武』上有天分，卻也不必因此荒廢了『文』。」

姜菀感念道：「我會尊重阿荔的想法，也不會疏於她在其他方面的培養。蘇娘子，幸虧松竹學堂是妳開辦的，否則我真的不放心把阿荔交給旁人。」

蘇頤寧表情一黯，唇角的笑意變得有些淡。她柔聲道：「為師者，自然會為弟子盡心盡力。」

說完，她站起身道：「話已帶到，我就先告辭了。」

「蘇娘子留步。」姜菀看了外頭的天一眼。「如今已是午食時分，若是蘇娘子沒什麼要緊事，不妨就用完午食再走吧？」

蘇頤寧笑著推辭。「怎好再繼續打擾姜娘子，不必了。」

然而，外頭的天氣說變就變，頃刻間陰沈下來，旋即下起了大雨，雨滴織成了難以跨越的雨簾。

蘇頤寧是乘車來的，只是她存了心事，打算帶青葵慢慢走回家，便吩咐車夫先趕車回去了，誰知竟遇上雨天。

姜菀見狀，便道：「雨勢頗大，還是避一避再走吧。」

說著，她便讓思菱招呼客人，自己則去廚房準備做午食。

聞著廚房飄來的陣陣香氣，蘇頤寧的神色從猶豫轉為思索。

等姜菀端著一口瓷盆走過來放下時，蘇頤寧望著那冒著熱氣的食物，試探著問道：「姜記食肆各式食物的烹調，全仰仗姜娘子一人嗎？」

姜菀點頭。

蘇頤寧若有所思，看向她端來的菜餚。

姜菀端上桌的是椰子雞。這是一道很獨特的菜，雞肉並非一般食用時的鹹味，而是偏甜，因此不是所有人都吃得慣。

椰子是外地產的，屬於稀罕物。姜菀狠下心一口氣買了三顆，就為了做一道椰子雞。

燉雞的步驟其實很平常，把椰子水與清水倒入鍋裡，再放進椰子肉與紅棗熬煮。椰子雞最重要的是蘸料，這直接決定雞肉的滋味。

前幾日做的剁椒醬正好能派上用場。姜菀又加了醬油，擠了些檸檬汁跟青桔汁進去，為了防止蘸料太酸，她又兌了些椰子水調味。

椰子水煮沸後加入切好的雞肉，再撒些鹽，煮熟後再放些蔬菜，即可出鍋。軟爛的雞肉在蘸料裡一沾，浸了酸辣的汁水，入口爽滑鮮嫩、清爽卻又刺激味蕾，十分有滋味。

蘇頤寧默默嚥下那清甜的湯水，只覺得心頭的鬱結似乎被解開了一些。「姜娘子果真好手藝，阿荔有口福。」

她咀嚼著嫩滑的雞肉，感受著那酸辣鹹鮮交織的滋味，慢慢點頭道：「怪不得阿荔常在學堂裡說，這世上無人能與她阿姊相較。」

姜菀臉色微紅。「阿荔一點戲語，蘇娘子不必當真，我這點手藝哪裡比得上那些德高望重的師傅，只能勉強餬口罷了。」

待午食用畢，姜菀將準備好的一盒月餅取了出來。「中秋將至，我準備了月餅，若是蘇娘子不嫌棄，就請收下嚐嚐吧。」

蘇頤寧卻堅決道：「不瞞姜娘子，我原就想買些妳做的月餅，一盒可不夠，我們就按買賣的規矩來，不要這般客氣了。」

最後兩人按照訂購月餅的流程進行，姜菀也將惠顧票交給蘇頤寧。「那就請蘇娘子常來坐坐了。」

雨停了以後，蘇頤寧便告辭了。目送她離開，姜菀又想到上回在學堂時聽到的話，她輕嘆一聲，只盼望學堂能順利開下去。

下了場雨，後院的桂花落了一地，那幽幽的香氣纏綿在樹梢與葉片間，也充滿在雨後的空氣中。

姜菀慶幸自己有先見之明，早在下雨前便採摘不少桂花，用罐子裝了起來，留著日後做點心或泡茶。

思菱找了一把沒用過的掃帚，把那些落花掃在一起，裝進鋪了層乾布的竹籮裡。這些落了地、沾了雨水的桂花即使不能食用，也能留下來做香包或編手串。

姜菀站在院子裡呼吸了一會兒桂花香，便又投入做月餅的浩大工程中。

第二日鐘紹來送菜的時候，鐘翁也在一旁。之前病了一陣子，老人家看起來瘦了不少，不過精神還不錯。

鐘翁打量著食肆內部，笑呵呵道：「姜娘子這些日子生意如何？」

姜菀倒了熱茶，請他坐下。「尚可。」

鐘翁偏頭看了站在一旁默不作聲的鐘紹一眼，猛然想起什麼，道：「上回阿紹回來後，我瞧他常對著一張紙用手指比劃。我問他，他說是小娘子送了他一張寫著他名字的紙，他便想學如何寫字。」

他不停歇地說了這麼一大段話，氣息有些喘，撫了撫胸口才道：「阿紹可寶貝那張紙了，走到哪裡都貼身收著——」

「阿翁。」鐘紹出言打斷他的話，表情微微有些不自然。

姜菀看著他，只見他有如冰山一般的臉上浮起幾絲窘迫的薄紅。

鐘翁呵呵一笑道：「這孩子不好意思了，那我就不說了。」

兩人又閒聊了幾句，鐘翁才說道：「中秋那日的蘭橋燈會，小娘子還會去嗎？」

其實這幾日，姜菀都在思索這件事。若是去了，店裡的生意便無法照常做下去，況且中秋燈會賣最多的必定是月餅，這些日子食肆靠著還算創新的推銷手段，已經賣出了不少月餅，當天還是別去湊這個熱鬧了……

姜菀略猶豫了一下，便道：「我應當不去了，店裡需要人看顧。」

鐘翁點頭笑道：「我也不去，我孫女阿慈向她主人告了假，說中秋當日要回來陪我。中秋前一日，我會讓阿紹送雙份的蔬菜，中秋我們就在家歇一日，等阿慈回來吃團圓飯。」

姜菀頷首。「好。」她隨口問道：「不知阿翁的孫女在哪個地方當差？」

鐘翁道：「在啟平坊一戶姓徐的人家，聽說主人是個朝中大官。」

徐？

姜菀一下就想到了徐望。啟平坊、姓徐、不是一般人家，會有這麼巧的事情嗎？

她斂去思緒，笑道：「看來這徐家主人頗為通情達理，在中秋這樣的團圓日願意放人回家。」

鐘翁笑道：「確實如此，阿慈在徐家過得還算不錯，否則我便是拚了老命也要把她接回來。」

第十六章　中秋團圓

說了幾句話，鐘翁跟鐘紹便起身告辭。

姜菀送了盒月餅給他們。「一點心意，還請阿翁收下。」

鐘翁撫著月餅包裝盒表面，眼底浮起一點傷感。「多謝小娘子。往年的中秋，我只捨得買一、兩塊月餅，權當嚐個味道，不枉這佳節。今年的中秋，應當是這幾年間最圓滿的一個了。」

他將那盒月餅交給鐘紹，讓他先出去等著，自己卻沒急著走。

見狀，姜菀猜到他大概有話要說，便靜靜等著。

「小娘子，若是阿紹這個年紀想唸書，買些什麼書合適？」鐘翁猶豫許久後，開口道。「阿紹長到這麼大，一直都在忙農活，沒機會讀書認字，若不是小娘子無心之舉，我怕是會一直糊塗下去。阿紹還年輕，總不能終身目不識丁，當個睜眼瞎。」

他笑了笑。「阿紹這孩子總是悶不吭聲，卻很孝順懂事。我知道他其實很想學認字，但礙於家中的情況不好開口。下個月便是阿紹的生辰了，我願節衣縮食，悄悄買本書送給他。」

姜菀感念道：「阿翁，我不敢貿然給什麼建議，免得耽誤他。我家小妹在學堂唸書，下次我去接她回來的時候，會向那裡的夫子打聽，再給您回答。」

鐘翁連連點頭道：「多謝小娘子了。」

送走祖孫兩人，用完午食，轉眼便到了傍晚。姜菀看著訂貨單核對了一下做好的月餅，挑出指明要今日送貨上門的，安排周堯去送。

等周堯離開，又陸續來了幾位自取月餅的客人。姜菀按著單子交貨，忽然瞧見幾個穿官袍的人結伴走了過來，瞧那袍子的顏色，官位似乎不低。

幾人在店門前站定，問過月餅的售賣規則，便爽快地下了單，一訂就是好幾盒。

他們正欲離開時，卻見不遠處緩緩駛來一輛馬車，車子停在姜記食肆門口，駕車的僕從跳下車，逕自走向姜菀，來取前些日子訂的月餅。

車上的人掀開簾子，露出半張臉，那幾人見了，立刻躬身見禮道：「府尹大人。」

姜菀分了點神聆聽這邊的動靜——想來這位就是京兆府的頭頭崔恆了，這幾個略微年輕些的官員，應當也是在京兆府任職。

她包裝好月餅，分別遞給幾人，卻見崔恆的目光帶著一絲探究，在自己臉上轉了轉，很快又收了回去。

姜菀只當沒看見，將月餅交給崔家的僕從，便目送馬車離開。

馬車裡，崔恆放下車簾，笑著看向身旁的人。「她就是你另眼相看的那位姜娘子？」

沈澹眸光平淡、面色無波。「何來另眼相看？你多想了。」

「是嗎？」崔恆打量著剛拿到手的月餅。「我可沒聽你主動提起哪家的月餅不錯。往年中秋，你從不會在這種事情上費心，買月餅向來都是交給下面的人，今年怎麼轉了性？」

沈澹道：「巧合。」

他看了崔恆一眼，反問道：「你又為何會讓人去買這家的月餅？」

崔恆道：「是我娘子的意思。蘭橋燈會時她說看見一家賣點心的攤子頗有意思，便訂了些月餅打算嚐嚐鮮。泊言，你不知道，她一旦撒起嬌，我哪拒絕得了？也罷，你獨身慣了，不懂夫妻間的情趣，日後等你成家，自然就明白了。」

面對崔恆那「不想跟沒娘子的人說話」的模樣，沈澹習以為常，絲毫沒有反應。

這樣的沈澹讓崔恆更想調侃。「話說泊言，你對婚事一點也不心急？我記得聖上曾三番五次想為你作媒，卻都被你婉言謝絕了。他還曾問過我，你究竟心悅怎樣的女子，可把我問了個張口結舌。

「我猜，你莫不是自己也不知道吧？」崔恆笑咪咪道：「這麼多年來你身邊一個女子都沒有，一把年紀了，卻壓根兒不知何為動情。」

被取笑的沈澹淡淡看他一眼，沒有說話，眼神裡的意思卻很明確。

崔恆點到即止，不再調笑，轉而說起正事。「五日後就是先皇忌辰，聖上要去皇陵祭拜，這幾日沿路巡視跟清查有勞禁軍了。待祭拜結束，正好可過團圓日。」

兩人此行正是去各點巡查。

沈澹正凝神翻看著沿路的安防布控圖，頷首未語。

一陣沈默後，崔恆緩緩開口道：「前些日子，我聽說了老師的消息，他……回來了。」

崔恆身為京中高官，曾師從不少博學大儒，但面對沈瀶時，他所稱呼的「老師」只會是一個人。

沈瀶眸色一凝，轉頭看他。「老師如今在哪裡？」

「數月前，老師曾出現在距離雲安城幾百里之外的郁山縣，在那裡短暫地停留了十幾日，說是去探望一位老友。離開郁山縣後，大約三、四日前，老師又去了緊鄰雲安城的寒山縣。」

車裡燃著香，崔恆輕輕嗅了嗅，長吁了一口氣，又道：「這些年老師四處漂泊，多次在京城周圍落腳，卻無論如何都不肯踏入半步。我欲親自走一趟寒山縣，設法見他一面，你要同我一道嗎？老師一定記掛著你。」

沈瀶沈默許久才道：「老師已對我心寒，恐怕不願意見我。」

崔恆寬慰道：「當年那種情形，你別無選擇，老師並非不通情理之人，怎會不理解你？過去說的話多半是在氣頭上，你不必介懷。當年老師再不悅，也未曾將你逐出師門，你還是他的弟子。」

他回憶起往事，眸底浮現悵然。「想當年，若非天盛膽大包天，兵犯我大景，戰火燎原，又怎會發生後來的一切？」

天盛是景朝的鄰國之一，多年來野心勃勃，妄圖吞併景朝、擴充版圖，並趁十年前景朝皇族明爭暗鬥不斷時悍然發兵。

彼時的景朝可說是內憂外患，若不是時為太子的聖上尋得破局之法，又整飭軍隊，及時派人增援，還不知會是怎樣的境況。

自從那一役後，天盛節節敗退，大景亦是死傷慘重，花費多年才恢復到強盛之時。如今的天盛依然不容小覷，雖看似恭敬，實則包藏禍心，不知何時又會捲土重來。

沈澮交握的手指有些冰涼，他的臉上浮起一絲無奈的苦笑。「老師一生都在為仁政奔走，曾以一己之力多次阻止戰爭。他最恨的便是屠戮生民、天下動亂，我卻偏偏違反他的志向，拿起屠刀，染上一身鮮血。」

他望著自己的手掌，雖是光潔如玉，但過去也曾沾染斑斑血跡，被刀劍硌出一道道深入骨髓的痕跡。

崔恆嘆道：「往昔之事太過錯綜複雜，實在無法說誰對誰錯。你與老師雖然走上不同的路，但歸根究柢都是為了大景的江山社稷。況且，你是不得已而為之，若不是——」

縱使沈澮一向淡漠，提及舊事，眼底也不禁泛起傷痛。

崔恆見狀，只低聲道：「既然如此，我會盡力在老師面前探探口風，興許多年過去，他已經釋懷了。若是情況合適，你也去見見他老人家吧，畢竟你曾是他最得意的弟子。」

沈澮許久沒回答，目光怔忡地望著前方，直到馬車在下一個站點停下，兩人相繼掀簾下車，崔恆才聽到他低沈的聲音落進風中。

「好。」

距離中秋還有兩日，姜菀已經許久沒睡過好覺了。為了趕在節日之前完成所有訂單，她拚命做著各種月餅，總算沒誤了任何一筆單子。

「願您團圓日平安喜樂。」姜菀淺笑著說出這句重複了無數遍的祝福語。目送客人離開後，她終於吁了口氣，揉了揉因保持微笑而有些僵硬的臉頰，又活動了一下肩頸，這才轉頭問一旁的思菱。「約好自行來取月餅的客人都來過了吧？」

思菱翻動記錄著訂單的小冊子，看了半晌才道：「還剩一位……是荀將軍。」

姜菀回想了一下，說道：「荀將軍說過中秋當日會來取，想必平日有很多事情要忙。」

一大早，姜菀便聽見坊內不少居民說，今天聖上出行，青鸞大街沿路都駐守了禁軍，嚴格看守各個與中軸大路連通的坊門，閒雜人等不允許通行。既然荀遐在禁軍任職，此刻應當有重要的任務。

禁軍……給人的感覺既遙遠又神秘。姜菀雖不知沈澹的真實身分到底是禁軍中的何人，但能猜到地位一定不低於荀遐。他這個人本身便如禁軍本身一般蒙著面紗，讓人難以窺探。

姜菀收回思緒，繼續忙著手邊的工作。今日食肆的新品是炸雞排跟炸豬排，那些肉排串在竹籤上，外皮炸得焦脆、肉質細嫩厚實，再淋上她秘製的辣椒醬跟番茄醬，實在美味。擔心只吃肉會膩味，姜菀還準備了清爽又可口的紫蘇飲，這是本朝一道很受歡迎的飲品，兩者搭配，再合適不過。

剛將炸好的雞排放在盤子上給客人端過去，姜菀便看見一個人出現在店外，正是那晚打烊前來打包了幾樣食物的僕從。

成安站在食肆門外的長條案桌前，目光快速掃視著。

姜菀為了不影響食肆做生意，便把預訂、購買跟領取月餅的地方設在那裡。見狀，她走了出去，道：「客人是來買月餅的嗎？」

成安點點頭道：「是，不知是否還買得到？」

姜菀頷首，低頭往桌下的木架看了過去，隨即滿懷歉意地一笑。「對不起，只剩一盒芋泥紫薯的了。」

成安道：「無妨，就這一盒吧。」

姜菀便將那盒月餅包裝好遞了過去，還附帶一張惠顧票。

成安接過月餅，又暗中看了姜菀幾眼，這才離開。

送走他，姜菀便招呼周堯把長條案桌那處的東西收拾好，自己則往廚房走去，繼續為食肆的生意忙碌。

中秋這一日，姜菀正在整理店內的桌椅，便聽見腳步聲傳來。

「咦？荀將軍來了。」思菱迎出去招待荀遐。

荀遐大概是剛辦完公務，有些風塵僕僕。他坐下以後，先是猛灌了幾盞茶，才向思菱道：「一份雞絲湯泡飯，煩請姜娘子盡快，我趕著回宮中交接。另外，前些日子我訂購的月餅，今日一併取走。」

思菱依言轉達，姜菀應了一聲，將一直煨在火上的雞湯盛出一大碗，慢慢倒進米飯裡，再把撕好的雞絲錯落有致地撒上一些，親自端出去給荀遐。「荀將軍慢用。」

荀遐大約是餓壞了，風捲殘雲般吃完一大碗飯。填飽了肚子，他才有空說幾句閒話。

「若不是衙署公廚手藝一言難盡，我何須這樣匆忙？」

姜菀訝異道：「公廚的料理不好吃？」

轉念一想，現代許多單位或學校的食堂狀況亦差不多。其實倒不是難吃，而是日日都吃一樣的食物，難免膩煩。

她抿嘴笑道：「等荀將軍吃多了我家食肆的東西，或許就會想念公廚的味道了呢。」

荀遐擺手。「姜娘子有所不知，衙門的公廚做的吃食大多是一個味道，彷彿出自同一人之手，菜品平凡無奇，食之無味。」

姜菀點了點頭，心想公廚的作法大概比較保守，不會隨意嘗試新鮮料理，而是以飽腹為第一要務。

她把月餅打包好交給荀遐，荀遐起身付清銀錢後向她匆匆一拱手，便出了食肆上馬疾馳而去。

松竹學堂提前一日放假，姜荔歡天喜地的返家，同姜菀一道為晚上的賞月活動準備。

中秋這日是個大晴天，夕陽西下後的天幕也是澄澈明朗。姜菀提前掛上了打烊的牌子，在院子裡擺一張小圓桌，放上各式各樣的月餅跟茶飲，幾個人圍著桌子坐下，一面品嚐月餅，一面賞月。

姜菀切下一小塊月餅咀嚼，姜荔興致勃勃地說自己又在學堂學了哪些詩詞名篇，周堯跟思菱時不時附和，氣氛和樂融融。

聽著身邊的歡聲笑語，姜菀唇角微揚，整個身子慢慢向後躺，靠在竹椅背上。仰起頭，恰好看見一輪皎皎明月懸在夜幕中，光芒柔和。

這樣的團圓日，對於此時此刻的姜菀來說，是最大的幸福。

姜荔依偎在她身邊，拿起一塊豆沙餡的月餅咬了幾口，忽然小聲道：「這是阿娘最喜歡的味道。」

聽到這句話，姜菀的手微微一頓。她想起那個刻在墓碑上的名字，心底有些感傷。阿娘的遺願她不忍辜負，只是人世間之大，該上何處去尋找阿娘的家人呢？

中秋這樣的日子，宮裡自然要設宴，凡有一定品級的大臣，均能參加賞月宴。

身為禁軍統領，沈澹是唯一一個能披甲佩劍隨侍在聖上身側的臣子。他一手搭在劍柄上，看著滿殿觥籌交錯，聞著酒香盈鼻。

大殿中央，獻藝的舞姬們婀娜多姿，眾位皇親大臣互相敬酒，說著吉祥話。

上首的聖上有了幾分醉意，身旁的內侍及時送上一盞解酒的酸梅飲；下首的群臣有的仍在一杯接一杯地拚酒，也有的早已不勝酒力躲了出去。

「泊言，」聖上道：「隨朕出去走走。」

賞月宴的儀式已經結束，剩下的時間由眾人自行玩樂，可到了時辰再離宮。

沈澹應了聲，扶著聖上從御座上起身，待聖上更衣之後，兩人便沿著宮道慢慢散步。

宮道旁懸著宮燈，亮得瞧不見月色。

沈澹略落後聖上一步，聽著聖上略顯粗重的呼吸跟腳步聲，他的思緒一時有些游離。

「泊言，這樣的團圓日，你回府後卻是孤身一人，是否會覺得淒冷？」聖上開口。

沈澹淡笑道：「臣孑然一身多年，早已習慣。」

聖上仰頭看著月色，道：「你年紀不小了，婚事該考慮起來。」

「臣暫無此心思。」沈澹年少時就失去雙親，團圓日，陪伴他的都是點點燈火與無言的孤寂。

「怎麼，你這些年經歷了這麼多風雨，就沒一個女子能入你的眼？」聖上的語氣帶著調侃。「你中意什麼樣的女子？朕替你留意。」

什麼樣的女子……沈澹眉眼低垂，似乎有什麼細碎的身影掠過眼底。

他喉頭輕滾，本欲說出口的推辭忽地頓住。

「朕有時候倒羨慕你，無牽無掛的。」聖上對他的沈默習以為常，轉而笑了笑，只是那笑容有些苦澀。「不像朕，總是要聽那些老臣進言，勸朕早日立后，不可讓中宮空置。」

君臣兩人少年時期便相識相惜，至今情誼不變，因此即便事涉皇室隱私，聖上也不會瞞著他。只是提及立后這樁事，一時令沈澹有些無言。

聖上也不等他答腔，自顧自地說道：「立后，朕如何不想？只是朕心目中的人選永遠不可能答應……」

沈澹沈默了一會兒，緩緩開口道：「聖上既知，何不早日改變主意？」

「泊言，你雖已二十四、五，但想來並不明白何為『鍾情』。這『情』字，哪是一句話便可輕易捨棄的？朕與她相識已久，也對她鍾情多年，可朕雖貴為天子，卻無法勉強自己心愛的人。」

聖上與那位女子的情緣糾葛，沈澹自然知曉內情，只是他旁觀者清，雖明白聖上不是一廂情願，卻唯有聖上深陷其中不願抽身，「那位」顯然看得更通透，斷不肯為了一片真心便讓自己的餘生困於深宮中。

只是聖上究竟是當局者迷，還是不肯認清現實，沈澹不欲揣測。

即便有早年患難與共的交情，沈澹也深知君臣之分，聖上自剖內心時，他只能沈默。

兩人走到宮中的攬月湖畔。湖畔建了一座閣樓，名喚摘星樓，是賞月的好地段。

駐守樓前的人見到聖上前來，齊齊躬身請安。聖上揮手示意他們退下，攜沈澹登樓。

站在閣樓最高處，恰好能看見湖面倒映著月影。此時無風，湖面水波平靜，那輪圓月就靜靜臥在湖底。

聖上笑道：「朕終於知曉，為何有古人酒後躍入水中撈月的軼事了，此情此景，如何不讓人嘆服。」

閣樓的案桌上常年備著筆墨紙硯，聖上趁著酒意提筆，洋洋灑灑寫下一首詩。

沈澹自然知曉聖上時不時便會詩興大發，遂不動聲色地候在一旁，待墨跡乾透，就將寫著御詩的紙捲起來收好，待明日交給相關人等。

聖上擱下筆，目光忽然一頓。「那是何人？」

沈澹低頭看過去，就見湖畔出現了一道身影。他稍稍辨認了一下，說道：「聖上，那是徐尚書。」

「徐蒼？他來這裡做什麼？」聖上微皺起眉。

第十七章　死性不改

守在下面的人知會了徐蒼，他很快便登上閣樓，行禮道：「臣參見聖上。」又對沈澮頷首示意。

聖上道：「你獨自一人在此，是何緣故？」

徐蒼神情頗為嚴肅，眉間有一道深深的印子。他年輕時應當也是個俊面郎君，只是歷經太多風霜，眼尾有深深的皺紋，嘴角也略向下，模樣看起來淒苦。

他回道：「團圓之日，臣格外思念故去的親眷，因此便在湖邊多待了些時候，不想驚擾了聖上，臣請罪。」

聖上嘆道：「無妨。朕聽聞你雙親與胞妹都已不在人世，今日宴席熱鬧，難免有所觸動。只是斯人已逝，你要多顧及自身，莫一味傷懷。」

尋常臣子聽了天子這般體恤之語，第一件事就是惶恐謝恩，徐蒼卻道：「聖上明鑑，臣的胞妹只是走失，並未有確切消息說她已不在人世。」

聖上一怔，無奈道：「朕明白，只是當初那場災難你亦經歷過，知道要存活下來有多麼艱難，何況當時你胞妹年齡尚小。」

徐蒼面色平靜，重複道：「她一定還活著，臣會找到她的。」

那一年洪水無情、時疫爆發，無數人死去，遑論彼時只有十幾歲的徐家小娘子。只是徐蒼此人固執到偏激，無論旁人如何寬慰勸解，他始終堅信胞妹尚在人世。

聖上深知此人的脾性，也不與他多說，淡淡道：「時候不早了，愛卿且退下吧。」

面對聖上的不悅，徐蒼恍若未覺，按規矩行禮退下。

待他走遠，聖上才擰眉道：「這個徐茂然真是執拗！當初不知多少人遭殃，他胞妹小小年紀，又怎能保全自己？」

沈澹道：「徐尚書與胞妹情深，自然難以接受。」

「他這個榆木腦袋，只會把自己繞進死胡同。」聖上冷哼一聲，步下了摘星樓。

送聖上回到寢宮，沈澹才算徹底結束任務。只是時辰已晚，他不欲出宮回府，索性去了禁軍府衙。

早在中秋之前，沈澹便令長梧吩咐下去，府裡的下人若是想回家與家人團聚，可以告假，因此這一晚他回不回去都沒區別。

府衙後堂的桌子上散落著一些月餅，沈澹回來時，尚有五、六個人正圍在那裡品嚐，見他進來，立刻站直身子，齊聲道：「參見將軍。」

沈澹點頭，隨意掃了一眼。「月餅都嚐了吧？」

一個士兵咧嘴道：「嚐過了。」

沈澹看了幾塊被堆在桌角無人問津的月餅一眼，蹙眉道：「為何不吃完？」

那士兵不好意思地撓頭道：「回將軍的話，那些是……公廚做的月餅，屬下們嚐了一下，實在難以下嚥，就放在那裡。」

「往年的月餅你們都吃，今年有何不同？」沈澹走過去拿起一塊公廚的月餅，隔著油紙捏了捏，感覺到那餅堅硬如石。

離得近了，他才注意到放在桌子中央的月餅看起來不一樣，不像公廚做的。精美的紙盒敞開著，裡頭每塊月餅都包裝得很細緻，繫在月餅紙包外的封口條上還寫著小字。

沈澹拿起一根封口條，只見上面寫著：推枕惘然不見，但空江、月明千里。

他眸光微閃，又拿起另一根——

舉杯邀明月，對影成三人。

這一根大概是在拆開包裝時被人隨手撕開，自「月」處斷成了兩截。

他拈著那兩截紙條，問道：「這月餅是哪裡來的？」

「是荀將軍自宮外帶來的。」

一聽，沈澹便猜到了這月餅的來歷。下意識的，他伸手拿起一塊尚未拆開的月餅。包裝紙上寫著幾個清秀的小字——「山藥花生紅豆沙」。這月餅捏起來酥軟，不似公廚做的月餅，不曉得是拿來吃的，還是用來當武器的。

沈澹拆開包裝，輕輕咬了一口。冰皮的口感軟糯、豆沙細膩純淨，山藥跟花生的香味融入豆沙，卻沒完全被豆沙的甜味蓋過去。

這月餅不大，即使一口氣吃完也不膩。沈澹聞了一晚的酒味，原本胃部隱隱作痛，這會兒卻有了飢餓感，順利將這月餅吃了下去。

沈澹吃完月餅，荀遐正好來了。他見狀，立刻眉開眼笑湊上前道：「將軍，姜娘子做的月餅味道如何？比之公廚又如何？」

「你是如何想到從宮外買月餅的？」沈澹不答反問。

荀遐道：「自然是因為公廚的月餅讓人毫無過節的感覺，而姜娘子的食肆正巧在宣傳月餅，看起來很誘人，末將便想買一些給大家換換口味。看來，末將做了件好事啊。」

當然，還有一個原因荀遐沒說，那就是買月餅送的惠顧票人人皆有，不需要透過抽那勞什子獎才能拿到，這麼好的機會，他當然不會放過。

沈澹只道：「公廚的月餅不可浪費。」

有人忍不住道：「將軍，吃了荀將軍帶回來的月餅，哪還吃得下公廚的月餅？那不是月餅，是鐵疙瘩吧？」

沈澹淡淡道：「明日我與你們一起吃。」

此話一出，眾人頓時斂聲屏氣，不敢多言。

很快地，士兵們相繼散去，各去歇息或換崗，後堂只剩下沈澹一人。他默默看著散落一桌的月餅封口條，終究伸手拿了起來。

今晚不是沈澹輪值，他便回到自己的臥房，脫下沾滿酒氣的甲冑，沐浴後換了身輕便衣裳，躺在床榻上。

月光落在窗下的桌上，那裡放了一只小巧玲瓏的匣子。匣蓋沒合上，裡面放著幾疊整整齊齊的紙條，被人細心地拂去了表面的月餅殘渣與褶皺，整齊地收納了起來。

床榻上的沈澹翻了個身，靜靜進入夢鄉。

中秋一過，秋意更濃，姜菀開始琢磨起新花樣。

景朝已有燒烤技術，百姓們對於烤肉也普遍能接受。姜菀原本動了心思，打算訂製一些小型的燒烤爐，供食客們自行使用，但食肆並非只做燒烤生意，因此在各張桌子上加裝煙囪顯得有些浪費。

綜合考慮後，姜菀決定將燒烤爐安放在院子，由她親自烤製。

姜菀想先訂製幾個簡易的燒烤架，用來做烤串；再訂製一個大一些的燒烤爐，爐子上架圓形的鐵絲網，把各種肉類切成薄片，平鋪在上面慢慢烘烤。

她讓思菱按自己的想法畫了簡單的設計圖，拿去鐵匠鋪子讓師傅照著樣子打一套出來。

燒烤架較為小巧，姜菀便擺了一個在店門口，等到傍晚風向正好的時候，便燒起了炭火，將一串串食材一字排開放在燒烤架上，快速翻動。

永安坊的居民們每日經過姜記食肆門前時，總會習慣性地瞄一下那個木板上是否又張貼了新的東西。

今日，木板上的紙張上寫著「秋來烤肉忙」幾個大字。食客們目光一偏，便看見店主面覆輕紗，正動作俐落地翻烤食物。

她先在肉串表面刷一層油，兩面都烤一會兒後再刷上一層深色的醬料，最後撒上胡椒末等調味料。每根竹籤上整齊地串著六塊肉，每塊都烤得很入味，表面泛著瑩潤的油光。除了肉串，還有各種蔬菜，甚至是水果，而且烤出來的味道並不差。

姜記食肆門前又排起了長龍，這樣現烤現賣、香味濃郁的烤物，古往今來的人們都很愛吃。

等能烤的食物都賣完，姜菀便熄了炭火。正在清理燒烤架時，眼前忽然罩下一片黑影，她頭也不抬地說道：「今日的烤肉已經賣完了，請客人明日再來吧。」

那人頓了頓，卻沒急著走。

姜菀抬起頭來，發現是沈澹。他的輪廓映在夕陽的殘影裡，那雙幽深的眼瞳似乎有水波盪漾。

姜菀直起身，笑著寒暄。「沈將軍。」

沈澹看了看她，欲言又止。

姜菀不明所以道：「怎麼了？」

只見沈澹用手輕輕點了點自己的臉頰，道：「這裡。」

姜菀伸手一摸，發現指尖是黑的。她這才意識到臉上不知何時沾上了炭灰，便拿帕子抹了抹，朝沈澹一笑。「失禮了，讓沈將軍見笑。」

沈澹沒多說什麼，只看了看空空如也的燒烤架。

姜菀見狀，道：「沈將軍來晚了，串燒已經售罄。」

他點頭，抬步進了食肆。

姜菀招呼周堯收拾燒烤架，自己則隨沈澹入內，問道：「沈將軍用些什麼？」

沈澹點了一碗米飯跟一道木耳炒雞蛋後，看著食單許久沒說話，似乎一時不知道該吃些什麼。

姜菀耐心地站在一旁等他，隱約聞到沈澹身上有股藥味，與他慣常熏的薄荷梔子香融在一起。再看沈澹略顯憔悴的面色，她忍不住問了出來。「沈將軍是……病了嗎？」

沈澹回道：「陳年舊疾罷了，每隔一段時日便會發作。」他抿了抿唇，說道：「因為服藥的緣故，總覺得口中發苦，想吃些甜的。」

今日的菜品沒有甜的，難怪他遲疑了那麼久……姜菀思索了一下，忽然想起自己做的桂花蜜，便道：「沈將軍若是不嫌棄，有一些我自己做的桂花蜜，應當能解湯藥的苦味。」

蜂蜜是稀罕物，姜菀沒打算花大錢買來做點心售賣，只買了少量留在家裡。正巧前些日子收集了桂花，她便將桂花清洗曬乾後加入蜂蜜裡，做了一些桂花蜜。

沈澹顯然明白這桂花蜜不是售賣之物，他稍一猶豫的空檔，姜菀已經轉身去了廚房，沒多久便端了一小碗桂花蜜放在他面前。

這個時候雖然沒有現代那樣優質的白砂糖，但製糖技術發展得也很成熟，甜度正好，只是成色不夠白。在桂花蜜裡加入少量的糖、鹽，放一些檸檬汁與水調和均勻，就變得甜香滿口、清香撲鼻。

興許是為了方便下廚，姜菀的衣袖並不寬大，端起碗時正巧露出一截瑩白的手腕，上面戴著淡黃的桂花手串，那淡淡的幽香沾染了她的衣袖。

——有暗香盈袖。沈澹忽然想到了這句詞。

他垂眸，讓自己的注意力集中在碗裡。用木匙舀起一勺桂花蜜水，每一朵細小的桂花花瓣都變成了透明的。蜜水入口微涼，清甜的味道蔓延整個口腔、緩緩往下流淌，撫平了喉嚨裡的苦澀，將藥味壓下了一些。

胃疾動輒復發，每次犯了以後都要接連多日吃藥，令沈澹覺得自己從頭到腳都是苦的，今日也不例外。家中僕人雖備了甜食，但他依然覺得藥味揮之不去，連帶著自己的臥房也滿是苦味。剛好今晚沒公務，沈澹便順勢出了門。

將那碗桂花蜜水喝完，沈澹喝了口清茶，才繼續用米飯跟菜。等他吃完時，店裡只剩他一人了。

另外兩人穿梭在後院與前店之間，姜菀則坐在櫃檯後，單手支著臉頰，微眯著眼，看起來累極了。

沈澹便放輕動作，擱下銀錢，悄悄離開了。

姜菀被思菱喚醒的時候，才驚覺自己竟然睡了過去。她連忙起身順了順頭髮，低頭便看見面前放著的錢，再看那位置已經空空如也，便知道是沈澹留下的，不由得懊惱道：「我怎麼就這樣睡過去了？」

「小娘子累壞了，早些歇息吧。」思菱把最後一張桌子擦乾淨，說道。

姜菀捏了捏眉心，無奈道：「這些日子精力有點不濟。」

「好在如今的生意尚可，我們不必像之前那樣為了還賃金而憂心忡忡。」想到那段時日，思菱仍猶在夢中。
現下食肆的盈利，吃飽是沒問題的，只是離姜菀的目標還有些距離。她想賺更多錢，在雲安城買一間屬於自己的房子。
只是這個目標太過遠大，實現的時長或許要以「年」為單位計算……
姜菀搖搖頭，熄了店內的燭火，鎖好店門，回去漱洗躺下。
躺在床榻上以後，姜菀開始想另一件事，也就是人手不足的問題。
這些日子，她越發覺得忙不過來，尤其是用餐尖峰時段，僅靠他們三人實在有些吃力，只是若要添加人手，又是一筆開銷。
姜菀暗自嘆氣，翻了個身，決定明日再想這件事。

第二日午後，姜菀正在做要送去學堂的點心。食肆一般是午後開始營業，不過這些日子點心主要都供應給學堂，對外還是以販售晚食為主。
姜菀心想若是往後要供應午食，增加人手勢在必行。她做好點心交給周堯，又目送他上馬車離開，才稍稍鬆了口氣。
這個時辰天光正好，姜菀走出店門透氣，站在路旁伸展了一下身體，暫時休息一下。
姜菀正要回到店裡時，就見自不遠處走來一個人。
那女子原本正疾步走著，到了姜記食肆門前時，忽然剎住步伐，目光朝姜菀掃了過去。
女子戴著帷帽，遮住了面容。她抬手撩開面前的遮擋，輕紗覆住了她的臉部，只露出一雙眼睛，眼神滿是淒楚。

姜菀一時沒認出她來，疑惑道：「您是——」

下一刻，女子抬手緩緩揭開輕紗，衣袖滑落，那覆在衣袖下的手背上，赫然是幾道清晰的傷疤。

輕紗下的眉眼，姜菀再熟悉不過了。她頓時怔住，說不出話來。

望著眼前那判若兩人的女子，姜菀道：「莫姨？」

一陣子未見，莫綺早已不復當初那柔美的模樣。她面色慘白，眼窩處有深深的瘀青，整個人形銷骨立，哪裡還有半分精氣神？

莫綺乾澀的唇顫了顫。「阿菀——」

「莫姨進來說吧。」姜菀請她進門。

莫綺卻搖頭道：「阿菀，我不能在外久待。今日我是趁郎君喝醉了酒昏睡不醒，悄悄出來的，若是他醒了見我不在，又要大發雷霆。」

「可是莫姨，您臉上的傷……」姜菀遲疑著開口。「李叔還是會打您嗎？」

莫綺淒然一笑。「一直都是如此。」她忍住淚意，輕聲道：「阿菀，我先走了，妳多保重。」

她走出幾步，又轉過身道：「不瞞妳說，我這些日子不斷思索和離之事。阿菀，希望下回見到妳的時候，我已是自由身。」

莫綺已經走遠了，姜菀還站在原地，百感交集。

她不知道和離的過程有多困難或複雜，但既然莫綺說出這話，她便真心希望她能逃離那片苦海。

「小娘子，您瞧這燒烤爐放在院子哪一處合適？」

思菱的聲音打斷了姜菀的思緒，她應了聲，往院子去了。

昨日賣烤串的試營運跟預熱效果不錯，今日姜菀便打算正式啟用燒烤爐。燒烤爐適合烘烤更豐富的食材，但火候得小心掌握。

姜菀把做烤串的注意事項告知周堯，例如多久翻動一下、多久撒一次調味料，便讓他負責在店門口的燒烤架前把守，自己則在院子專心用燒烤爐來試做今日的新品。

今日姜菀去西市的時候，看到有人售賣菠蘿。

這是南方地區的水果，雲安城所處的地帶不適宜種植，只能靠外地運輸。這種熱帶水果汁水滿溢，輕易便能勾得人口水直流。

她想起自己當美食部落客的那些年，曾用氣炸鍋做過菠蘿烤五花，如今工具有限，也不知能不能複製出同樣的效果？

好在雖然工具欠缺了些，佐料還是很齊全。多年前，安息茴香傳入景朝，人們便將它與八角、桂皮等香料放在一起，研磨成了孜然粉。燒烤若是不放孜然粉，必然失去靈魂。

姜菀將菠蘿跟五花肉都切成薄片，五花肉片則用鹽、醬油、辣椒粉、孜然粉等材料醃製。烤的時候在鐵絲網上先擺滿一層菠蘿片，再把五花肉片鋪在菠蘿片上。

燒烤爐只能靠人力掌控溫度跟火候，因此姜菀一刻也不敢離開，聚精會神地盯著，時不時就要把上頭的食物翻個面，防止烤焦。

等到菠蘿片表面變得微微焦黃，五花肉片變成了深色，冒著油珠、飄出香氣時，姜菀就將菠蘿烤五花盛盤裝出來，試了一下味道。

調味料的比例把握得算精準，但火候似乎過大，肉烤得有點老，不過味道還不錯。菠蘿片酸甜可口，只是水分都被烘乾了，吃起來不夠水潤。

有了第一次的經驗，姜菀再烤第二爐的時候就熟練多了。這一回出爐的菠蘿烤五花就恰到好處，菠蘿水潤清甜、五花肉入味，咀嚼起來焦脆可口。

部分好奇的食客等不及，循著香氣摸到了院子，圍著那燒烤爐看起熱鬧。到最後，有的人乾脆圍坐在燒烤爐邊，第一時間品嚐烤好的食物。

第十八章　刻意針對

食肆後方的院子很開闊，站了這麼些人也不擁擠。只是趴在角落的蛋黃見到這麼多生人，有些不安。

姜菀正打算讓思菱把蛋黃帶進房裡，人群中卻走出一個人，一臉新奇道：「姜娘子，這是妳家的狗嗎？」

來人一身淺碧色紗裙，正是曾幾次光顧的秦姝嫻。她絲毫不畏懼，泰然自若地上前問道：「我能摸牠嗎？」

「妳小心些，牠只對自家主人好脾氣。」荀遐緊隨其後，出言提醒。

姜菀想到上回的事，委婉勸阻道：「為了安全，還是莫要——」

秦姝嫻卻一臉羨慕道：「我自小便想養狗，阿爹卻堅決不允。姜娘子，就讓我摸摸吧！」

蛋黃豎著耳朵，警戒地盯著一步步走近的秦姝嫻，姜菀不得不制止。「蛋黃，安靜些。」

秦姝嫻見蛋黃聽了姜菀的話後果然乖乖趴下，便大著膽子伸出手。蛋黃感受到她沒惡意，便順從地任由她撫摸了。

姜菀無奈，只好死死拽住牽繩，提心弔膽地等秦姝嫻摸完，就迅速讓思菱把蛋黃帶走。

秦姝嫻說道：「姜娘子，有沒有考慮在這裡添一些位子？這院子既寬敞又通風，還種著桂花樹，伴著桂花香吃著烤肉，可真是妙哉，就像那句詩說的那樣，『滿山唯有桂花香』。自然，用在這裡便要改成『滿院』了。」

荀遐道：「難得妳也有如此文雅的時候，秦學士若是聽了，定會很欣慰。」

秦姝嫻瞪了荀遐一眼，一巴掌拍在他肩膀上，發出沈悶的聲響。「這首詩是阿爹逼著我背的，我花了好幾日才記住，好你個荀大郎，敢取笑我？」

她的動作太過熟練，荀遐也完全沒躲閃，姜菀不由得愣住了。

秦姝嫻對上她的目光，尷尬地笑道：「姜娘子見笑，我從小到大同他打鬧慣了。」

姜菀適時一笑。「哪裡的話。」

她很快轉移了話題，道：「不瞞秦娘子說，我也有在院子裡搭設食案的想法。」

除了菠蘿烤五花，姜菀還烤了些馬鈴薯片、豆干、蘑菇，抹上醬料後的味道一點也不輸肉食。

秦姝嫻專注地盯著那些食物，道：「那麼我便等著來做客。」

「好了，咱們別在這裡影響姜娘子做生意了，去前面坐著吧。」荀遐扯了秦姝嫻的袖子。

等兩人走後，姜菀又烤了幾盤食物，再進廚房準備炒菜與羹湯。

院子裡還有不少食客在等烤肉，思菱專注地把一片片肉在烤盤上擺好，再抹上醬料。

姜菀搬了張小凳子過來坐在烤爐旁，兩人有一搭沒一搭地說著話。

待肉跟菜都烤熟了，思菱拿盤子分裝好，遞給正在等候的客人，這才向姜菀道：「小娘子，您上回說店裡缺人手的事，我覺得有道理，咱們是不是該招幾個小二幹些跑堂的雜活？」

姜菀沈吟道：「除了小二，若是再能招一、兩個廚子，就更好了。」

思菱點點頭道：「會廚藝的人幫得上小娘子，但要找個知根底、靠得住的廚子，不是那麼容易。小娘子要不要仿效其他食肆店主，收幾個學徒慢慢培養？」

「學徒？」姜菀微蹙眉。「我資歷淺，食肆也非遠近聞名，只怕沒幾個人願意跟我學手藝吧。」

思菱搖頭道：「小娘子雖年輕，但手藝了得，一定會有人願意來的。」

姜菀笑道：「快別說了，我當不起。若能招到廚子，生意做起來會輕鬆許多，只是想聘到手藝佳的廚子並非易事，至於學徒……」

既有本事又虛心的學徒，似乎不太好找。

「小娘子不妨先試一試，興許一下就能遇到呢。」思菱勸道。

姜菀思考了片刻，下定決心般點頭道：「那我們便先把告示貼出去，若真的招不到廚子，招幾個跑堂的也好。」

食客當中，有個人正默默聽著她們閒聊。得知要招工後，他眉梢動了動，悄無聲息地從人群中退了出去，逕自離開。

事不宜遲，姜菀很快寫明招聘的職位、職責，又定了不錯的工資跟相符的工作量，把告示貼了出去。

姜記食肆招工的消息漸漸傳開來，這一日晨起後，陸續有人來到食肆向姜菀詢問相關事宜。

頭一位是個青年，是衝著店小二這個職位來的。姜菀正在向他簡單介紹工作內容，卻見不遠處跑來一個人，對著青年喊道：「魏七，快跟我過來！」

魏七不耐煩地擺手道：「沒瞧我正在打聽事情嗎？」

「你傻啊！」那人奔上來拍著他的肩膀，湊近他耳邊壓低聲音道：「你不知道俞家酒樓今日招工嗎？他們一口氣招不少人，工錢給的是這個數。」

說著，他伸手比了個數字。

那青年瞪大眼睛道：「當真？」

那人道：「自然！告示都貼出來了。俞家酒樓既寬敞又乾淨，給每個小二都提供住處，不比這小得可憐的姜記強？」

姜菀沈默了。他們不會覺得自己聽不見吧？

那青年只猶豫了片刻，便向姜菀說道：「對不起了，我打算去那邊看看。」

姜菀保持微笑。「請自便。」

他生怕去晚了便被人搶先似的，不再多說，拔腿就跑。

後面排隊的人莫名其妙看著他道：「他這是怎麼了？」

姜菀招呼其他人道：「那位郎君另有去處，各位上前來吧。」

此時遠處忽然傳來一陣喧鬧聲，惹得排隊的眾人都好奇地張望。隊伍末尾的人攔了路人詢問，那路人嗓門大，說道：「是俞家酒樓在招工，不僅工錢給得多，還安排今日前幾十名應徵者在店裡用午食呢！」

聽了這話，幾個排隊應徵的人也心動了。他們瞧了瞧姜記食肆告示上的工錢，立刻選擇直奔俞家酒樓而去。

不過一會兒，應徵姜記食肆職缺的人便散去了。

姜菀無奈地揉了揉眉心，不禁懷疑自己是否跟俞家八字不合。

此時外出遛狗的思菱跟周堯回來了，思菱正要對姜菀說些什麼，一看姜菀的神色便明白了。「小娘子也知道了？」

姜菀苦惱地皺眉道：「俞家出手如此闊綽，我們萬萬比不了。」

思菱氣呼呼道：「我方才經過那裡，俞家酒樓門外排起了長龍，全是想去那裡幹活的人。俞家專跟咱們過不去吧，他們早不招人、晚不招人，偏偏在這個時候招。」

姜菀抿唇，無聲地嘆了一聲。

同樣是招人，姜記食肆可說是毫無勝算。先不說其他的，單是工錢這一項便比不過俞家。

姜菀有些灰心，苦笑道：「看來老天覺得我們該自食其力，不該寄望他人……」

過了兩日，有一些人上門應聘，只是姜菀還來不及高興，就發現這些人都是在俞家酒樓那裡落選的，她稍微觀察了一番，便暗自搖頭。這些人要麼是手腳不俐落、做事毛躁，要麼是嫌工錢太低，還未受雇便要求漲薪。

有人被拒絕以後惱羞成怒道：「恕我直言，妳這食肆又小又舊，沒有一等一的條件還這般挑剔，小心招不到人！」

聞言，姜菀不再強求。求人不如求己，她寧願帶著思菱跟周堯多辛苦一些，也不雇用不可靠的人。

然而不知是否因為動了招工的念頭，姜菀日益覺得分身乏術。自從那張告示貼出去，店裡越來越忙，他們三人每日都像陀螺團團轉，好幾次差點忙中出錯，耽誤客人用餐。雖然思菱跟周堯沒抱怨，但姜菀深知他們都超出了負荷。

這一日，姜菀正對著那張告示思索著要不要降低要求時，就聽見身後傳來一道聲音。

「姜娘子。」

「鐘郎君，你來了。」姜菀只聽聲音便知是鐘紹，轉過身去同他打招呼，又道：「阿翁今日沒來嗎？」

鐘紹道：「阿翁今日在地裡忙，明日會來，他說同妳有件約定好的事。」

姜菀點點頭道：「確實如此。」

鐘紹看著那告示，猶豫了一下，問道：「還沒招到人嗎？」

姜菀苦笑道：「出師不利，眼看是招不到了。」

鐘紹沒再說話，只安靜地等她清點完貨。臨走時，他忽然道：「我可以留心一下周圍的人，若是有願意的，便讓他們來找妳。」

少年的神色依舊冷冷的，說出來的話卻很暖。姜菀一怔，旋即笑道：「既如此，便有勞你了。」

等鐘紹離開，姜菀就想著要處理好送書給他的事情。

之前送姜荔回學堂時，她特地向蘇頤寧請教過。蘇頤寧表示需要謹慎思考才能給出最合適的書單，等姜菀下回去學堂時再交給她，正是今日。

姜菀收拾了一下，便啟程前往學堂。

進了松竹學堂，姜菀一路走到風荷院，就看見姜荔正在院子裡，只是她並非安靜坐著，而是正與一個小郎君比試。

姜菀記得蘇頤寧說過的話，留神細看了一下姜荔的拳腳功夫。她雖不懂武學，但能看出最淺顯的東西，像是姜荔迅速而敏捷的拳頭、短促有力的呼喝。

最後，這場比試以姜荔的手掌拿住了小郎君的肩頭結束。

姜荔收回手，眉眼一彎道：「子昀，如何？」

那小郎君垂眸一笑，拱手道：「是我技不如人，輸給妳了。」

姜菀見姜荔開心不已，不由得含笑喊道：「阿荔。」

兩人同時轉過頭，姜荔一見到她，立刻跑過去喚道：「阿姊！」

姜菀整理了一下妹妹略微凌亂的髮絲，用探究的目光看向那小郎君。

只見對方上前一步，躬身道：「姜娘子好，我是蘇夫子的表弟陸子昀，主要協助荀夫子授課。」

姜荔倚著姜菀道：「阿姊，蘇夫子說子昀身手不錯，不僅能幫荀夫子，還可以當我們的陪練。」

陸子昀模樣生得俊秀，有些少年老成。他靜靜等姜荔說完話，才道：「家姊說姜娘子若是來了，便請隨我去見她。」

「有勞陸小郎君。」姜菀牽住妹妹的手，隨陸子昀一道往蘇頤寧的院子走去。

蘇頤寧正在書房裡清點一些陳舊的書籍跟紙張，聽到稟報聲，便淨手迎了出來。「姜娘子來了。」

她看見陸子昀跟在兩人身後，微怔後道：「姜娘子，子昀是我表弟，幼年時學過些功夫。荀將軍公務繁忙，有時難免無暇來學堂，子昀便會帶著阿荔她們一道訓練，還能解答一些簡單的問題。他平日並不在學堂生活，只會在有必要的時候才過來。」

姜菀心想蘇頤寧大概是擔心學子家人的觀感，於是點頭道：「方才陸小郎君同我說過了。」

寒暄了一番後，蘇頤寧道：「上回姜娘子提及的事，我這些日子已慎重思考過，列出了一張書單。」

說著，她遞來了一張紙。

姜菀仔細看了看，蘇頤寧推薦的都是本朝孩童開蒙時必唸的書籍，屬於入門款，內容輕鬆好理解，對鐘紹這樣一直沒系統性地接觸過書本的人正合適。

她收好書單，笑道：「多謝蘇娘子願意給出建議。」

蘇頤寧道：「能幫上一個有心向學的人，是我的榮幸。」

姜菀將隨身帶著的食盒推到蘇頤寧面前，說道：「這幾日我又嘗試了新點心，蘇娘子不妨嚐個鮮。」

她揭開了蓋子，端出裡頭的糕點跟甜品。「這是軟棗糕與桂花雪梨凍，都是應季的點心。」

軟棗糕酸甜、雪梨凍水潤，都是能潤肺去秋燥的食物。蘇頤寧並未推辭，笑道：「姜娘子的手藝一定不會差。」

說完正事，蘇頤寧跟陸子昀一道送兩人出門，姜菀牽著姜荔向外走，邊走邊問道：「妳的功夫都是荀夫子教的嗎？」

姜荔點頭道：「正是，我與子昀演練的那些招式是昨日才學的，荀夫子說我們可以私下互相切磋一番，這樣能記得更清楚、更牢固。」

「其他小娘子學得如何？」姜菀好奇道。

姜荔無奈道：「她們對武學不感興趣，幾乎不會在空閒時候練習，只有子昀能同我過招。」

想到蘇頤寧的話，姜菀道：「那妳呢？是不是很喜歡這些？」

姜荔低著頭想了片刻，肯定道：「我喜歡。起初荀夫子說過，這些招式都很簡單，學了以後可以強身健體。後來他又說，武學不分男女，誰都能有所成就。」

「那……比起詩書跟丹青，妳是更喜歡武學嗎？」姜菀斟酌著開口。

姜荔皺眉思索著，緩慢搖頭道：「我不知道。詩書跟丹青我也很喜歡，但武學似乎更讓我……神清氣爽一些。我心情不好時，讀那些詩文並不能舒緩，但打上幾拳，便能輕鬆一些。」

聞言，姜菀心中有了數。她摩挲著妹妹的手，柔聲道：「蘇夫子同我說過，妳是這些學子中武學成績最好的一個，阿姊很替妳高興。既然喜歡，便好好跟著荀夫子學吧，只是詩書上的學習可別落下。」

「蘇夫子真的這麼說？」姜荔眼睛亮了亮，難掩興奮。

得到姜菀肯定的答覆後，她欣喜不已，還有一絲小小的驕傲。「阿姊放心，我不會放鬆其他課業的。」

姜菀心中默默想著，既然她喜歡，那在武學上多費些心思也無妨。她就只有這麼一個妹妹，萬事開心最要緊。

拿到蘇頤寧書單的隔天，鐘翁如約前來。

姜菀下意識地朝鐘翁身後看了幾眼，沒發現鐘紹的身影。

鐘翁笑道：「我今日特地尋了個理由把那孩子支開了，讓他去啟平坊給妹妹送些衣物，我好獨自前來。」

姜菀把那張紙遞給他，鐘翁十分珍重地攥在掌心裡，對姜菀千恩萬謝道：「姜娘子，多謝妳願意為我這點私事辛苦奔走。」

「阿翁客氣了。」

姜菀向他介紹坊內幾間可靠的書肆，鐘翁便握著那張紙依言前去。

送走鐘翁，又陸續來了幾個上門送食材的人。

自從跟鐘翁做了這樁生意，姜菀心想乾脆一鼓作氣解決其他食材的進貨管道。她多番走訪後，又與另外幾家肉鋪、水果攤達成了協議，如此一來便省下不少時間。

姜菀清點完食材數量，沒忘了對那幾人道：「各位若是能引薦幾人來我們食肆裡做事，感激不盡。」

那些人自然應下了。待他們離開，姜荔才說道：「阿姊，店裡的人手不夠了嗎？」

她像是想起什麼，嘆了口氣道：「這幾日，學堂負責飯食的師傅也顧不上我們了。」

姜菀問道：「是有什麼變動嗎？」

只見姜荔小聲道：「具體的情形我也不知道，只是隱約聽旁人說，蘇夫子的家人很看重那位師傅，想將他要回府裡專門負責飲食。蘇夫子費了好一番工夫與他們溝通，才勉強說動他們，讓師傅回府工作的同時，依然負責學堂的飲食。只是這樣一來，師傅難免無法兩頭兼顧，只能疏忽我們這邊了。」

看來蘇家內部的矛盾跟衝突實在不少，蘇頤寧在家中的處境也算不上好。想起那日自己聽到的話，姜菀不由得有些憂心。若是蘇頤寧拗不過兄嫂，那學子們的飲食該如何是好？

「阿姊，若是妳能去學堂就好了。」姜荔順口說道，又很快擺手。「當然，我曉得不可能，家中的事情要緊。」

姜菀拍拍她的手道：「且不說如今人手吃緊，即便招到小二，我也不可能不顧生意，每日只在學堂做飯。」

點了點頭，姜荔又道：「只可惜飯食不是點心，否則便能日日送過去。」

送過去？姜菀腦海中有如撥雲見月，猛然想起現代的外送業務。

然而她冷靜下來想了想，便意識到此事不可行。永安坊跟長樂坊雖比鄰，但兩坊的範圍都很大，從自家食肆乘車到松竹學堂的時間並不短。點心就罷了，飯食最忌生冷，若是冬日，即使以最快的速度送過去，只怕那飯菜也不熱了。學子們年紀小，腸胃嬌弱，禁不起折騰。

回過神，姜菀笑著搖頭道：「若是學堂在永安坊內，或許我還能想法子讓小堯送過去，但長樂坊離我們有些遠了。」

姜荔遺憾道：「可惜了。」

「不過，我想妳們夫子一定會想出最妥當的法子解決這個問題的。」姜菀安慰妹妹道。

姜荔眨了眨眼，忽然道：「阿姊，前些日子我在學堂見到那個人了。」

第十九章 新血報到

「誰？」姜菀詫異於妹妹神神秘秘的語氣。

姜荔道：「就是那位跟荀夫子一道來過食肆的。」

沈澹？姜菀沈吟未語。

「他是跟另一位郎君一起去的，那位郎君似乎與蘇夫子熟識，兩人單獨在蘇夫子常待的亭子裡說了許久的話，還不准任何人靠近。」

姜菀想起自己見過沈澹與另一個人一道往學堂去，莫非是同一人？她問道：「妳如何知道的？」

「我在課業上有疑問，想趁課後請教蘇夫子，結果四處都沒找到她。我記得她喜歡在那座亭子裡看書，便往那邊去，誰知半路上，那位郎君悄無聲息地出現攔下我，很溫和地讓我等一等，說蘇夫子正在與人談要緊事，不得打擾。」

她一口氣說完，又疑惑地問道：「阿姊，那位郎君是姓……沈嗎？」

「是，他是荀夫子的同僚，也是禁軍的一員。」姜菀道。

「原來如此。」

姜菀心想，這位沈將軍真是越來越不可捉摸了。她笑著搖了搖頭，把此事暫且擱在一旁，轉而去忙食肆的事情了。

這日早晨漱洗完畢，姜菀先把店門打開，打算通風換氣，再打掃一下。

她取下門閂時便隱約覺得有些不對——這門今日怎變得這麼沈重？下一刻，她把門打開，緊接著便有兩個人順著店門跌了進來。

姜菀嚇了一跳，下意識驚呼出聲。

院子的周堯跟思菱聽見動靜，趕忙跑過來，卻見兩個風塵僕僕的人從地上爬了起來，思菱不由得問道：「你們是誰？為何在我們食肆門口?!」

其中一個少女鬢髮散亂，模樣有些狼狽。她抹了抹臉頰，不好意思地說道：「對不起，我們來得早，見食肆尚未開門，便靠在門前瞇了一會兒，誰知竟睡了過去。」

姜菀撫著胸口，有些驚魂未定地問道：「你們要做什麼？」

少女看著她，露出單純的微笑。「您就是姜娘子吧？我叫宋鳶，是鐘大郎的鄰家，這是我弟弟宋宣。我們前幾日聽他說您這食肆正在招人，便來應徵。」

鐘大郎？姜菀道：「妳是說鐘紹？」

宋鳶點頭。「正是。他說自己日日給永安坊的姜記食肆送菜，與您算熟識，覺得能在這裡做事是門好營生。恰好我與弟弟都曾在食肆做過事，有些經驗，便想來試一試。」

她說著，向身後的人喚道：「宣哥兒，過來。」

姜菀隨她的動作看過去，只見一個約莫十四、五歲的少年走上前來。

他身形瘦弱，模樣看起來還帶著稚氣，臉色有些蒼白，不過一雙眼睛倒很明亮。

姜菀問道：「你們誰應徵廚子，誰又是小二？」

「宣哥兒應徵廚子，」宋鳶道：「我從前做慣的是跑堂的活。」

姜菀思索半晌，說道：「正好今日尚未用午食，宋小郎君可去廚房做幾道菜，容我品鑑一番。思菱，妳帶他過去，廚房裡所有食材都能隨意選用，不必拘束。」

宋鳶偏頭對宋宣道：「宣哥兒，去吧，阿姊在這裡等你。」

聞言，宋宣頷首，對姜菀微微躬了躬身，這才跟著思菱走了。

待兩人離開，姜菀便同宋鳶說起話，除了問她些食肆相關的問題，還順帶聊了其他的。

原來宋家姊弟幾年前失去雙親，兩人相依為命，為了餬口，最終在長樂坊一家食肆扎根，當了學徒。

宋宣年紀雖小，卻屢屢被誇讚有天分，能做一手好菜；宋鳶雖於廚藝上不算擅長，但她吃苦耐勞又能幹，因此也很得青睞與看重。

然而那家食肆的店主年歲大了，無妻無子，漸漸有些力不從心。後來，他生了場大病，病癒後精神不濟，便想把店盤出去，恰好碰上另一家規模更大的酒樓四處吸收小店擴充地盤，最後成了那家的產業。

姜菀聽到這裡，忍不住問道：「是哪家酒樓？」

宋鳶道：「俞家。」

……果然如此。姜菀默默嘆息一聲，俞家的勢力真是深不可測，京城各坊都有他家的產業。

宋鳶說，俞家收購食肆後，為了安插自己的人，打算清理一些原先的人手。宋宣因為資歷淺，從前又被店主器重，早已引起其他幾位年長廚子的不滿，他們聯合向俞家進言，解聘了宋宣。

姊弟倆無處可去，只好返回老家，對著破舊漏風的房子嘆氣。鄰居鐘紹得知他們的遭遇，便向他們介紹姜記食肆。

宋家姊弟不願放棄任何機會，打聽清楚食肆的地址後，天未亮便出發了。他們囊中羞澀雇不起車，硬生生徒步走了好幾個時辰才走到食肆門口，累極睏極，靠著店門睡了過去。

見宋鳶說得口乾舌燥，姜菀便倒了杯茶給她。她一飲而盡，感激道：「多謝姜娘子。」

兩人就這樣有一搭沒一搭地說著話，過了一陣子，宋宣做好料理，親自端出來放在姜菀面前。

姜菀低頭一看，是三樣最簡單不過的菜：涼拌木耳、芙蓉肉、青菜湯。沒什麼令人驚豔的擺盤跟賣相，而是純粹散發著家常料理的氣息。

她未多說，拿起筷子跟湯匙品嚐起來。

涼拌木耳是用蔥花、蒜末、小米椒等加了鹽、糖、醬油拌成醬汁後，與木耳一起攪拌均勻。醬汁的比例要掌握得恰到好處，才能拌出酸辣爽口的味道，若是多放半勺鹽或少倒一勺醬油，口味便會有所偏差。

芙蓉肉則是用蝦肉與豬肉糅在一起做成，先用醬料醃製肉，再捶打軟爛，澆上酒、油、蔥、辣椒。

比起前面兩道料理，青菜湯就顯得遜色多了，清淡的湯水打上蛋花，並無獨特的味道。然而吃過芙蓉肉後，再喝一口湯，便覺得蔬菜的清香味與那被熱油滾過的肉食相互交融。原本寡淡的青菜湯有了濃郁的香氣，而略顯油膩的芙蓉肉則清爽了些。

姜菀放下筷子，明白為何宋宣的師父會這般器重他了。他不僅會做菜，還能平衡品嚐時的滋味，懂得如何搭配葷與素、菜與湯。雖說這三道料理並非完美無缺，但以宋宣的年紀跟經驗來看，實屬難得。

看到她沈默不語，宋鳶有些緊張地說：「姜娘子，宣哥兒他——」

宋宣站在一旁，抿著唇沒說話，眼神洩漏出內心的忐忑。

姜菀端起茶盞抿了一口，對兩人道：「宋小郎君先以學徒的身分跟我進廚房，熟悉食肆日常的飲食特點與要求；宋娘子則跟著他們兩人熟悉食肆的一應事務。」她指了指周堯跟思菱。

「若你們願意，三日後便來食肆做事吧。」

宋鳶雙手緊緊揪住衣角，有些激動地說道：「多謝姜娘子收留，我們……我們……」

一旁的宋宣直接朝姜菀鞠躬道：「多謝姜娘子。」

姜菀想起一事。「你們目前的住處離永安坊有些遠，每日打烊後時辰已晚，回去怕是不方便。」

宋鳶沈浸在喜悅中，險些把此事忘了，忙道：「那我跟宣哥兒想辦法在這坊內租賃一處房子——」

如今姜記食肆後院的屋子空著幾間，本就是打算添了人手後讓人住的，姜菀便要他們搬過來。

宋鳶跟宋宣很快就答應下來。就算找到工作，以他們如今的財力，想在這附近租賃房子絕非易事，住在店裡是上佳選擇。

姜菀與宋家姊弟約定好搬入的時間，便讓他們回去收拾些衣裳跟隨身物品再來報到。

這日晚間，秦姝嫻再度光臨食肆。

她性格豪爽、出手闊綽，常一次點不少菜餚，而且吃得乾乾淨淨。

姜菀好奇她的身分，荀遐說秦姝嫻的父親在翰林院為官，負責起草編撰文書，是個不折不扣的文人。荀、秦兩家比鄰而居，兩家關係一直不錯，自己雖比秦姝嫻大了幾歲，但兩人自小便是玩伴。

今日秦姝嫻依舊獨自一人來，點了一碗豆腐羹、一份臘肉炒飯跟一碟梅子薑。

等到姜菀把幾樣菜端到秦姝嫻面前時，卻見秦姝嫻一反常態地發著呆。見到飯菜擺在面前，她才過神，長長嘆了口氣。

秦姝嫻舒展了一下身體，道：「一想到明日就要去上學了，便沒胃口。」

說著，她用筷子戳了戳米飯，一副快快不樂的樣子。

原來不管哪個時代，孩子都不喜歡上學，姜菀忍不住笑了笑。

秦姝嫻察覺到了，撇了撇嘴道：「縱然妳不用上學，也不必笑吧？」

姜菀清了一下嗓子，道：「不，我只是想起舍妹，每逢要回學堂的那一日，她亦會跟秦娘子說一樣的話。」

「果然，凡是學子都有這種念頭，可怪不得我！」秦姝嫺雙手一攤，又好奇道：「姜娘子的妹妹在哪裡唸書？

「長樂坊的松竹學堂。」姜菀道。

秦姝嫺「咦」了一聲說：「那不就是荀大郎當夫子的地方嗎？當初聽他說要去學堂授課時，我還驚訝了一下，後來才知曉是去教武學的。」

姜菀頷首道：「正是。荀將軍主要教一些能強身健體的功夫。」

秦姝嫺有些悵惘地嘆道：「只可惜我所在的縣學並不向女子開設武學課，否則我就不會這樣抗拒了。」

雲安城作為京城，下轄兩個縣，分別是青雲縣跟恆安縣，兩縣以中軸線為分界。永安坊隸屬青雲縣，秦姝嫺所說的縣學正是青雲縣學。

姜菀問道：「縣學招收學子不論男女嗎？」

秦姝嫺點頭。「是，不過男女所學並不同，因為男子要考科舉，女子卻沒這樣的機會。我很羨慕他們的武學課，奈何女子的課程只有詩書禮儀跟琴棋書畫。」

姜菀微訝，下意識道：「秦娘子也喜歡武學？」

秦姝嫺笑了笑。「妳一定很意外吧，哪有小娘子愛打打殺殺的？」

她雙手托腮，似乎在回憶往事。「我阿爹是文人，接觸的向來是筆墨紙硯，我兩位阿姊也都是溫婉文秀的人。可我不同，自小便常常攀著牆頭看荀大郎跟他爹練武。」

她一臉嚮往道：「我看著那眼花撩亂的招式，心生好奇，荀家阿叔見我感興趣，便帶我們兩人一起練武，氣得我阿爹直說他誤人子弟。

「後來我被阿爹送去上學，荀大郎也去禁軍當差，我便再沒機會練武了。」秦姝嫻忽然笑了起來。「我阿爹常說，他白給我起了『姝嫻』這個嫻靜的名字。」

姜菀淺淺一笑。「不瞞秦娘子說，舍妹在學堂跟著荀將軍學了不少招式後，對武學也很癡迷。」

「是嗎？」秦姝嫻直起身子，眼底滿是遇到知己的欣喜。「令妹多大年紀了？改日我可以同她切磋一番嗎？」

姜菀莞爾道：「舍妹過完年才滿十二歲。她學習的時日短，恐怕不是娘子的對手。」

秦姝嫻擺手道：「我荒廢了不少時日，往日的功底早已去了大半。」

「那等她回來以後，我再問她願不願意同旁人交手。我想，練武之人應當很需要能互相提升的同伴吧。」姜菀道。

「一言為定。」秦姝嫻的情緒好了不少，眼角與眉梢多了些喜色。

她端起茶盞喝了一口，又嘆道：「聽說縣學公廚的飯菜一點也不好吃，往後可沒有今日的口福了。」

姜菀只低頭一笑，不曾言語。這似曾相識的話她聽荀遐說過，看來各大公廚的狀況都差不多。

「三娘，妳又在琢磨吃的。」一道戲謔的聲音忽然從食肆進門口處傳來。

荀遐不知何時推開食肆的門，正抱臂站在那裡，靜靜看著她們。

秦姝嫻放下茶盞道：「荀大郎，你來做什麼？」

荀遐指指外面道：「瞧瞧現在是什麼時辰，店裡都該打烊了。秦伯母知道妳一貪玩便忘了時辰，便讓我來找妳。」

「是嗎？」秦姝嫻往外一看，頓時拍了拍腦門，懊惱道：「只顧著同姜娘子說話，竟忘了時辰，真是對不起。」

姜菀道：「無礙，今日跟秦娘子說話，我也很開心。」

秦姝嫻聞言笑著起身，扯了扯姜菀的衣袖。「姜娘子，莫忘了答應我的事情。」

荀遐一臉稀奇地看著她。「妳又在打什麼主意？」

「你管我。」秦姝嫻笑盈盈地挑眉，不輕不重地回了他一句。

荀遐無奈地一笑，顯然早已習慣她這個態度。「行了，該走了。」

待兩人離開，姜菀把碗筷收拾乾淨，這才吹熄燈火，鎖好店門離開。

宋家姊弟正式開始在姜記食肆做事了。

姜菀帶著宋宣熟悉了一下食單，又叮囑了他一些要領。宋宣畢竟有過經驗，上手得快，只是需要一些時間磨合。

宋鳶雖不是能言善道的伶俐性子，但做事認真踏實，正好與活潑的思菱互補。

經過幾天觀察，姜菀把宋家姊弟劃在「可靠」的範圍內。一些簡單的菜式交給宋宣烹飪後，她頓時輕鬆了不少，也能騰出更多空閒思索如何創新食肆的食物種類。

這日晚食供應板栗燉雞。待周堯出門去送點心後，姜菀就在另外三人身邊坐下，加入剝栗子大軍的行列。

姜菀用沸水加鹽，先浸泡了一下板栗。栗子外殼雖硬，但剝起來倒是不難，難的是緊貼栗子肉的那一層薄皮，若是太過用勁，便會導致栗子肉被弄散。

這是個需要耐心的活。姜菀見宋家姊弟神情專注、手指靈活且力道適中，輕鬆地褪下栗子皮，一顆顆完整的栗子落進陶盆裡，發出微響。

坐在陽光裡，聽著這樣的聲響，宋鳶忍不住打了個哈欠。她不好意思地用手背揉了揉眼睛，小聲道：「天氣暖洋洋的，實在容易犯睏。」

姜菀點頭道：「確實如此。」

思菱便道：「既如此，小娘子，不然我們說會兒話吧，免得倦怠。」

姜菀疲倦地闔了闔眼，道：「你們說吧，我聽著。」

宋鳶跟宋宣一時沒開口，思菱在姜菀面前沒什麼拘束，率先說了幾句玩話。等到場面熱起來，宋鳶便放開了些，還會主動挑起話頭。

思菱問道：「妳比宣哥兒大了幾歲？」

宋鳶抿嘴笑道：「其實我與宣哥兒是雙生子，只前後差了些時候罷了。我早一些，便是姊姊。如今宣哥兒長得慢一點，身形看起來較小，更像弟弟了。」

姜菀憶起了往事，有些感慨地說：「有兄弟姊妹，自小便不孤單。」

「那位去學堂唸書的小娘子便是您的妹妹吧。」宋鳶道：「當阿姊的人，總是得想得多、做得多。我雖與宣哥兒同歲，但到底擔著長姊的身分，因此爹娘在時，總會囑託我多看顧他。不像阿紹，他家中的是妹妹，因此只有他照顧妹妹的分。」

「你們與鐘紹一直是鄰居嗎？」姜菀問道。

宋鳶點頭道：「正是。小時候，我跟宣哥兒與他們兄妹是最好的玩伴，阿紹從小便少言寡語，起初我跟宣哥兒都嫌他冷淡，更願意跟阿慈一道玩。」

姜菀回憶了一下。「阿慈……是鐘紹的妹妹吧？」

「對。阿慈性子好，人又細心妥帖。我與她同歲，但在一處時總是她百般照顧我，反倒像是我的阿姊一般。」宋鳶說起往事，有些神傷。「可惜自從阿慈被送去徐家為婢，我們便再沒時間坐在一處好好說話了。」

「聽鐘家阿翁說，鐘娘子尋的差事似乎還不錯。」姜菀道。

宋鳶捏了捏瘦痛的指尖，說道：「阿慈說徐家從不苛待下人，年節還會准許她們告假，是很好的主家。」

姜菀好奇地問道：「不知徐家主人是什麼身分？」

宋鳶皺起眉努力回想。「阿慈說徐家的郎主是……是什麼……尚書？」她不好意思地道：「我不懂那是什麼，只知道似乎是個了不起的官職。」

尚書？姜菀的眉頭微微動了動，這確實是個不小的官。她道：「徐家在啟平坊沒錯吧？」

宋鳶點點頭。「沒錯，啟平坊只有一個徐家，便是阿慈當差的地方。」既然如此，那位上門致歉的郎君，應當就是徐尚書的兒子了。

閒聊間，幾人終於把栗子全剝完了。姜菀跟宋宣端著栗子去了廚房，把清洗乾淨的雞切成塊，慢燉起來。

另一邊的爐灶上煮著蓮藕排骨湯，姜菀正指揮著宋宣嚐鹹淡，便聽見周堯回來的動靜，她隨口問道：「學堂那邊一切都好吧？」

周堯說道：「我瞧學堂外貼了張告示，聽旁人說是招廚子的。」

第二十章　世道不易

姜菀蹙眉，暗嘆明明是骨肉至親，蘇家人竟如此涼薄，容不下蘇頤寧做自己的事業。他們就是認定女子應該早日出嫁，待在後宅相夫教子，而不是隨心意發展。

她不禁有些憂慮，心想學堂還能照常開下去嗎？

不僅如此，姜菀也對蘇頤寧的經歷感到無力。以她的眼光來看，蘇頤寧的事業無疑充滿意義，可惜不為如今的大部分人所容。

晚食時，荀遐來了食肆。他要了碗排骨湯跟一份米飯，迅速吃完以後，又特地問姜菀。

「姜娘子是否還識得什麼擅長廚藝的人？」

姜菀問道：「荀將軍是為了松竹學堂問的嗎？」

荀遐點頭道：「妳知道了啊？正是，蘇家的人百般為難蘇娘子，不准家中廚子為學堂效力。蘇娘子這幾日一直在為此事忙碌，也張貼了招廚子的告示，盼著能盡快找到人。」

姜菀轉頭看了正在廚房忙碌的宋宣一眼，無奈道：「如荀將軍所見，我前幾日新聘了一位廚子，只是食肆的生意離不了人，只怕我幫不上蘇娘子的忙。」

荀遐道：「我明白。」

他見姜菀眉頭微蹙，溫聲道：「姜娘子，妳不必擔憂令妹的學業問題，蘇娘子一定會處理好的。她已經跟蘇家人說好，在沒找到新廚子之前，她不會同意現在的廚子離開學堂的。」

姜菀默然良久後，輕聲道：「我為蘇娘子難過。可想而知，她開辦這個學堂有多不容易。」

荀遐嘆道：「是啊，我真的很敬佩她的勇氣跟毅力。能理解她的人很少，看來姜娘子是其中之一。」

姜菀笑了笑。「我們同為女子，我自然更能設身處地了解她的想法，也希望她能事事順心。」

荀遐還想說些什麼，奈何事務纏身，無暇閒聊。他抱了抱拳，道：「姜娘子的話，我會轉告蘇娘子的。」

「荀將軍慢走。」姜菀目送他離開。

這幾日，不少人都在議論新律法。當今聖上登基後，便動員朝中官員修訂律法，由於本朝律法涵蓋範圍廣、內容繁多，這項工作持續到前些時候才算告一段落。

姜菀忙碌之餘也留神聽了一些。一般人對那些深奧複雜的條目自然不會關注，在意的都是一些涉及生活的內容。她聽了一些，覺得似乎沒有與自己相關的，便沒放在心上。

然而過了些時日，姜菀偶然得知了一個消息，令她重新關注起此事。

姜記食肆附近有一家頗有名氣的胭脂鋪子，店主鄒娘子極擅妝扮，常常親自用店裡的妝品打造不同風格的妝容，吸引不少女性前去購買。她的郎君是個走街串巷的生意人，模樣憨厚樸實，夫婦倆的感情看起來一直不錯。

誰知這樣一對夫妻，竟忽然和離了。眾人此時才知道，原來鄒娘子每日塗抹那麼厚重的脂粉，都是為了掩蓋臉上的傷痕，而那傷，便是她郎君親手造就。

原來那樣一個看起來純良的男人，背地裡卻這樣心狠。

和離後的鄒娘子一派輕鬆，她笑盈盈地說，自己總算能過平穩的日子了，這一切多虧修訂後的新律法賦予女子更大的婚姻自由。

此事一出，姜菀不由自主地想到了莫綺，不知她是否已經順利與李洪和離了。

這一天傍晚，姜菀正低著頭在櫃檯後整理帳簿時，有人走進食肆。

她抬起頭，看見了一個眉清目秀、十幾歲的小娘子，正是知蕓，令她驚愕的是，知蕓身前，頭戴帷帽的莫綺正坐在一輛木製的輪椅上。

見姜菀的目光掃過來，莫綺抬手撩開遮擋，朝她微微一笑。

姜菀平息了一下猛烈起伏的心緒，忙從櫃檯後走了出去，道：「莫姨，您這是……」

莫綺的神色疲憊，但眼神溫柔。此刻的她雖然坐在輪椅上，顯得格外虛弱，但腰身依然挺直。她的雙腿上蓋了條薄毯，隱約可見下方的腿部有凸起的包紮痕跡。

「阿菀，我今日同蕓兒經過這裡，便來看看妳。」莫綺笑了笑，眼眸深處有微弱的亮光，聲音柔和而堅定。「上回我說，希望再見妳時我已是自由身，我做到了。」

「莫姨同……和離了？」姜菀下意識略過了那個稱呼。

莫綺點頭，唇邊漾起如釋重負的笑。「阿菀，我終於不用再過那種日子了。」

她伸手輕按著膝蓋，遺憾道：「只可惜，我還要坐在輪椅上一段時日，無法起身行走。」

知蕓向姜菀道：「姜阿姊，阿娘她……腿骨斷了，郎中叮囑她不能走動，要靜養一段時間後才能痊癒。」

姜菀緩緩矮下身，慢慢撫著莫綺的膝頭，那裡綁著堅硬的竹片，作為夾板固定傷處。她強忍住心底的不捨，問道：「這傷是他打的嗎？」

莫綺的嘆息如微風般拂過耳畔。「是。」

姜菀轉頭看了店內一眼，道：「進去說吧。」

她接過輪椅，推著莫綺從側門進入院子，尋了處避風的地方停好，又去倒了熱茶來。

莫綺捂住茶盞，待手心熱了一些，才緩緩道：「那日，因為陳年舊事，他惱了，對我動手。起初他只是打我巴掌，見我反抗，便更用力。當時在家中閣樓上，我掙扎著想逃出去，卻被他揪住頭髮，按在地上。」

燈火下，姜菀看得清楚，莫綺那原本光潔的額頭處有一道傷疤，眉骨下方也留下傷痕，想來是被李洪制住時重重磕在地上導致的。

「蕓兒聽見動靜，趕過來護著我，卻被他一腳踹了過去。我為了護住蕓兒，那腳便踹在我的腿骨上。」莫綺指著膝蓋下方。「我起身後，又被他用力推搡，從樓梯上滾下去，摔斷了腿。」

這席話讓姜菀覺得自己的腿也隱隱作痛起來，可莫綺的語氣卻輕描淡寫，彷彿在說旁人的故事。

知蕓咬著唇，眼底浮起淚花。「阿娘……」

莫綺淡淡笑道：「若不是傷勢這般重，只怕我沒辦法順利與他和離。所以，我一點都不後悔讓自己遭這麼一次罪。」

「莫姨，您受苦了。」姜菀輕聲道。

莫綺垂下頭，睫毛下掩蓋著的眸子隱約泛紅。她沈默了一下，哽咽道：「其實這幾日，我還是時常夢見他舉起手掌對著我……醒來的時候，我滿身冷汗，一顆心彷彿要跳出來。」

即使那些不堪的回憶已成往事，莫綺仍舊忍不住顫抖。

姜菀伸手按在她肩頭安撫道：「莫姨，都過去了。」

莫綺從袖中取出手帕拭了拭眼角，勉強笑道：「是啊，我應該高興。」

「莫姨，妳們如今住在哪裡？」姜菀記得莫綺說過她娘家已無人。

莫綺的神色黯了黯，道：「我跟蕓兒暫時住在一位手帕交家中，但那只是權宜之計，必定得想其他法子。衙門判了蕓兒跟著我，我不能委屈了自己的女兒。」

知蕓彎下腰，臉龐貼著母親的鬢髮道：「從今往後，我都會跟阿娘在一處。」

莫綺道：「我會想法子先租賃一處屋子，待腿傷癒合後再尋一門活幹。只是我除了會些茶藝跟做飯菜，便再無其他本事能謀生了。」

茶藝、廚藝……姜菀心念一動，道：「阿荔唸書的學堂這些日子正在招廚子，莫姨若是願意的話，可以一試。」

莫綺一愣，雙眸亮了亮，問：「學堂在何處？」

姜菀將大致上的情況說了一遍，莫綺聽到姜荔已經在學堂唸了許久的書，眸底浮起一絲愧疚。「蕓兒與阿荔兩人同歲，她卻沒讀過一日書，到底是我這個阿娘沒用。」

「阿娘別這麼說。」知蕓啜泣道：「對我來說，您就是最好的阿娘。」

姜菀勸慰道：「莫姨不必傷心，往後一定有機會的。若是莫姨能應徵上松竹學堂的廚子，阿蕓就能順理成章去唸書進學了。」

莫綺點了點頭，道：「妳說得對，這樁差事我一定要去試一試，就當是為了蕓兒。」

她握住姜菀的手，柔聲道：「阿菀，我雖無十足把握能入選，但還是謝謝妳告訴我這件事。眼下食肆正在供應晚食吧，就不打擾了。妳多保重，我們先告辭了。」

姜菀送這兩人到大路上，看著那瘦弱的小娘子吃力卻平穩地推著輪椅，母女兩人相依著漸行漸遠。

姜菀有些慨嘆。

莫綺母女終於逃離了不堪的過去，有了全新的生活。無論日後如何，至少此刻是值得高興的。

隔天，坊門尚未開啟，街道上只有寥寥幾人。判斷狀況還算安全，姜菀便握著蛋黃的牽繩，獨自帶牠出去透透氣。

蛋黃東嗅嗅、西嗅嗅，在食肆門前的空地上轉悠。姜菀一面控制牽繩，一面抬手掩唇打了個哈欠。

四下無人，姜菀悄悄闔了闔眼假寐，只是眼皮一旦落下，便沈重得猶如上了膠，滋生出綿綿不斷的睡意。一時之間，她的雙腳還在行走，神思卻已經在夢境邊緣徘徊了。

忽然間，牽繩的另一端傳來一股力道，蛋黃似乎有些躁動，姜菀驀地驚醒，牽緊了繩子的同時，耳畔也響起一道短促而有力的口哨聲。

這聲音……姜菀睜大眼睛，就見沈澹對蛋黃打了個手勢，並用聲音指引牠坐下，同時讓牠保持安靜。

她大為詫異，忍不住開口道：「沈將軍會……訓犬？」

沈澹蹲下身子，伸手輕輕摸起蛋黃的毛髮。一向習慣對生人齜牙咧嘴的蛋黃卻乖乖地順著他的撫摸趴了下去，沒發出一聲吠叫，與初次見到他時那凶巴巴的模樣相去甚遠。

只見沈澹半仰著頭，雙眸定定地注視著姜菀，答道：「多年前，我也曾養過狗，因此略知訓犬之道。」

姜菀道：「原來如此……蛋黃從未在旁人面前這樣乖順過。對了，這麼早，沈將軍是要出門嗎？」

沈澹站起身，頷首道：「是。我醒得早，索性起來了。」

說話間，有不少賣早食的攤子開張了，熱氣與香氣飄得老遠，姜菀不禁有些餓了。她正要說些什麼，就見沈澹一手搭在腰腹處，眉頭微微皺了皺。

沈澹深吸了口氣，說道：「坊門快開了，我先行一步——」

話音未落，他的眉頭猛地一顫，額角瞬間滲出冷汗，腳步不受控制地踉蹌了一下。

「沈將軍沒事吧?!」姜菀一驚，連忙上前，不假思索地扶住了他的手臂。

看到沈澹緊抿著唇，眉間因強忍疼痛而皺成一團，身子也微微彎著，姜菀便扶著他進店坐下，又去倒了杯水。

溫熱的水撫過了胃部，沈澹的眉頭終於舒展了一些。片刻後，他的臉色好了一些，深深吐出一口氣。

「沈將軍是有……胃疾嗎？」姜菀試探著問道。

她想起沈澹因為老毛病而常吃藥，又聽他說過坊內不少人沒有用早食的習慣，便有此猜測。

沈澹沈默了片刻，回道：「姜娘子聰慧，我確實有這陳年舊疾。」

「胃疾須得在飲食上下工夫調養，沈將軍出門早，想來無暇用早食吧？」姜菀道。

沈澹垂眸，苦笑道：「胃疾發作時，我幾乎吃不下任何食物。」他的手在胃部摩挲了幾下。

姜菀看著他眉眼間的無奈與隱約的脆弱，雖無法感同身受，但也能想到胃疾發作時的折磨。她勸道：「沈將軍還年輕，先從飲食上著手，力求不要讓病情加重。」

見沈澹的臉色還是有些不好，姜菀又道：「沈將軍若是不急，要不要在店裡簡單用些早食再走？」

沈澹正要婉言謝絕，卻聽廚房裡傳來劈啪的炙烤聲，有人探出頭來喊道：「小娘子，您瞧瞧這火候如何？」

姜菀應了一聲，提步走過去看了幾眼道：「火候正好。」

沒多久，她又走了出來，手中端著一張盤子。

盤子裡擺著堆疊的焦黃色圓片，表面泛著瑩潤的光澤，沈澹聞到了那被火烤過後的獨特酥香味。

這道食物有個雅名叫做「酥瓊葉」，作法很簡單，把蒸餅或饅頭切成薄片，塗上蜜水或油後在火上烤得焦脆，咀嚼起來的聲音便如飄雪般空靈清脆。曾有詩詞這般形容——

削成瓊葉片，嚼作雪花聲。

姜菀將盤子往沈澹面前推了推，說道：「就當是我請沈將軍的。」

此時思菱等人陸續將早食端上桌，沈澹凝神看去，都是最樸素的家常料理，主食除了烤饃片還有蒸餅，搭配水煮蛋、白米粥跟醬菜。

姜菀盛了碗粥推到他面前，那冒著熱氣的粥似乎想用自己的溫度安撫他隱隱作痛的胃……

沈澹喉頭輕微一滾，本欲出口的拒絕止住了。他握著木勺，舀起熱騰騰的粥嚐了一口。隔著繚繞的熱氣，沈澹望著姜菀同其他幾人坐在一處，眉眼彎彎地用起早食。他們沒有食不言、寢不語的規矩，時不時便聊幾句。

他用筷子挾起酥脆的薄片，牙齒稍稍用力，清脆的聲音便從唇齒間逸出。酥瓊葉被咀嚼成雪片般的碎末，浸了蜜水後的微甜味在舌尖緩緩散開。

沈澹依然沒什麼胃口，只簡單吃了一些。他起身對姜菀道：「今日多謝姜娘子了。」

姜菀送他出門，道：「舉手之勞，將軍不必言謝。」

沈澹雖然身體狀況不佳，但精神已好了許多，他在姜菀的注視中走向自己的馬兒，俐落地策馬離開。

雖說姜記食肆主營晚食，但自從宋宣來了以後，姜菀有意讓他多練練手，便也會在午食時分準備少量飯菜來賣。

今日，姜菀正在教宋宣做一道新菜。她將備好的菜與肉下鍋翻炒，再把調配好的醬汁澆上去，邊炒邊叮囑宋宣一些細節。

料理尚未裝盤盛出，思菱就從外面探頭進來道：「小娘子，有客人來用午食。」

姜菀點頭道：「好。」

「她似乎是小娘子的舊識。」思菱補充道。

姜菀好奇心起，讓宋宣關火裝盤，自己則往大堂走去，果然看見一個幾日未見的人。她招呼道：「秦娘子。」

秦姝嫻正在看食單，聞聲頓時眼前一亮，說道：「姜娘子，妳這食肆如今也供應午食了嗎？」

姜菀搖頭道：「只供應少量而已，因為客人不多。」

她記得秦姝嫻這些日子都在縣學，便道：「今日休課嗎？」

此話一出，秦姝嫻立刻垮下臉。「不瞞妳說，我是偷溜出來的。今日夫子臨時有事不在，我便出來用午食。」

她長嘆一聲道：「這幾日都吃縣學飯堂裡的東西，實在膩味了。」

姜菀笑了笑。「秦娘子想吃什麼？」

秦姝嫻吸了吸鼻子，說道：「你們在做菜嗎？這個味道……挺香的。」

姜菀隨著她的動作看向廚房，道：「那是今日的新品，叫做『魚香肉絲燴飯』。」

「魚香……是魚肉嗎？」秦姝嫻遺憾地皺了皺眉。「可惜我不愛吃魚。」

「不，這道料理沒有魚肉，只是用其他配料做出魚香味。這魚香味也不是尋常魚蝦的腥味，秦娘子不妨嚐嚐？」

姜菀說話間，宋宣便端出了一盤剛出鍋的魚香肉絲。胡蘿蔔絲、筍絲、木耳絲跟青、紅兩色的辣椒絲點綴其上，還有薑絲與蔥花，色澤豐富，聞起來很誘人。

姜菀將碗裡的米飯倒扣在另一張盤子裡，緩緩地把帶著湯汁的魚香肉絲澆在上面，用木勺簡單調整了一下，一道色、香、味俱全的魚香肉絲燴飯便做好了。

燴飯的特點便是菜與飯的味道交融在一起，既方便食用又入味，尤其適合需要快速解決一頓飯的人。只要一張盤子，便能做到飯菜兩全。

姜菀比了個「請」的手勢道：「秦娘子請用。」

秦姝嫻握著木勺舀起泡了湯汁的米飯。一入口，鹹鮮中帶著甜辣的口感，蔥、蒜、薑的香味與配菜的鮮嫩，都浸入嫩滑的豬里脊裡。

「姜娘子，若是縣學的飯堂由妳掌勺該有多好……」秦姝嫻邊吃邊嘆息。

姜菀只笑了笑，沒作聲，招呼其他客人坐下來用午食。

秦姝嫻迅速吃完一餐，付了錢後便匆匆道：「我該回去了，免得夫子發脾氣。姜娘子，我有空再來！」

說完，她如一陣疾風般跑走了。

這道魚香肉絲燴飯作為晚食推出後，也受到不少食客歡迎。在此基礎上，姜菀又相繼做了雞蛋燴飯、麻婆豆腐燴飯、青椒肉絲燴飯等種類。

第二十一章 推廣業務

幾日後，秦姝嫺照例來了食肆，不過她今日有些焦急，向姜菀道：「姜娘子，這次夫子離開的時間短，我怕他提早回去時發覺我不在。妳這裡有沒有食盒？我可以拎回學堂，過幾日再回來還。」

姜菀依言將飯菜裝盤後放進食盒裡，秦姝嫺拎著食盒便急急忙忙地走了。看著她的背影，姜菀想起了從前短暫掠過心間的念頭：盒飯業務。

古代雖然沒有外送APP，卻有類似現代的外送服務。一些人家偶爾想換個口味，便會派人去外頭的食肆訂購餐飯，再由食肆小二送上門。

根據姜菀觀察，這項服務並未普及，至少在永安坊，大多數人還是選擇親自進店品嚐。不知往後有沒有機會拓展業務範圍？姜菀兀自思索著。

這日，姜菀去學堂接姜荔回家。風荷院裡，姜荔正在認真聽蘇頤寧說話。姜菀在院門前駐足，打算等她們說完話再上前。

蘇頤寧偶然抬頭瞧見她，微笑道：「姜娘子是來接阿荔的吧？只是現下有一樁事，恐怕得麻煩阿荔多留一會兒。」

「何事？」姜菀問道。

蘇頤寧緩聲道：「想必姜娘子已知曉如今學堂的處境。因我兄嫂態度堅決，不肯讓步，我無計可施，只能招募飯堂廚子。我訂在今日舉行選拔，挑出最合適的人。」

她頓了頓，繼續道：「由於日後飯堂的飯菜不只我一人吃，因此我請了幾人一同評選，包括兩位學子的家人，還有阿荔。她身為學子，自然有挑選的權力。」

姜荔道：「阿姊，妳要不要也來？」

蘇頤寧看著姜菀，亦道：「姜娘子精於廚藝，不如也參與一回？」

姜菀忽然想起了莫綺，也不知今日的候選人裡有沒有她……她猶豫了一會兒，本著避嫌的原則搖頭道：「我還是不參與了。」

蘇頤寧的眸子輕輕閃了閃，善解人意道：「無妨，那便煩勞姜娘子稍待些時候。」

學堂的廚房距離蘇頤寧的小院子不遠，蘇頤寧邀請幾人在她的住所裡暫坐，順便解釋了一遍選拔的規則。

此次來應徵學堂廚子的共有十餘人，候選人們自由挑選所需食材，在一定的時間內烹飪完畢，並將寫有自己姓名的標籤貼在盛著菜餚的盤子底部。

評選時，由學堂的僕從會將所有菜品端至四位評選人面前，眾人依次品嚐後，將最滿意的兩道菜寫在事先準備好的紙上。全部寫完後，統計出票數最多的菜，從而決定廚子人選。

等到十餘道菜都一一品嚐過後，蘇頤寧示意自己的侍女青葵統計最終結果。

青葵的動作很快，不過片刻便把每道菜的最終得票數謄寫在另一張紙上，呈給蘇頤寧。

蘇頤寧垂眸掃視了一遍，說道：「那麼，請這位過來見我吧。」

待參與評選的學子家人走後，姜菀正欲離開，就聽見屋外傳來車輪碾過石子甬路的聲音，她心中有了預感，不由得吁了一口氣。

青葵掀起門簾，與另一人合力將輪椅搬進屋內，正巧與姜菀迎面對上。

看清來人後，姜荔忍不住驚訝地開口。「莫姨？阿蕓？怎麼是妳們？」

莫綺的神色比那日明朗許多，她輕按自己的膝蓋，滿懷歉意道：「我有腿傷，無法起身，還請蘇娘子見諒。」

她又轉向姜菀，微微笑道：「阿菀、阿荔，又見面了。」

蘇頤寧打量著她們幾人，問道：「幾位是舊相識？方才姜娘子婉拒了我的邀請，原因便在此吧。」

姜菀見她如此通透，便道：「確如蘇娘子所言。」

莫綺道：「不瞞蘇娘子，當初正是阿菀告訴我學堂招工的消息，否則我只怕無今日的機會。」

蘇頤寧了然道：「原來如此。」

她看向莫綺的腿，道：「莫娘子這傷……」

莫綺忙道：「我先前失足摔斷腿骨，遵照郎中的囑咐養了許久。如今夾板已拆，只需再靜養數日便可行走。即使不能行走，我也不會誤了學堂的事情，請蘇娘子安心。」

蘇頤寧又問了幾句話，便道：「明日休課，莫娘子就從後日起負責學堂的飲食吧。若莫娘子的住處離學堂較遠，也可以住在這裡，我會吩咐人收拾一處院落供莫娘子與令嬡居住。」

莫綺鬆了口氣，在輪椅上欠身道：「多謝蘇娘子體恤。」她看見姜荔與知蕓站在一處，欲言又止許久，終於鼓起勇氣道：「蘇娘子，我……我有個不情之請。」

「莫娘子但說無妨。」

「我想預支數月的工錢。」莫綺的聲音有些發顫。「只求蘇娘子能收我女兒為學子，讓她在這學堂唸書。」

蘇頤寧看向知蕓，那是個與姜荔差不多年紀的小娘子，眉眼間滿是怯弱。她溫和一笑道：「當然可以。」

莫綺語氣哽咽。「多謝蘇娘子。蕓兒，還不快拜見夫子？」

知蕓走上前一步，對蘇頤寧端端正正行了一個禮。一旁的姜荔欣喜不已，心想往後學堂多了個熟識的朋友。

姜菀心想蘇頤寧應當還有話要與莫綺說，便帶著姜荔告辭。

回家的路上，姜荔小聲道：「阿姊，莫姨不是住在崇安坊嗎，她怎會帶著阿蕓來這裡？她不管茶肆的生意了嗎？」

姜菀略微遲疑地說道：「因為莫姨與李叔和離了。」

「和離？」姜荔震驚地睜大眼睛。「什麼時候的事情？」

姜菀道：「應當是不久前。」

「那她的傷——」

姜菀低嘆一聲道：「莫姨說李叔把她從閣樓上推了下來，她才會摔斷腿骨。」

聞言，姜荔的臉皺了起來。「李叔怎麼能對莫姨這樣?!」

「阿荔，妳還小，自然不知人心多險惡。」姜菀緩緩吐出一口氣。「好在莫姨她們往後不用再過提心弔膽的日子了。」

姊妹倆一路沈默著回了家。

秦姝嫻來歸還之前拿走的食盒時，姜菀乘機問道：「這幾日秦娘子都是在縣學飯堂吃的嗎？」

只見秦姝嫻露出無奈的表情。「這些天夫子管得嚴格，用完午食便要檢查我們背書，我實在無暇出來。」

她伸了個懶腰，又笑道：「不過今日無事，因此我又跑出來了，不知道有什麼好吃的？」

姜菀將食單遞給她後，忽然聽見食肆外傳來一道洪亮的聲音。「秦三娘！妳怎的溜出來吃獨食？」

秦姝嫻一驚，手中的食單掉了下來。

說話的人是個胖胖的青年，看起來年紀跟秦姝嫻差不多大。他身邊跟著一個身材略微嬌小的女郎，長了張笑咪咪的圓臉，兩人一起進了食肆。

秦姝嫻重新拿起食單，忍不住道：「我說趙二郎，你這樣大驚小怪的，倒嚇了我一跳。」

趙晉稀奇地挑起一邊的眉毛。「天不怕、地不怕的秦三娘竟也會有嚇到的時候？妳定是心虛了！」

「一派胡言！」秦姝嫻舉起食單，像趕蒼蠅一樣揮了揮。「我不過是出來吃頓午食，被你這麼一說，好像是做了什麼見不得人的事一樣。」

一旁的女郎不禁掩唇一笑。

秦姝嫻見狀，輕輕碰了碰她的肩膀，佯怒道：「妳也跟他一起取笑我?!」

兩人笑鬧了幾句，那女郎方道：「姝嫻，妳怎麼出來了？」

「那你們為何出來？」秦姝嫻反問。

趙晉「嘖」了一聲道：「縣學飯堂那飯菜實在不合我胃口，我已經接連幾日沒吃飽了。」他拍了拍自己的肚子。「因此今日我打定主意不委屈自己。」

那女郎道：「我同阿兄一道出來，原本是想買些點心的，沒想到碰見妳了。」

她打量起了食肆，問道：「瞧妳駕輕就熟的樣子，似乎經常來這兒？」

秦姝嫻爽快道：「沒錯，我是這裡的常客。阿苓，要不要點一些東西嚐嚐？」

她轉身看向姜菀，介紹道：「姜娘子，這兩位都是我的同窗，趙晉跟趙苓兄妹。」

姜菀彎唇一笑。「請坐，看看想吃些什麼。」她另外拿了兩份食單，放在趙家兄妹面前。

趙晉早已餓壞了，迅速點了幾樣菜與湯；趙苓只點了一碗番茄雞蛋麵，卻對兩樣點心很感興趣；秦姝嫻依然點了一葷一素兩道料理。

等姜菀離開後，趙晉環顧四周，低聲說道：「為何店裡沒什麼客人？莫非是味道不好？」

秦姝嫻道：「其實這家食肆原本不供應午食，也就是這幾日才準備了一些，恰好讓我趕上了。」

「之前妳拎著的食盒……」趙苓恍然大悟。「莫非是這裡的？我還以為是妳府裡送來的。」

秦姝嫻擺擺手說：「我阿爹一向不嬌慣小輩，哪會安排人給我送飯？」

談話間，三人點的飯菜端了上來。除了一般菜品跟主食，還有兩道點心：棗泥糯米藕跟風乾栗子。

風乾的栗子肉質柔軟細膩、口味清甜，非常適合當作飯後小食享用。

三人吃了一碟還不過癮，姜菀便又額外用油紙包了些給他們帶回學堂吃。

過了幾日，這三人又來了。姜菀一邊等他們點單，一邊聽趙晉說：「聽說飯堂的付師傅家中長輩去世，他要回鄉奔喪，怕是明日便得離開。」

秦姝嫻說道：「飯堂的午食都是他負責吧，他這一走，誰來接替他？」

趙晉道：「不是還有另外兩位師傅嗎？」

秦姝嫻伸起手指道：「齊師傅是做早食的，夜間便要開始準備，因此他白日一向休息；許師傅是做晚食的，他家離得遠，都要下午時分才趕得到學堂。學堂幾位老師一向體恤人，應當不會難為他們吧。」

趙苓點頭道：「或許只能另外聘一位了。只是付師傅不過是短暫回鄉，等他回來，又如何安排新聘的師傅呢？」

「都留下唄。」趙晉喝了口茶水，含糊不清地說道。

趙苓搖頭道：「學堂最講究分工明確，三位師傅共事多年，彼此配合起來極有默契，學堂應當不會貿然打破這種平衡。」

「這個難題是夫子們該考慮的，我們就不必操心了。」趙晉點好了菜，把單子遞給姜菀。

姜菀心念一動，狀似不經意地道：「若是縣學允許外面的食肆每日送盒飯，這樣既不會影響那位師傅往後的差事，也能解縣學的燃眉之急。」

秦姝嫻疑惑地重複了一遍。「盒飯？」

姜菀解釋道：「就是用食盒裝好每日的飯菜，由專人送去學堂，如同秦娘子之前那般。不過這樣做的前提是，食肆不能離縣學太遠，否則飯菜送過去便會涼透。」

三人覺得這話非常有道理，秦姝嫻道：「我們可以在夫子面前提一提，看他們如何決斷。」

她又朝姜菀笑道：「說起來，縣學離這兒很近呢，要是能吃到妳家食肆的盒飯也不錯。」

姜菀眨了眨眼。「若縣學有意招募盒飯廚子，就煩勞秦娘子告訴我了。」

秦姝嫻一口應下。「好說。」

姜菀去廚房將單子交給宋宣，她則一面將清洗好的菜快速切成絲，一面認真思考該怎麼做才能將自己的盒飯業務推廣出去。

以縣學的名望跟地位，若真的招募盒飯廚子，必然不乏主動應徵的……不過在這之前，也不知縣學的管理階層會不會用其他法子解決問題。

或許根本不會徵選盒飯廚子吧？她有些惆悵地嘆了口氣。

趙家兄妹跟隨秦姝嫻的腳步成為食肆熟客，三人抓到機會便會溜出來，吃飽喝足的同時，也沒忘了給其他人帶些東西回去。

為了方便大家拿著點心吃喝，姜菀費了一些心思用粗麻紙做成紙袋，把風乾栗子、水果乾等小食放在其中。

她又針對周堯製作的竹筒進行改良，另外削出一個杯蓋形狀的竹片嵌在杯口，中間挖一個圓孔放置蘆葦稈，將湯飲盛在竹筒裡，不僅容易拿在手上，看起來還很風雅。

一時之間，手捧竹筒，伴著湯飲的熱氣與栗子的甜香味漫步坊內，竟也成了一種應季的風景。

秋意濃，早晚與午間的溫度差異極大。

這天，夕陽西下，姜菀披了件外衫，雙手輕搓，盯著爐灶上正在熬煮的湯飲。最近湯飲賣得不錯，為了方便，她便把小攤車支在食肆門口，燒上爐火。

此刻風有些涼，姜菀給自己倒了杯熱飲，捧在手心裡暖著。

裊裊上升的蒸氣在眼前形成一層薄薄的遮蔽，使路上的景物與人都變得有些模糊，姜菀不禁輕輕往前吹了一口氣。

「店主，要一杯百合湯、一袋風乾栗子跟一袋鹽漬梅乾。」

咕嘟咕嘟的沸騰聲中，一道溫潤的男聲響起。

姜菀定睛一看，怔了怔。

對方對上她的目光後也是一愣，後退半步掃了食肆招牌一眼，露出了有些不自然的神情——正是昔日曾上門致歉的徐家郎君，徐望。

徐望臉上掠過一絲歉疚，向姜菀道：「姜娘子，這麼巧，舍弟一直念叨的便是貴食肆。」

姜菀揚起一個客套而疏離的笑，安靜地打包起食物，又說道：「百合湯還未煮熟，請郎君稍待。」

兩人之間沈默了一會兒，還是徐望先道：「這竹筒所裝的百合湯如今在坊內很受推崇，舍弟聽聞後，三番兩次央求我替他走一趟，買一些給他品嚐。」

姜菀原本還在想是不是徐望的親胞弟，然而看到他那為難的神色，立刻猜出是那個闖了禍的虞磐，不由得有些無奈，並未作聲。

徐望顯然讀懂了她的表情，頓了頓，道：「家父已經嚴厲申斥過舍弟，並請了夫子到府裡對他嚴加管教。我知曉那件事冒犯了姜娘子，只盼妳能相信舍弟本性善良，必會回歸正途的。」

徐望言辭懇切，是一個疼愛弟弟的好兄長，然而姜菀對所謂熊孩子的「改邪歸正」一事依舊保持懷疑態度，不過她不想置喙，只淡淡道：「但願如郎君所說，望虞小郎君能成才。」

說話間，鍋中的百合湯已經煮好。

姜菀將湯飲盛滿兩個竹筒，壓緊杯蓋，插好蘆葦稈，連同兩袋果乾一同遞給徐望。「郎君拿好，當心燙手。」

徐望道了謝，正欲離開，忽然見不遠處緩緩走過來一個人。

兩人的目光一對上，徐望便頷首道：「沈將軍。」

沈澹淡聲回了禮，這才轉向姜菀，語氣柔和了一些。「一杯百合湯，有勞姜娘子。」

徐望似有所覺，探究地看了這兩人一眼。

沈澹禮貌性地向徐望道：「徐尚書近日勞碌，常晝夜顛倒，不知身子如何？」

「父親一切安好，有勞沈將軍惦念。」徐望溫和一笑。「只是說起忙碌，沈將軍也不遑多讓，這些日子操練新軍辛苦，您身為禁軍——」

沈澹忽然咳了一聲，將徐望未出口的語句蓋了過去。他側目看了姜菀一眼，見對方正一心一意準備百合湯，並未留意這邊，才道：「多謝徐兄關懷，我一切都好。」

徐望點點頭，先行離開了。

姜菀把竹筒遞給沈澹，照例囑咐了一句。「沈將軍當心燙手。」

沈澹端起竹筒，掌心托住杯底，大拇指輕輕轉動著杯身。竹筒外印了一行淺淡的字跡，寫著食肆的名字。

姜菀一抬頭，就發覺沈澹正專注地盯著竹筒，眸色變得有些悵惘，似乎透過這竹筒憶起了什麼沈重的往事。她忍不住問道：「沈將軍，這竹筒……有什麼問題嗎？」

她的聲音很輕，沈澹卻猶如從某種沈重的思緒中驚醒一般。他眼睫翕動，緩緩搖頭，淡聲道：「無事，我只是想到了一位故人，一時神傷，失態了。」

姜菀瞧他神色哀傷，心想莫非這位故人已經不在人世了，否則他這樣一個喜怒不形於色的人，怎會露出這種表情？

她小心翼翼道：「往事已矣，沈將軍……往前看吧。」

「姜娘子誤會了。」沈澹明白了她的意思。「故人尚在，只是不得見而已。」

姜菀點頭，柔聲道：「來日方長，何愁沒有相見之日？」

沈澹的笑容有些苦澀。「但願如姜娘子所言。」

他捧著那竹筒，沒再說什麼，轉身離開，沒入暮色中。

姜菀目送他走遠，無聲地嘆了口氣。

第二十二章　冤家路窄

如今食肆的生意穩中見好，姜菀更有動力帶著宋宣研究新菜品了。

這天傍晚，街道上似乎很熱鬧。姜菀站在食肆門前，見不少人都步伐匆匆地往遠處走去，偶爾還能聽見人群裡傳來的熱切討論——

「今晚手氣如何？」

「還不錯啊，你呢？」

「我第一輪中了，第二輪便不行了。」

宋鳶打掃門口時聽到這些對話，疑惑道：「他們這是在打什麼啞謎？」

思菱猜測道：「手氣……他們莫不是剛從賭坊出來？」

姜菀正感到一頭霧水，就見不遠處迅速走來一個人，中氣十足地朝她道：「姜娘子，是我！」

看清來人，姜菀好奇問道：「秦娘子，妳怎麼這個時辰來了？縣學晚間也可隨意出入嗎？」

秦姝嫻進入食肆內坐下，喝了幾口茶水，潤了潤嗓子才道：「平日自然不可，不過明日休課，我才有閒暇在這個時候來。」

她幽幽嘆道：「說到這裡，日後我恐怕沒辦法溜出來到妳這兒吃飯了。夫子說往後縣學要嚴加管束，未經允許，所有學子不得隨意離開。」

「那縣學的學子們只能在飯堂用餐了？」姜菀問道。

秦姝嫻先是點頭，接著雙手一拍道：「唉呀，我險些忘了正事！」她顧不上點菜，而是神神秘秘地示意姜菀在自己身邊坐下，低聲道：「姜娘子，我今日來，正好同妳說說飯堂的事情。」

姜菀不由得放輕了呼吸。「情況如何？」

秦姝嫻道：「原本縣學打算再聘一位廚子，但付師傅返鄉來回不過十幾日，實在不好重新招人。我便跟趙家兄妹乘機提了一下妳所說的『盒飯』，夫子們說會考慮我們的建議。姜娘子，妳爭取拿下吧。」

姜菀對上她期盼的目光，點頭笑道：「我會努力的。」

話雖如此，她心裡並不樂觀。縣學作為官學，給出的報酬自然不會低，坊內所有食肆跟酒樓都不會放過這個好機會，競爭必定十分激烈……

姜菀正思索著，秦姝嫻已拿來食單，邊翻看邊道：「這幾日有沒有什麼特色菜品？」

她的目光梭巡一圈，定格在一道「蒜蓉辣椒秋葵」上。娟秀的字跡旁繪著一個簡單的圖案，用淺淡的綠色畫了幾筆，又點綴了幾點紅色。她稍微辨認了一下，便道：「這綠色的是秋葵吧？紅色是……辣椒？」

姜菀笑道：「瞧秦娘子的反應我就放心了，看來畫得很準確。」

前些日子姜菀改進自家食肆的食單，從原本的純文字變轉成圖文並茂的形式，字與畫錯落有致地巧妙搭配，既不會讓畫喧賓奪主，也彌補了白紙黑字的呆板與枯燥。

食單最上方用幾個大字寫著「姜記食肆食單」，下方依次寫上菜名。姜菀將食單分為常駐食單與新品食單兩種，常駐食單項目較多，一般不會輕易更改，最多把當季沒有的蔬菜暫時劃掉。新品食單的更新頻率高，好吸引客人的注意。

這樣具有藝術美感的食單，能讓食客用愉悅的心情點菜，胃口也會更好。

看著那可愛的圖案與鮮豔的顏色，秦姝嫻不禁道：「我嚐嚐這個吧。」

「好。」姜菀拿著她點菜的單子去了廚房。

廚房裡，宋宣正在做馬蹄羹。把荸薺削皮洗淨後切碎，加上玉米粒、枸杞、冰糖煮開，便是清甜甘潤的羹湯，很適合乾燥的秋季喝。切碎的荸薺在鍋中一煮，入口時便軟化成細沙狀，熱呼呼的一碗喝下去，整個人從咽喉到胃都是暖的。

蒜蓉辣椒秋葵這道菜的靈魂在於醬汁。鮮紅的辣椒末跟蒜泥均勻地分布在翠綠的秋葵表面，再澆上濃郁的醬汁。焯過水的秋葵保留了水靈的口感，又有很高的營養價值。

姜菀把飯菜端上桌時，秦姝嫻正在欣賞食單上的圖案，道：「姜娘子，想不到妳既會做菜，還寫得一手好字，更會……畫畫？」

「不，字是我寫的，圖案是思菱畫的。」姜菀指了指不遠處正在上菜的思菱，有些感慨。「多虧他們又是畫畫又是製作各種工具，食肆才能順利運轉。」

「當日蘭橋燈會，妳用的那個……轉盤，也是自己做的嗎？」秦姝嫻若有所思道。

「正是。包括開張那日的木箱跟木牌，都是我店裡一個名叫周堯的人親手做的。」姜菀有點意外。「秦娘子怎突然提起此事？」

「我第一次見到那樣奇特又有趣的東西，」秦姝嫻笑咪咪道：「想不到姜娘子身邊的人都各有神通。妳可知道，自從那日過後，其他各坊逐漸有店鋪學妳，找人訂做了類似的工具招攬生意，已經快成了各家食肆的固定作法了。」

秦姝嫻見姜菀一臉茫然，睜大眼睛道：「妳不曾見過嗎？」

姜菀確實不知道。

蘭橋燈會過後，她一心撲在食肆的開張與經營上，平日幾乎沒離開過永安坊，也未曾關注其他坊的同行。若不是秦姝嫻說起，她還真不知自己的想法被那麼多人借鑑了。

「旁的不說，就提永安坊，俞家酒樓今晚也在店門口擺了個大轉盤呢。」秦姝嫻看了外面一眼。「我方才來的路上見他家門前排起了長龍，都是衝著那盤上的各種贈禮去的。」

姜菀恍然大悟道：「難怪他們都在說什麼手氣跟輪次，原來是這個意思。」

「所以姜娘子，妳真的很有主意，」秦姝嫻好奇道：「妳是怎麼想出這些新奇點子的？」

因為這些促銷手段在現代屢見不鮮啊……姜菀在心底默默回答，表情卻一本正經。「大概是我總愛胡思亂想，腦海中時不時便會跳出一些東西吧。」

不過秦姝嫻的話算是給她提了個醒。轉盤抽獎這遊戲，若是大家都有，時間一長便會失去原本的趣味，食客們也就不吃這套了。

雖說食肆的口碑跟盈利終究要靠食物的品質，但若能在此基礎上，每隔一段時間就推出創新的營業策略，便是錦上添花。

秦姝嫻深以為然道：「確實如此，生意人最需要的就是聰慧的頭腦。」

「對了姜娘子，妳是不是讀過很多書？我看這些單子都是妳親筆寫的。」秦姝嫻問道。

姜菀思考了一下，緩慢點頭又搖頭道：「不，我只是……從前跟著女夫子讀過幾本書，略認得字。」

她雖然能識文斷字，卻沒怎麼讀過古代的啟蒙書籍。

「妳謙虛了。」秦姝嫻嚥下口中的熱羹，用手帕擦了擦唇角的痕跡。「雖說我於文墨上不夠精通，但我看得出來，姜娘子這手字不是一朝一夕練得成的。

「中秋時荀大郎曾給我家送過月餅，那月餅外頭的油紙上寫著姜記的名字。」秦姝嫻回憶著那滋味。「我最愛吃的是紅豆沙，還有鹹蛋黃。」

說著，她輕拍了拍自己的腦門道：「我一說起吃的便忘了重點。我是想說，那月餅的包裝外纏著一圈字條，上面寫的都是些詩詞句子，想必姜娘子一定爛熟於心。」

姜菀汗顏，忙擺手道：「其實是我買了些詩集，讀得多了便忍不住在製作月餅的時候用上。」

「那也得讀得下去才行啊，不像我，自小看到詩書便一個頭兩個大。」秦姝嫻頗為懊惱。「我阿爹使盡渾身解數想讓我安安分分坐在書案前誦讀書卷，然而都無濟於事。」

姜菀記得她說過自己對武學很感興趣。「那麼秦娘子是偏愛武了？」

一說到這個，秦姝嫻頓時興致盎然起來。「是啊，我自小一唸書便打瞌睡，一練武便精神百倍。」

她用雙手支撐起腦袋，撇撇嘴道：「所以我跟荀大郎才是多年的好友，就是因為在練武上，他最能理解我的想法。」

姜菀笑了笑道：「說起來，許久沒見荀將軍了。」

「他如今公務繁忙，自然不得閒。身為驍雲衛的衛隊長，他需要協助上峰選拔禁軍。」秦姝嫻說道。

「選拔？禁軍要增添人手？」姜菀不甚了解這類事情。

秦姝嫻點頭道：「正是。聖上下旨，要求選拔一批有武功基礎、家世清白的青年郎君，一部分作為北門禁軍，拱衛宮城；一部分則當南門禁軍，負責巡邏京城街道小巷、聖上出巡清場、儀仗引路、擊鼓敲鐘、開關坊門這些事務。」

她連珠炮似的一番話成功讓姜菀露出迷茫的神色。「北門、南門？這是禁軍的兩個分支？」

秦姝嫻見她的樣子，意識到自己說的內容對不了解內情的人來說有些難懂，便解釋道：「沒錯，禁軍是一個統稱，細分的話便是這兩支。北門禁軍與南門禁軍的職責不同，也接受不同人的管轄與號令。南門禁軍直屬於兵部，接受兵部尚書的管理；北門禁軍直接護衛聖駕，因此禁軍統領是天子的心腹近臣。」

「想來這位統領一定深受聖上賞識吧？」姜菀想到自己看過的一些電影劇，這樣的人位高權重，性子大多喜怒不定、深不可測。

秦姝嫻用力點頭道：「那是自然！這位將軍便是——」

「咳咳咳！」

兩人正聊得熱烈，身旁冷不防傳來一陣咳嗽聲。

秦姝嫻不滿地轉過頭去道：「你怎麼老是打斷我的話？」

來人正是荀遐。他看起來憔悴疲累，卻依然強打起精神道：「妳若再不回府，秦伯父又要懲戒妳了。」

秦姝嫻輕哼一聲道：「你又是如何知道我在這裡的？」

荀遐摸著下巴說：「我們畢竟是多年的交情，對妳這點了解還是有的。」

秦姝嫻上下打量著他，邊看邊搖頭。「你變黑了，皮膚也變粗糙了。」

荀遐毫不在意道：「整日風吹日曬的，能白到哪裡去？再說了，妳見過哪個武人細皮嫩肉的？」

他見秦姝嫻似乎還想說些什麼，立刻拽起她，趕在她開口之前道：「好了好了，人家姜娘子也乏了，該回去了。」

待秦姝嫻放下銀錢，荀遐便急忙推著她離開了。

秦姝嫻一隻腳踏出食肆，還回頭扒住門框道：「姜娘子，妳一定要拿下縣學飯堂的盒飯業務啊！」

姜菀啞然失笑，來不及回答，那兩人便已經走遠了。

「師父，那位小娘子說的縣學飯堂是什麼意思啊？」宋宣從廚房走出來，雙手在身前圍著的布巾上擦了擦。

思菱聽了個大概，問道：「難道是縣學飯堂要招人？」

宋鳶跟周堯正好忙完各自的事情，都圍了過來，姜菀便將此事說了一下，道：「如果縣學採取公平競爭的方式選拔，我們定要去試一試。倘若能拿下這筆生意，食肆將來想必能更上一層樓。」

這日晚上，姜菀將新品點心玫瑰豆沙餅擺在門口。飲品除了百合湯，還增加了馬蹄羹、水果甜湯。

姜菀為自己盛了一杯甜湯，正小口啜著，眼尾餘光就見一個人走了過來，停在小攤車前。

她揚起頭笑道：「客人需要什麼——」定睛一看，是個意想不到的人。

「鐘郎君？你怎麼這個時候來了？」姜菀頗為意外，她向來只在收菜時間才會見到鐘紹。

鐘紹的表情依舊清冷，眼底眸光卻是不易察覺的柔和。他沒作聲，忽然朝姜菀行了個大禮。

姜菀連忙上前扶他。「好端端的，這是做什麼？」

「昨日是我生辰，阿翁送我的禮物是一本書，他說是妳請學堂夫子建議的。姜娘子，多謝。」鍾紹道。

「雖然過了，但還是祝你生辰快樂。」姜菀微微一笑。「舉手之勞，不必言謝。你讀了以後，是否覺得晦澀難懂？」

鍾紹道：「我看的是認字讀本，確實有些吃力，總記不住那些複雜的筆劃。」

姜菀拍拍他的肩道：「不必心急，初學者難免覺得困難，萬不可急於求成，你只需按順序慢慢學習、及時溫習便可。」

鍾紹沈默了半晌，忽然道：「姜娘子，我是不是太晚開蒙了？到了這個年紀，才開始讀給孩童的讀本。」

「怎麼會？」姜菀放柔了聲音。「只要你有好學之心，不論何時唸書識字都不晚。」

鍾紹心底的猶疑淡去了一些，點頭道：「我不會辜負阿翁的期望，也不會辜負姜娘子的心意。」

姜菀想了想，道：「若你不介意，看書時有什麼不認識跟不理解的字句，可以記下來給我。若我解答不了，我便向旁人請教再轉告你。」

鍾紹望著姜菀含笑的臉龐，腦海中回想起阿翁殷切的話語。「姜娘子與我們只是生意上的關係，卻願意這般為你奔走，你須得記住她的好。對你而言，她恰如一位知心阿姊。」

想著想著，鍾紹險些脫口說出一句「多謝阿姊」，他及時剎住，微微躬身道：「多謝姜……娘子。」

他正欲離開，卻見另一頭走來了一個少女，對姜菀道：「店主，煩勞給我一杯水果甜湯跟一份玫瑰豆沙餅。」
鐘紹一怔。「阿慈？是妳？」
那少女轉過頭，在搖晃的燈火下看清了眼前人的樣子，不由得又驚又喜。「阿兄！你怎麼也在這兒？」
正在打包食物的姜菀分神去看那名小娘子。她眉眼娟秀，看起來與鐘紹有些相似，只是不像她兄長不說話時便過分冷淡的樣子。
兄妹倆許久不見，鐘紹雖寡言少語，卻多問了幾句。「這幾日如何？累不累？在徐家沒受委屈吧？」
鐘慈輕咬了咬下唇，柔聲道：「沒有，郎主與郎君對我都很好。阿兄呢？你跟阿翁都好好吃飯了嗎？」
「放心，我們一切都好。」鐘紹停了停，問道：「妳怎會這個時辰到永安坊來？」
鐘慈臉上掠過一絲淺淺的無奈，道：「我……隨小郎君出來，他吵著要喝些熱飲子，命我來買，我便來了這兒。」
一聽『小郎君』三個字，姜菀便知又是那個熊孩子虞磐。
果然，下一刻，她便聽見一道囂張的聲音。「鐘慈，妳怎麼這麼慢？我要的東西買來了沒有？」
虞磐神情倨傲地一步步走近，壓根兒沒仔細瞧周圍的人跟物，只盯著鐘慈道：「妳愣在這裡做什麼？還沒買好？」

鐘慈忙道：「小郎君稍待，奴婢這就拿。」

她將銀錢取出來遞給姜菀，同時伸手接過燙手的竹筒跟裝著點心的油紙包。

姜菀尚未提醒她一句「小心燙手」，虞磐便迫不及待地把竹筒搶過去，咬著蘆葦稈狠狠吸了一口。

「小郎君當心燙！」

鐘慈吃了一驚，慌忙出聲阻止，然而虞磐已經被燙到，「唉唷」了一聲，捂著嘴哀嚎起來。

他惱怒之下，順手就將竹筒往鐘慈丟過去，嚷道：「妳這個婢子！存心燙我是不是?!」

鐘慈下意識伸出手，竹筒裡面的甜湯濺了出來，正巧澆在她手背上，燙得她手一抖，低低痛呼了一聲。

「啪」的一聲，竹筒落地。

鐘紹連忙上前握住妹妹的手，就見她的手背已經被燙紅了。他眼底浮起怒意，望向罪魁禍首，沈聲道：「小郎君隨意亂擲，燙傷了我妹妹。」

聞言，鐘慈扯了扯兄長的衣袖，示意他不要與虞磐起衝突。

虞磐卻雙手扠腰，理直氣壯地道：「她不過是我府裡的一個低賤婢子，我燙傷她又如何？倒是她燙傷我，等著回府受罰吧！」

鐘慈雙肩一顫，卻只能低眉順目道：「方才是奴婢疏忽了，小郎君恕罪。」

見妹妹這般委曲求全，鐘紹便認定她平日在徐府也是這樣受盡委屈，他怒氣上湧，向前踏了一步，伸手便要去扯虞磬的衣領。

「阿兄！」鐘慈死死拉住他。「他是夫人的親姪子，夫人對他萬分疼愛，不可惹怒他！」

「怎麼？你不服氣？」虞磬又如同那日一般囂張無比。

就在此時，姜菀緩步走上前，擋在鐘家兄妹面前，低頭看著虞磬，微微一笑道：「虞小郎君，又見面了，還記得我嗎？」

說著，她佯裝不經意地動了動手腕。

鐘紹罕見地露出了錯愕的神情，不知姜菀葫蘆裡賣的什麼藥。

那熟悉的聲音如惡魔低語，虞磬瞬間便認出她，一臉提防地後退了一步道：「妳想幹什麼？我告訴妳，別以為表兄命我向妳道過歉，妳就覺得能管教我了！」

第二十三章　仗勢欺人

對這個熊孩子，姜菀厭煩至極，一字一句道：「她是無心之過。況且若不是你把竹筒搶走又急著喝，怎麼會被燙傷？因為這樣，你便將竹筒往鐘小娘子那邊扔，說白了就是洩憤。」

她拿著自己那杯竹筒走上前一步，一手抓住虞磐的手腕道：「你難道不知這湯飲有多燙嗎？」

虞磐不禁掙扎道：「妳……妳要做什麼？」

只見姜菀不發一語，緩緩轉動手腕，讓手上的竹筒傾斜。從虞磐的角度，能清楚看到那冒著熱氣的液體緩緩沿著竹筒內壁流淌，眼看便要接近杯口，再滴落到自己的手背上。

當日那劃過臉頰的銳利觸感似乎再度出現，虞磐慌了神，死死盯著那要滴不滴的液體，喊道：「放開我！妳敢燙我?!」

「怎麼?你也知道燙?方才鐘小娘子被燙的痛楚，勝過這百倍。」姜菀道。

「姜娘子，快別這樣了，當心惹禍上身！」鐘慈擔憂地出言勸阻。

在虞磐嚎叫出聲之前，姜菀手腕一翻，竹筒立刻轉正，險些濺出杯口的熱飲回到原位，時機把握得剛剛好。

虞磐臉色青白交加，見自己又被她捉弄了一回，不由得惱怒道：「同樣的招數使兩次算什麼本事？有本事妳就直接燙我！」

姜菀微笑道：「可是同樣的招數對你用了兩次都很有用啊。直接燙你？我可不像『某人』，做不出這樣傷天害理的事。」

虞磐抹了抹臉，咬牙道：「妳等著，我馬上回去告訴表兄，讓他為我作主！」

姜菀輕輕瞥向他身後不遠處，很快就收回了視線，淡淡道：「徐郎君並非不辨是非之人，你以為他一定會站在你這邊？」

虞磐只覺得這個女人實在可恨，三番兩次多管閒事，同自己過不去。上回拜她所賜，他被姑丈打了好幾板，趴在床上好些日子才恢復，後來更被送到學堂，每日被迫讀那些無聊的書本，再也不能同從前那樣吃喝玩樂。

他怒從心起，眼看姜菀就要轉身離開，便彎腰撿起地上的竹筒，惡狠狠地朝她用力扔過去。

姜菀連忙後退了幾步，就見一旁的鐘紹擋在自己面前，竹筒砸中他的肩頭，發出了一身悶響。

鐘慈花容失色，忙上前道：「阿兄，你沒事吧？」

虞磐得意洋洋道：「敢在我面前耍威風！我非得讓你們——」

他話音未落，一道驚怒交加的聲音猛然響起。「磐兒？你在做什麼?!」

與徐望寥寥數次碰面當中，姜菀只道他性情平和，極為偏愛那頑劣表弟，因此這回她實在訝異徐望竟也會有如此惱怒的時候。
那聲怒吼讓虞磐嚇得身子一抖，辨清來人後，他便結結巴巴道：「表兄，我……」
徐望疾步走過來，深吸一口氣，努力克制住情緒，沈聲道：「你自己說，剛才做了什麼？」
虞磐從未見過自家表兄這般疾言厲色，心頭有一絲慌亂。他雙手抓著衣角，很快便臉不紅心不跳地說道：「我命鐘慈來買點心跟飲子，誰知她笨手笨腳地燙傷我，還把飲子灑了。我只說了她兩句，並未斥責，卻不知哪裡惹惱了姜娘子，她竟要用裝著熱飲子的竹筒燙我，我一時害怕，便撿起竹筒扔了出去。」
這孩子小小年紀已有這番顛倒黑白的本事，姜菀無聲地冷冷一笑，沒急著開口。
鐘慈低垂眉眼，並未作聲，顯然不敢與他爭辯。
至於鐘紹，他的胸口猛烈起伏，似乎想說點什麼，然而眼尾餘光瞥見妹妹拚命朝自己搖頭使眼色，便硬生生忍住了。
徐望半晌沒說話，虞磐以為他信了自己的說辭，便討好地笑道：「表兄，我們回府吧——」
「磐兒，從前我以為你不過是淘氣，本性並不壞，然而今日你卻謊話連篇，隨意攀扯他人。」徐望面色凝重，語氣透著失望。
虞磐愣道：「表兄……」
「我以為你在縣學唸了一些時日的書，總該明白聖賢道理，可你卻對下人毫無體恤之心，還為了撇清關係而誣陷旁人。磐兒，從前是我太縱著你了，甚至多番在父親面前為你求情，最後縱得你是非不分、滿口謊言！」

他瞪著虞磐道：「方才我在暗處看得清清楚楚，分明是你對姜娘子不敬在先，記恨曾經向她道歉之事，藉機洩憤，甚至用竹筒擲她……隨我回府，我會向父親說明此事，由他給你個教訓。」

「表兄，我知道錯了，求你不要告訴姑丈……」虞磐顯然十分懼怕，抽抽噎噎地哭了起來。

徐望像是沒看見虞磐的眼淚，只向姜菀躬身道：「姜娘子，舍弟對妳多有冒犯，是我管教不力。請姜娘子安心，我會盡力補償您。」

姜菀向旁邊側了側身子道：「不必了，我什麼都不需要，郎君毋須多言。」

徐望對上她雲淡風輕的態度，滿腹歉意頓時無處訴說。他沈默了一下，轉向鍾慈道：「回府後，我會吩咐人為妳上藥。磐兒無禮，讓妳受委屈了。」

鍾慈垂眸道：「多謝郎君體恤。」

徐望拽過虞磐的手腕，面無表情地離開。

鍾慈同鍾紹道別，又輕聲對姜菀道了聲謝，便匆忙地跟了上去。

姜菀與鍾紹待在原地，一時無言。

鍾紹手緊攥成拳頭，壓抑著怒氣道：「這徐家——欺人太甚！只可惜我不過一介平民，根本無法與徐家抗爭……若我有足夠的積蓄，一定會把阿慈贖出來，不再讓她在那種地方受苦！」
姜菀望著他。「那竹筒砸中了你，你沒受傷吧？」
鐘紹搖了搖頭道：「無礙。姜娘子，我先告辭了。」
「那你多保重。」姜菀道。
鐘紹點頭，轉身走入沈沈夜色中。

徐望所說的補償，在第二日送上了門。
尚未到開張的時辰，姜菀打開門，看著眼前的人，有些無奈地說道：「徐郎君，這是做什麼？」
徐望向她行禮道：「舍弟被家父責罰後，如今行動不便，我替他來向姜娘子賠罪。舍弟無禮頑劣，讓姜娘子受驚了，謹以薄禮聊表心意。」
他身後跟著不少僕從，每個人手中都提著包裝精緻的禮物。
徐望道：「不知姜娘子的喜好，便隨意挑選了些物品，盼妳收下。」
姜菀搖頭道：「我那日並未受到傷害，郎君不必向我賠罪，真正被他的舉動所傷的是鐘氏兄妹。」
徐望回道：「鐘慈的傷我已命人賞了藥膏，鐘家那邊，我也派人去問候了，同樣準備了些禮品，這些是給姜娘子的。」
姜菀沈默半晌後，道：「徐郎君，我當日已說過不需要任何東西，徐郎君還是多花些心思在虞小郎君身上吧。」

「姜娘子，我只是想盡力彌補舍弟犯的錯，還望成全，否則我於心不安。」徐望道。

姜菀對那些東西毫無興趣，道：「此事到此為止，徐郎君不必再說。若是沒其他的事，就請回吧。」

徐望溫聲道：「若姜娘子執意不肯收下，我也不好強求，只是還有一事，望姜娘子知悉。」

姜菀的眼神透露出了詢問的意思。

「姜娘子應當明白人言可畏的道理，過去之事，還請姜娘子勿向他人提起。」

姜菀皺眉道：「徐郎君此話何意？」

徐望道：「倘若此事傳入其他人耳中，造成了誤解，那便不好了。姜娘子既說此事到此為止，想必會說話算話吧。」

他的語氣依舊溫和有禮，卻明顯不容拒絕。

姜菀明白徐望的弦外之音，不過就是擔心此事宣揚出去會壞了徐家的名聲，畢竟他們家多年來一直以知禮而聞名。徐望之父徐蒼是兵部尚書，位高權重，自然重視家族聲名。

她回道：「徐郎君，我不過一介平民，怎敢議論貴府的事情？又有何本事鬧得人盡皆知，從而令旁人對貴府產生誤解？」

徐望說道：「如果我沒記錯，姜娘子似乎與沈、荀兩位將軍交情匪淺？」

「徐郎君這是何意？難道你覺得我會將此事告知他們兩人，以此詆毀貴府？」姜菀問道。

徐望並未開口，但神情卻表明了一切。

姜菀淡淡道：「且不說我與兩位將軍只算點頭之交，我的話根本無法掀起什麼波瀾；即便我真與他們有交情，也不會說起此事。我既然答應徐郎君，就不會食言，徐郎君大可不必如此揣測我。」

徐望微低下頭道：「方才是我冒犯了，還請姜娘子不要放在心上。」

「徐郎君，此事我不會告訴任何人，你放心好了。」姜菀面無表情地說完，微微向他欠了個身，轉身入內。

徐望看著門在自己面前關上，這才輕輕嘆了一口氣，卸下滿臉的淡漠，露出無奈的神情。

一旁的僕從湊上前低聲道：「郎君，送去鐘家的東西也被原封不動退回來了，不過鐘家並無人脈，鐘慈又在府裡做事，他們必不敢在外面亂嚼舌根，郎君儘管放心。」

徐望仍舊沒說話，不知在思索什麼。

僕從見狀，又道：「這姜娘子既然與那兩位將軍熟識，會不會……」

「罷了，」徐望說道：「我相信他們的為人。他們之前撞見那樁事，卻未向你們表明身分，事後也未曾散布什麼不利於我們的訊息，足以見君子之風。」

僕從道：「的確如此。只是郎主那邊——」

「父親那裡自有我解釋。」徐望目視前方。「回府。」

「是。」

姜菀剛闔上門，便對上宋鳶飽含憂慮的目光。

昨晚的事宋鳶並未目睹，因此並不知情，她咬了咬唇，道：「小娘子與那位郎君的話我都聽見了，阿慈昨晚來了這裡？可我沒能見上她一面……小娘子所說的傷害是什麼？阿慈受傷了嗎？」

姜菀將事情經過說了一遍，宋鳶怔怔道：「她一直說在徐府過得很好，沒人苛待她，可是……」

「徐郎君來了以後，阿慈便跟著他走了，因此我沒來得及喚妳出來與她見面。」姜菀道。

宋鳶垂首道：「來日方長，我一定還能再見到阿慈的，只是不知她還會不會再受那麼多委屈。」

姜菀連一句安慰都不敢說出口。像虞磐那樣的孩子，有可能改邪歸正嗎？沒人知道。若鐘慈繼續留在虞磐身邊侍奉，只怕日子不會好過。

這日，縣學正式貼出告示，上面說飯堂師傅告假半月有餘，為了解決短期內的供餐問題，決定徵訂午食盒飯，請有意的店家提交申請，並在兩日後參與選拔。

由於時間緊迫，姜菀當機立斷去縣學報名，卻見隊伍猶如長龍，一眼望不見盡頭。她暗自咋舌，心想果然沒人會放過這麼好的機會。

站在姜菀前面的是個身形寬大的中年男子，他雙手負在身後交握，有一搭沒一搭地輕扣著腰。

有人熱情地同他打招呼。「盧兄也來了啊？」

那人矜持地頷首，雖未多言，表情卻是志得意滿，看起來像個功成名就的大店主。

姜菀正覺得腿痠時，卻聽見身後傳來一陣略顯急促的腳步聲，一道身影經過自己身邊，在那中年男子身旁站定，開口道：「盧掌櫃，都準備好了。」

這個聲音頓時讓姜菀面色一沈，她抬頭看過去，果不其然對上一張讓她憎惡的臉。

陳讓看見她，笑容亦是一斂，輕嗤一聲道：「這不是二娘子嗎？怎麼在這兒也能遇見妳？」

聞言，那位盧掌櫃轉過了頭來——他的面色偏深，一雙狹長的眼睛透著精明算計，應當是俞家酒樓永安坊分店的掌櫃。

盧掌櫃與姜菀對視一眼，很快就轉過頭去。

陳讓遞給盧掌櫃的是一疊帳簿跟酒樓的食單，用來向縣學證明自家的生意有多好、菜品有多豐富。

姜菀前後掃視了一圈，發現大家幾乎都帶著一堆紙，儼然一副要去見面試官的模樣，她握著手中薄薄的紙張，面色從容。

陳讓看了她手上的東西一眼，哼笑道：「縣學飯堂要求極高，妳這般敷衍，必然選不上，我勸妳還是回去吧，別白費力氣了。」

姜菀壓根兒不想理他，她淡淡笑了笑，問道：「你是縣學的人嗎？」

陳讓一愣。「自然不是。」

「那你怎麼就一口咬定我選不上？是縣學的人親口告訴你的？還是你趴在人家窗邊偷聽到了？」

「妳——」陳讓咬牙。「我懶得同妳一般見識！」

盧掌櫃眉頭微皺，卻未出聲打斷他們。

隊伍逐漸向前移動，姜菀察覺前面排隊的人俱是一臉微妙，不由得有些好奇。

待到盧掌櫃往前遞上那疊紙時，負責登記的人卻擺手拒絕道：「我們不需要看任何東西，你只要在此處簽字便好。」

陳讓插嘴道：「這些是我們酒樓的經營狀況——」

縣學的人卻是面無表情，又說了一遍。「請簽字。」

盧掌櫃制止了陳讓，按照要求簽字以後，便抬步離開。

陳讓又看了姜菀一下，見她當自己是空氣，頓時打消了跟她說話的念頭，跟著走了。

有了前面的例子，姜菀只填好資料，未有其他動作。

縣學的人遞給她一張寫著選拔須知的單子，道：「比試將在明日舉行。」

姜菀點頭道：「多謝。」

她拿著單子邊走邊看，不禁有些驚訝——上面寫著第一輪採取文試，第二輪才燒製飯菜。由於時間緊迫，兩輪比試都會在明日完成，傍晚時分便會公布優勝者。

不知文試究竟是什麼內容？姜菀一面猜想，一面走回家。

當姜菀將此事告訴食肆等人時，宋鳶詫異道：「我與宣哥兒從前在食肆做事時，也見過老東家怎麼招廚子的，無一例外，全是看誰做的飯菜最好，從未聽說過『文試』啊！」

思菱道：「難道要出幾道考題不成？」

宋鳶隨口道：「那若是不識字，豈不是就敗在第一關？」

姜菀若有所思道：「妳說得很有道理。」

吃過午食以後，姜菀前往學堂去接姜荔回家，想到明日選拔之事，她心念微動，便先去拜訪了一下莫綺。

莫綺自從在松竹學堂幹活以來，整個人神采飛揚，心態與從前大不相同。雖然每日備膳頗為辛苦，但她的眼角與眉梢滿是溫柔的笑意跟悠然自在。

姜菀過去的時候，莫綺正在廚房擇菜。

「阿菀來了？」莫綺站起身擦乾手，就帶姜菀去廚房外頭的廊下坐著。

「莫姨如今過得還好嗎？」姜菀問道。

莫綺笑著點點頭道：「一切都好，蘇娘子很照顧我，還給我派了兩個幫手做些雜活，蕓兒也能唸書進學了，我很滿足。最重要的是，我再也不必像從前那樣擔心受怕，可以安心做自己想做的事了。」

姜菀心頭一寬，道：「那就好。莫姨，我今日來是向請教您一件事。」

她簡單地說明了一下縣學飯堂招人的經過與規則，末了問道：「莫姨日日給學子們準備飯菜，應當很有經驗，不知學堂的飲食可有什麼需要特別留意的地方？」

莫綺想了想，道：「不敢說有什麼經驗，不過我確實有一些想法。」

她向姜菀細細說了起來。

談完正事，兩人又閒聊了幾句，抬頭一看，已是夕陽西下的時辰。

姜菀起身說道：「莫姨，我先走了，您多保重。」

莫綺慈愛地一笑，道：「放心吧，阿菀。」

姜菀去了風荷院找姜荔，兩人逕自返家。

一進食肆大門，姜菀便看見秦姝嫻正坐在她習慣坐的位子上點菜，宋鳶則候在一旁。

「姜娘子，明日便要比試了吧？」秦姝嫻點好菜，將單子遞給宋鳶，正巧瞧見了姜菀。

姜菀示意宋鳶去忙，自己則在秦姝嫻對面坐下，道：「第一輪是文試，第二輪才是做料理。」

秦姝嫻揚眉道：「文試？我猜這一定是顧老夫子的主意。想不到他連這等閒事都會插手，果然如夫子所說，是個嚴肅到近乎古板的人。」

「顧老夫子是何人？」姜菀很疑惑。「聽起來是位教書的夫子，怎麼飯堂的事情也與他有關？」

「姜娘子有所不知，顧老夫子不僅是夫子，更相當於縣學的祭酒。」

祭酒是主管官，姜菀聽秦姝嫺解釋，大致上明白這相當於現代學校的名譽校長，不直接管理校務，卻能發揮其名聲，擴大學校的影響力。

不過這位顧老夫子不同，他事必躬親，更參與授課，並非只擔個虛名。

第二十四章 比試落選

「顧老夫子名叫顧元直，是位德高望重的——」

秦姝嫻的話尚未說完，姜菀便震驚地打斷她。「顧元直？那不是位辭官講學、編纂了不少書的大儒嗎？」

秦姝嫻點頭道：「沒錯，顧老夫子辭了官後便四處講學。前些年他將不少講學之事交給自己一些弟子，後來便行蹤不定，直到前些日子才回到京城。也不知他飄泊在外這麼久，為何突然回來，還到縣學教書。」

聞言，姜菀對這位老先生越發好奇。「我曾買過他編纂的詩詞集跟字帖集，沒想到如今他就在我附近。」

秦姝嫻又道：「顧老夫子處事極為嚴謹，聽說他認為縣學所有人員都必須經過考察才能從事相應的職務，即便是飯堂的師傅也不例外。不少人都覺得他小題大作，但無人敢反對。」

姜菀忽然有些遲疑道：「明日的選拔，不會是顧老夫子親自出題吧？」

「姜娘子，妳一定可以的。」秦姝嫻握拳為她打氣。「我等妳的好消息。」

正如姜菀所猜測的，文試出了一張考卷，題目不多，卻讓她生出一種正在考學測的感覺。

題目的問題都圍繞著飲食，像是調味料比例、料理禁忌以及應季食物烹飪，對廚子來說是基礎題，唯一有難度的地方在於寫字與認字。

文試過後，縣學很快就公布了結果，姜菀通過第一輪考核，進入下一輪實際操作，也就是在限制時間內自由發揮做出幾道菜，再由縣學的夫子與學子代表投票。

姜菀並未選擇做什麼太過複雜華麗的菜品，而是做了兩道家常菜——紅燒肉跟糖醋魚，共通點是都很考驗調味料的比例。

紅燒肉必須做得甜鹹相間，肥肉如霜雪般入口即化、絲毫不膩，瘦肉則要極為軟爛；糖醋魚則得把握好糖與醋的分量，熬出濃稠的糖醋汁，均勻澆在炸得兩面金黃的魚身上，既開胃又酸甜可口。

在姜菀等候結果等到心焦的時候，她終於收到自己進入最終環節的好消息，然而壞消息是——

除了她，還有人同樣獲得縣學眾人的肯定，兩人之間需要進行一場加試。加試的方式很簡單，由縣學的學子代表同時品嚐兩人的菜，再選出最合胃口的那一道。

陳讓臉上滿是得意，他靠近姜菀，壓低聲音道：「二娘子，我告訴妳，縣學這筆生意是我們的囊中之物，勸妳認輸吧！」

姜菀厭煩地皺了皺眉，沒想到最後與自己勢均力敵的人居然是他。

她扭過頭去，卻隱約聞見陳讓身上有一股很奇特的味道。

在淡淡的油煙味外，是一種細細密密的香味。那不是薰衣裳的香料味，而是諸味雜陳，一時讓人辨不出究竟是什麼。

姜菀微愣的空檔，陳讓已經遠離了她，那股異香也隨之淡去。

她斂起思緒，看著縣學的人前來發表優勝者。

姜菀不禁屏住呼吸，眼尾餘光卻見陳讓露出了胸有成竹的笑意。

「經過諸位學子的評選，我們最終選擇——

「俞家酒樓。」

姜菀臉色一沈，一顆心重重地從空中摔落。她雙手緊緊攥住，指甲用力抵著掌心，刺出輕微的痛感。這樣的結果讓她有如烏雲罩頂，沈重得喘不過氣。

另一邊，陳讓眉開眼笑，對縣學的人拱手道謝，還說了許多客套話。

姜菀不用看也知道他一定用得意且輕蔑的目光看自己，她維持著臉上的平靜，向縣學的人微微欠身道：「多謝告知。」

走出縣學時，姜菀長嘆了一聲，有些挫敗。自己沒把握住這麼好的機會，著實可惜，更沒料到陳讓去了俞家酒樓之後，手藝竟變得如此驚人……

見姜菀回來了，思菱等人紛紛迎上前去，正要詢問結果，然而一看她的模樣便猜到了。

思菱安慰道：「小娘子不必傷心，日後會有更好的機會。」

姜菀嘆道：「道理我都明白，只是心中還是有點難受。」

她說起陳讓，有些不快。「偏生輸給了他。」

思菱冷笑一聲道：「從前他跟著郎君學藝時天分並不突出，去了俞家酒樓倒成了神廚，真不知他從前是沒開竅還是故意留一手。」

宋鳶試探著道：「又是俞家？我與宣哥兒以前待的食肆被俞家收走後，我們也短暫接觸過俞家的人，只覺得他們個個老謀深算。」

思菱話裡話外難掩對俞家的不喜。「若非老謀深算，又怎能併購這麼多食肆，挖走這麼多人？」

她心中憤憤不平，說出了陳讓拋下姜父的事。

宋鳶與宋宣對視一眼，不約而同地露出了鄙夷的神色，宋鳶道：「怎麼會有這般忘恩負義的人？」

思菱又道：「我們剛搬來永安坊時在外面遇過陳讓，他竟然還一副……」

姜菀打斷她。「罷了，是我技不如人。我們還是做好自己的生意吧，此事就讓它過去。」

一旦忙碌起來，姜菀便漸漸不再感到失落，繼續琢磨起了新菜品。

這日晚間，宋鳶正在將店門口被風吹歪的燈籠扶正，轉身便聽見一道熟悉的聲音。「阿鳶？」

她正站在梯子上，聞聲低頭一看，就見鐘慈正站在食肆門口，一臉驚喜地看著自己。

宋鳶連忙從梯子上跳了下來，上前握住鐘慈的手，兩人的手都有些涼，便如小時候那般互相暖起了手。

「阿慈，我們多久沒見面了？」宋鳶道。

鐘慈抿嘴一笑。「最少也有月餘了。」

她抬頭看了一下姜記的招牌，問道：「妳如今在姜記食肆做事嗎？」

宋鳶點頭道：「是妳阿兄介紹的，幸好姜娘子收留了我們，否則我跟宣哥兒還不知該怎麼度日。」

說著，宋鳶的語氣忽然間低了下去。「阿鳶，那日我聽姜娘子說妳被徐家那位小郎君苛待的事情……妳受苦了。」

鐘慈笑了笑。「我早已習慣了，無妨。」

她秀眉微蹙，輕聲道：「阿兄那日也被小郎君用竹筒砸了，是我連累了他。」

「阿慈，妳莫要自責，」宋鳶道：「千錯萬錯都是那小子的錯，與妳無關。對了，妳今日怎麼有閒暇出門？那小子沒跟著你？」

鐘慈道：「自從上次的事情過後，管家便把我調離小郎君身邊，我如今同府裡另外幾人做些採買雜物的活計，不必再服侍他了。」

說著，她提了提手中拎著的東西道：「今晚輪到我出來採買。」

宋鳶有心想與鐘慈多說幾句話，又擔心誤了她的正事，正在猶豫時，就見姜菀從裡面走了出來，問道：「阿鳶，在這兒做什麼呢？」

「姜娘子，」鐘慈眼神亮了亮，上前一步道：「我還未親口向妳道謝，多謝妳上回為我說話。」

姜菀愣了愣，旋即笑道：「鐘娘子不必客氣，手上的傷沒大礙吧？」

鐘慈搖搖頭道：「那晚回府後郎君便賜下傷藥，敷了幾日後便好了。」

「阿慈，妳快些回府吧，別耽擱了正事。」宋鳶道。

鐘慈頷首道：「下次我能出府時，再抓緊時間過來看妳。」

說完，她一步三回頭地離開了。

看著鐘慈遠去的背影，宋鳶嘆了口氣道：「如果我沒記錯的話，阿慈的身契還有六年。」

姜菀沈默了一下，才道：「六年的時間，很快就會過去。」

宋鳶勉強笑道：「好在她已經不在那小子身邊了，日子會比從前好過不少。」

兩人返身回店裡，姜菀進入廚房，爐灶上正煮著今晚的新品——酸湯滑肉片。

她舀了一口湯汁到小碟子上，試了試味道——酸酸熱熱、鹹香可口，那股熱意讓整個胃部都暖了起來。

姜菀一從廚房出來，便見荀遐跟秦姝嫻一前一後地進來了。

「姜娘子！」秦姝嫻喚道，舉步上前。

她仔細盯著姜菀的臉瞧，看得姜菀整個人不自在起來。「秦娘子為何這樣看著我？」

秦姝嫻尷尬地笑了笑，小聲道：「我怕妳難過，便想來安慰妳一下。」

姜菀笑著說道：「起初是有些遺憾，但既然是我技不如人，便不必為此事輾轉反側了，靜待新的機會便是。」

秦姝嫻攬著她的肩膀輕拍了拍，道：「評選時我不在，否則我一定會支持妳的。聽其他人說，俞家酒樓的人的料理與付師傅做的清淡口味截然不同，滋味濃郁，讓人吃了一口後便上癮。」

姜菀暗自嘆了口氣。看來陳讓去俞家酒樓後手藝真的精進了不少，反倒是自己停滯不前了。

她引著他們兩人進入食肆的雅間，雅間僻靜，已經成為他們固定用餐的地點。

姜菀站在秦姝嫻身側，將食單遞給他們。

荀遐隨手拿過食單看了一眼，向秦姝嫻道：「妳想吃些什麼？」

秦姝嫻擺手道：「我隨意吃些就好，還等著回縣學溫書。明日是顧老夫子的課，他早說過讓我們背誦兩篇文章，但我還不太熟。」

荀遐翻看著食單，說道：「妳若是早一些背好，今日便不會如此焦慮。」

秦姝嫻朝他哼了一聲。「你又不是不曉得我的性子，一看到那些字就頭痛。」

她端起手邊的茶盞抿了一口道：「偏生顧老夫子一絲不苟的，明日的背誦，容不得一字差錯。」

見荀遐笑而不語，秦姝嫻實在忍不住好奇，問道：「這樣一個嚴格到吹毛求疵的人，當年沈將軍是如何成為他的愛徒的？」
姜菀訝異地抬眸道：「哪個沈將軍？」
秦姝嫻道：「還能有誰？自然是沈澹了。」
「他不是武官嗎？難道顧老夫子於武學上也有研究？」姜菀不知顧元直竟這般文武雙全。
秦姝嫻噗哧一笑道：「自然不是了。顧老夫子是徹徹底底的文人，只是沈將軍年少時最先拜在他門下學習詩書，那時候的他，對武學可說是一竅不通。」
姜菀難以置信道：「一竅不通？可他如今——」
荀遐接口道：「沈將軍年少時原本一心從文，可後來發生了一些事，迫使他不得不放棄詩書，轉而學起拳腳刀槍。幸虧他在武學上也頗具天賦，否則斷不能在短短幾年內有現在的身手。」
他的語氣很慨嘆。「沈將軍的少年時期也不容易，他吃了很多苦，才走到今日這個位置。」
秦姝嫻連連點頭道：「所以我很欽佩沈將軍，他的心志與悟性確非常人所能及。」
姜菀不禁問道：「沈將軍……有很坎坷的過去嗎？」
荀遐沈思片刻後，道：「可以這麼說，但又不僅是坎坷，沈將軍目前的地位皆是靠他浴血廝殺拚來的。」
見姜菀露出驚訝的神色，荀遐又笑著說道：「正因他有赫赫戰功，才能年紀輕輕便身居——」

他話音未落，姜菀便察覺身後的布簾被掀動。

荀遐看了過去，迅速起身，朝姜菀身後頷首示意道：「沈將軍。」

「你們在說什麼？」

沈澹的聲音在姜菀耳邊響起，他身上的清冷香氣也緩緩襲來。他一身常服，臉上有些疲色。

荀遐看了尚愣怔著的姜菀一眼，脫口而出道：「姜娘子對沈將軍的過去很好奇，我正在向她解釋。」

姜菀驚訝地看向荀遐，這話未免太引人遐想了吧？

果然，沈澹微微一愣，目光轉向姜菀。

姜菀鎮定自若，努力露出一個自然的微笑。「我們只是在閒聊，荀將軍無意間提到了沈將軍的過去，我一時好奇，便多問了幾句。」

「姜娘子若是有什麼問題，可以直接來問我。」沈澹注視著她道。他的神情認真而坦然，那雙眼睛猶如潭水般深邃。

對上那樣的眸光，姜菀微微一怔，道：「我沒什麼問題。」

沈澹頷首，在荀遐身側坐下，對姜菀道：「一份酸湯滑肉片，有勞。」

待姜菀離開，荀遐才道：「將軍，您知道顧老夫子回京的事情嗎？」

顧元直這次悄無聲息地回京，卻又以廣為人知的方式進入縣學教書，實在讓人摸不清他的用意。

荀遐深知沈澹與顧元直的師徒情誼，也明白當年顧元直對沈澹棄文從武之舉的心結。

沈澹垂眸道：「自然。」

「那將軍……去見他了嗎？」

沈澹沈默許久，緩緩搖頭道：「沒有。」

荀遐曉得沈澹這些年四處打聽顧元直的消息，沒有一刻不掛念自己的恩師，可如今人近在眼前，他卻踟躕不前。

「將軍如何打算？」荀遐問道。

沈澹的表情破天荒地露出了一絲迷惘。他眉心微擰，淡聲道：「我不知道，或許老師並不想見我。」

「怎麼會？」荀遐寬慰道：「以顧老夫子的智謀，雖然身在江湖，但相信對朝中情勢依然能洞若觀火。這麼多年過去，他一定能理解當初將軍的苦衷，又怎會放不下執念，不肯見您呢？」

因為與荀遐的關係好，秦姝嫻對沈澹的過去也有所了解，只是不便插話。

只見沈澹低嘆一聲，默默無言，氣氛頓時有些凝滯，恰好此時三份酸湯滑肉片端了上來，秦姝嫻便順勢道：「快趁熱吃吧。」

三人的面前各自放著一碗酸湯滑肉片跟一份米飯，聞起來十分誘人。

深色的湯汁裡撒了些胡椒粉，臥著細膩的肉片，點綴著番茄、豆芽、蔥、薑、辣椒等配菜。若是澆在米飯上，那酸辣開胃的湯汁便會慢慢浸透每粒米，讓人吃了以後身體整個暖起來。

秦姝嫻率先開動了，她用筷子挾起一塊滑溜溜的肉片一口咬下去，結果舌尖被燙了一下。她嚥下肉片後，才含糊地開口道：「往後我暫時沒有今日的口福了。」

荀遐道：「俞家酒樓往後不是要給你們送盒飯嗎？他家的手藝也不錯吧，否則不會在雲安城叱吒這麼多年。」

秦姝嫻低聲道：「當初說好是採用送盒飯的形式，到付師傅回來為止。可俞家酒樓的人不知使了什麼法子，竟然說動了幾位管理飯堂的夫子，同意讓他們的人直接進入飯堂後廚做事，免去了每日來回奔波的辛苦。」

「意思是俞家酒樓的人日後會直接待在縣學飯堂當廚子，負責你們的午食？」荀遐驚訝不已。

「是啊，我也覺得很奇怪。」秦姝嫻喝了口湯。「那付師傅回來以後該怎麼辦呢？他在縣學掌廚多年，該不會因為家中遇到喪事便被旁人擠走吧？」

荀遐疑惑道：「俞家酒樓的廚子手藝這麼好？三娘，妳可得好好嚐嚐到底是不是言過其實。」

秦姝嫻聳聳肩道：「我也只是說說，誰知道他們會待多久，也許根本吃不了沒幾天。」她匆匆吃完，起身道：「我還要回去溫書，先告辭了。」

荀遐目送秦姝嫻走遠後，才把目光投向顯然心不在焉的沈澹。「將軍，趁熱吃吧。」

沈澮「嗯」了一聲，握著木勺慢慢吃了起來。浮在湯汁表面的胡椒粉十分暖胃，他一口口喝著湯，覺得胃裡很妥帖，心頭細微的煩悶也稍稍沖淡。

又做完幾位食客點的菜，姜菀短暫地歇息了片刻。她擦了擦手從廚房走出來，正巧碰見宋鳶抱著一堆碗碟跟盤子過來。

「小娘子，方才我檢查過廚房，發覺幾個調味料的罐子快見底了，明日我去集市上買一些？」宋鳶邊說邊把那些餐具放進裝清水的木盆裡，留著打烊後清洗。

姜菀像是想起了什麼，道：「明日我與妳一起去，正好去西市瞧瞧有沒有什麼新奇物品。」

第二日，兩人相偕前往西市。

西市一如既往地熱鬧，還有些高鼻深目的異域人來此做生意。姜菀與宋鳶一路逛過去，買了些常用的調味料後，又買了點可以用來當作裝飾的小東西。

兩人走到街道盡頭，這裡的地段偏了些，附近的商販很少，賣的東西品質也參差不齊，看起來似乎沒什麼值得買的。

「我們回去吧。」姜菀道。

她們正欲離開，卻見路旁的角落裡還有一處攤子，一個約莫十幾歲的小郎君縮在那裡，若不仔細看，難以發覺。

宋鳶望過去，見攤子上擺的都是常見的香料，諸如八角、茴香葉等，她便移開目光，並未放在心上。

「兩位小娘子，瞧瞧我家的東西吧？」那小郎君見她們的視線掃過來，連忙開口，嗓音稚嫩，語氣頗為急切。

宋鳶提了提手中的布包道：「你家賣的東西我們都已經買了，還有什麼好瞧的？」

第二十五章　詭異香料

小郎君愣了愣，臉上有些發熱，訥訥道：「我方才沒瞧見小娘子手上的東西。」

他撓了撓頭，愣怔了片刻，忽然拿起手邊的東西道：「兩位小娘子要不要買這個？」

那是一個不大的布包，封口處用細線纏緊。

姜菀接過來掂了掂，感覺到裡面裝著的是粉末，湊近了還能聞到一股淡淡的奇異香氣，像是一種調味用的香料，卻不是她知道的任何一種。「這是什麼？」

小郎君結結巴巴道：「這……這是一種粉末，可以讓飯菜變得更美味。」

姜菀失笑道：「它總該有個名字吧？」

小郎君急得滿臉通紅，稚氣的臉上滿是慌張與迷茫。「我……我不記得了，這是……這是從異域傳進來的。」

姜菀原本就只是隨口一問，見狀便向宋鳶道：「或許就是調味料，應當沒什麼特別的，我們走吧。」

她率先走出幾步，宋鳶跟在身後，沒忍住回頭看了一眼，只見那小郎君囁嚅著想說什麼，卻沒吭聲。

自從縣學用了俞家酒樓的人，管理越發嚴格，因而秦姝嫻許久不曾光臨食肆了，倒是荀遐這些日子似乎較有閒暇，常到店裡坐一坐。

這天是姜荔休課的日子，又遇上荀遐的武學課，荀遐便把人送到姜記食肆。

「阿姊，我回來了。」姜荔的心情很好，一路哼著小曲兒。

蛋黃正被思菱牽著在食肆門口放風，見到姜荔，牠興奮地直搖尾巴，眼睛亮晶晶的。

姜荔蹲下，伸手摸著蛋黃的腦袋。

荀遐站在她身後，看蛋黃很乖巧，忍不住向思菱道：「這位小娘子，我能摸摸蛋黃嗎？」

恰好此時姜菀從裡面出來，她略微思索了一下後，點頭道：「可以。」說著，她親自接過蛋黃的牽繩，牢牢抓著。

蛋黃防備地看著荀遐，直到姜菀出聲說了句「蛋黃，趴下」，牠才聽話地矮下身子，懶洋洋地趴在地上。

荀遐小心地摸著牠，蛋黃卻不耐煩地掀了掀眼皮。荀遐第一次從一條狗的臉上看出了嫌棄，覺得有些好笑，收回手站起身來。

姜菀讓思菱把蛋黃牽回去拴好，荀遐道：「姜娘子，妳是怎麼訓練蛋黃的？牠如此聽妳的話。」

這個問題讓姜菀很難回答，畢竟她穿過來時，蛋黃已在家中養了多年，對於訓犬，她可真是一竅不通。

面對荀遐虛心求教的模樣，姜菀許久後才說道：「蛋黃比較聰明，又是自小養到大的，所以不需要費太多工夫調教牠。」

荀遐點點頭，目光忽然落向不遠處，笑道：「說起訓犬，沈將軍很有一套。」

姜菀聽了，道：「是啊，沈將軍說牠養過狗，略懂訓犬之道，改日若是有機會，我可以向他請教一番。」

她連這種事都知道？荀遐挑眉一笑。「擇期不如撞日，就今天吧。」

姜菀一愣，順著他的視線看過去，就見沈澹正緩步走過來。

沈澹向姜菀頷首示意，卻聽荀遐道：「姜娘子，妳不是要向沈將軍請教嗎？」

「姜娘子有何事？」沈澹微怔，問道。

姜菀一時語塞，片刻後才道：「我說要是有機會，會向沈將軍請教訓犬之道。」

沈澹點頭道：「若是姜娘子想學，儘管問我便是。」

不過此時並不是請教的好時機，姜菀正準備做吃的。她笑了笑，道：「我怎好讓兩位將軍在這裡空等，不妨先嚐嚐今日的新品吧。」

說著，她招呼宋宣將小攤車推過來，再讓他端來一大盆新鮮的豬肉。每片豬肉都事先用刀背捶打過，用各種調味料醃製後裹上麵粉跟蛋液。

姜菀開始燒火倒油，宋宣則在一旁為她打下手。

小攤車前懸掛著小木牌，上面寫著「今日新品」——「炸豬排」跟「蘋果金桔飲」，旁邊還簡單勾畫了一個冒著熱氣的竹筒。

姜菀用筷子挾起一片豬肉投入油鍋裡開始炸，荀遐看著那滾熱的油四處飛濺，甚至噴到姜菀的手背與臉頰上，可她卻面不改色，恍若未覺。

荀遐暗自搓了搓自己的手背，看著那豬肉在油鍋中逐漸定型，表面形成了一層焦黃色外皮。

待炸熟後，姜菀把一片片橢圓形的厚實豬排放在事先準備好的瀝油架上，等豬排的溫度稍稍降低一些，就撒上各種粉末調味，裝進紙袋裡。

豬排外層炸得焦脆，肉質鮮嫩肥美而不柴。熱氣將孜然粉與辣椒粉的味道放大，鑽進唇齒間，微弱的辣意從舌尖蔓延到喉嚨再到胃部，最後整個人都熱了起來。

姜菀遞給兩人各一份炸豬排，給沈澹的那份不放辣椒粉。「沈將軍有胃疾，別吃辛辣之物。」

荀遐咬著香酥的豬排，聞言訝異挑眉，探究的目光在姜菀與沈澹身上掃來掃去。

沈澹眼底漾起一絲波動，旋即略一揚唇，伸手接過道：「多謝姜娘子。」

荀遐還沒來得及多問，姜菀就在另一邊的爐灶上煮起熱飲子。她將蘋果切成小塊，用刀在金桔表面劃出口子，再一起投進鍋裡，加適量的糖煮沸，就是一杯暖手又暖胃的蘋果金桔飲了。

一手拿紙袋，一手拿竹筒，荀遐覺得此刻的自己是天底下最愜意的人。

他正吃得盡興，頭一抬就見遠處走過來一個人，正是秦姝嫻。今日她神色萎靡，沒有往日的精氣神。

「妳這是夜夜練功嗎？」荀遐看著她眼底下的烏青訝異道。

秦姝嫻懨懨地說道：「自然是沒有，只是這幾日我總覺得渾身沒勁，彷彿被人揍了一樣。」

她吸了吸鼻子，看著他們手中的東西說：「兩位將軍在吃什麼？好香。」

荀遐又買了一份炸豬排，將紙袋遞給秦姝嫻。「吃吧。」

秦姝嫻聞到這香氣，恢復了一點精神，也不跟他客氣，拿過紙袋便吃了起來。

荀遐又將自己尚未喝過的熱飲子遞給她。「暖暖手，瞧妳凍得臉都紅了。」

「你也知道冷，為何還要在外頭站著？」秦姝嫻有些好笑地看著他。

荀遐這才反應過來，不由德被自己逗笑了，道：「沈將軍，咱們進去吧。」

沈澹頷首，三人便進入食肆坐下。

「今日休課？」荀遐問道。

秦姝嫻吃完一份炸豬排，又喝了半杯熱飲子，整個人算是回過神來了，道：「是啊，不然我也不會在這個時辰出來。」

荀遐問道：「你們縣學飯堂的新廚子如何？」

秦姝嫻蹙起眉，思忖著該怎麼說才好。

「不好吃？」荀遐看著她的表情，猜測道。

「倒不是不好吃，他做的菜確實可口，但是我總覺得味道有些古怪。」

荀遐聽到「古怪」兩個字，警戒道：「怎麼？莫非不新鮮？」

秦姝嫻搖頭道：「怎麼說呢……比如他今日午食做了一道辣子雞丁，辣味很足，對我這樣嗜辣的人來說，吃得很盡興。可是那辣味與我從前吃的不太相同，少了些辣椒特有的新鮮，也不似尋常辣椒的辣味由淺入深，而是一入口便帶著灼燒感，辣到我嘴疼。」

她摸了摸腹部，嘆道：「我吃完以後還有些胃痛，這可是從未有過的事。」

荀遐皺眉道：「是不是辣椒放得太多了？」

「怪就怪在這裡，我吃的時候分明覺得太辣，可吃完以後又不禁懷念起那味道，甚至在吃飽的情況下還想再吃一頓。」說著，秦姝嫺喝了口熱飲子。

「既然如此，便說明這廚子做的菜不錯，夠吸引人。除了辣味的，其他的菜妳吃起來覺得如何？」荀遐問道。

秦姝嫺回想了一下，說道：「也是一樣，鮮香味非常重。不瞞你說，頭幾日吃起來確實很不錯，但是時間一久了便有些膩了，彷彿總有油漬卡在嗓子眼。所以我每日都比從前多喝好幾盞茶，為的就是去去這膩味。」

三人正說著話，姜菀就走了過來，向秦姝嫺道：「許久未見秦娘子了。」

秦姝嫺笑道：「我也許久未嚐姜娘子的手藝了，很是想念。」

笑了笑，姜菀將食單遞過去道：「看看要吃什麼吧。」

姜菀一邊等三人點單，一邊往店外看了看，算算時間，宋鳶跟周堯去西市買東西也該回來了。

這樣的念頭剛從腦海中閃過，下一刻，兩人便出現在食肆門口。

周堯將買來的大件物品拎進庫房，宋鳶則朝姜菀使了個眼色。

姜菀有點疑惑，走過去問道：「怎麼了？」

宋鳶咬著唇，猶豫了半晌，才小心翼翼地說道：「小娘子，我今日去西市，未經您同意，買了一樣東西。」

「什麼？」姜菀從未見過她這般不安的模樣。

宋鳶從袖中取出一個小布包，解開繫帶，露出裡面深褐色的粉末。

姜菀聞到那味道，瞬間反應過來。「是那日我們路過的攤子賣的東西？」

宋鳶點頭道：「就是那個小郎君賣的。」

「這到底是什麼？」姜菀不解。

「他說此物名叫『潛香』，是從異域傳進來、專門用作烹飪的調味料。無論何種菜餚，只要放入它調味，都能做得美味可口。」

姜菀仔細觀察那粉末，又湊近聞了聞。她面色猶疑，說道：「那是他的一面之詞，我們並不知曉這是用什麼原料做成的，究竟能不能入口。」

宋鳶急急說道：「他說有食肆的人來買過，用過以後覺得不錯，甚至多次購買，而且……」

她的聲音低了下去。「那孩子看起來實在可憐。我今日過去的時候，正好碰到他因為賣不出東西而被店主用木板打手心，整個手掌都是腫的。」

「我知道妳是心腸軟，見不得旁人受委屈。」姜菀緩了緩語氣。「但是我們既然是開食肆的，對要入口的東西就該十二萬分的小心。」

她指著那包粉末。「這種東西既無官名，也不知原料，只曉得是從異域傳進來的，誰敢保證不會有問題？倘若真的用了，導致客人吃了以後出問題，我們的生意就要垮了。」食品安全實在太重要了，姜菀根本不敢賭。一旦出了岔子，即便食肆能繼續開下去，名聲卻很難挽救。

況且她有足夠的自信，不需要靠一些莫名其妙的調味料，用最尋常又最傳統的鹽、糖、醋、醬，一樣能做出美味佳餚。烹調技術推陳出新，能用最簡單跟純粹的原料做出最好的食物，那才是本事。

「所以阿鳶，為了我們的食肆著想，往後不要再隨意買這種來歷不明的東西了。」姜菀眉眼微沈。

她甚少這樣嚴肅，宋鳶連忙道：「是，我記住了。」

姜菀道：「再說了，難道妳不信任我與宣哥兒的手藝？」

說著，她朝站在一旁的宋宣看了過去。

宋宣上前輕拉住宋鳶的衣袖道：「阿姊，我會跟著師父好好學手藝，妳不必擔心。」

「我只是……關心則亂。」宋鳶訥訥地說道：「不瞞小娘子，我們今日在西市遇到了一個人，周郎君說，那人從前是小娘子家的廚子。」

「陳讓？」姜菀問道。

宋鳶點頭道：「我們看見他去買了這調味料，他看起來與店主頗為相熟，閒聊了許久以後才離開。」

她覷著姜菀的臉色，小心翼翼地說道：「我心想，俞家酒樓都在用的調味料，應當不會有問題，因此才一時衝動買了。」

聽她說起陳讓，姜菀忽而面色一凜。她再次將那包粉末湊到鼻間聞了聞，確認自己曾聞過這味道。

那日縣學選拔結束之後，陳讓到自己面前耀武揚威時，身上便是這種味道，只不過很淡，被油煙味掩蓋了不少。莫非當日他便是用了這調味料，才會做出那般美味的食物？

姜菀盯著這「潛香」思索了半晌，搖了搖頭道：「我還是不放心。謹慎起見，這東西還是不要用了。」

她把那包調味料揣進衣袖，說道：「好了，各自去忙吧。」

姜菀返回秦姝嫻等人所在的雅間，他們已經點好了餐。

她看著單子上的標記，隨口問道：「秦娘子只吃一碗素麵嗎？」

秦姝嫻道：「這幾日總覺得喉嚨膩膩的不舒服，不想再沾葷腥。」

荀遐道：「你們縣學飯堂的新廚子手藝太過重口，這樣下去可不行，遲早吃出問題。」

「如今的廚子，是俞家酒樓的陳讓嗎？」姜菀問道。

秦姝嫻點頭。「正是。當初原本是說要每日送盒飯，但俞家酒樓說為了保證學子們能吃到最新鮮的飯菜，便暫派陳讓在飯堂擔任廚子，待付師傅回來再說。正好付師傅要比原定的時間晚一些回來，縣學便答應了。」

見姜菀垂眸不語，秦姝嫺以為勾起了她不愉快的往事，忙道：「姜娘子不必為當初的事情灰心，其實我瞧陳讓的手藝並不如妳。」

姜菀笑著搖了搖頭道：「都過去了，我不會再揪著不放。」

她恍若不經意地問：「這位陳師傅做的菜，味道都很重嗎？」

秦姝嫺嘆了口氣，向她詳細描述了一番，末了道：「總而言之，他做的菜既讓人覺得油膩，又讓人欲罷不能，這可真是矛盾啊。」

不知「潛香」到底是什麼神奇的東西……姜菀從雅間退出來，往廚房走去，按著三人點的單開始準備。

素麵做起來很簡單，荀遐跟沈澹另外加點的金玉羹則要費一些時間。

金玉羹是把山藥、板栗切片後放進羊肉湯中煮出來的，秋冬時節，羊肉非常滋補，羊肉湯鮮美醇厚，很暖胃。

應季的食物總是很熱銷，快打烊時，姜菀看了帳簿，發覺今日絕大多數食客都點了金玉羹。

她伸了伸懶腰，盤算著明日要用羊肉做些什麼。

第二日，姜菀在店門外烤起了羊肉串，那混著辣椒與孜然的香氣飄得老遠。

她細心地在每串羊肉的竹籤尾端都裹上一層油紙，以免油漬沾到手上。吃膩了肉串後，再來上一杯熱呼呼的飲子，正好解了肉食的膩。

無論古今，無人拒絕得了烤串的誘惑，食肆外排起了長龍。

等送走最後一批食客，也到了快打烊的時候。距離宵禁還有些時間，坊門尚未關閉，街道上還有零零散散的人步履匆匆。

姜菀跟思菱正收拾著小攤車，偶然一抬頭，就見兩道身影悄然走到她們面前。

「莫姨、知蕓？」姜菀顯然沒料到會在這個時辰遇見她們。她定睛一看，莫綺的腿腳已經行動自如，不必再坐輪椅了。

「今晚我帶蕓兒出來逛逛，正巧走到妳這裡。」

莫綺的聲音一如既往地柔和，一旁的知蕓也是興致盎然的樣子，看來這些日子她們過得很好。

「外頭冷，進去坐吧，應當來得及回去。」姜菀說著，請兩人進了食肆裡。

莫綺之前過來時滿腹心事，並未留意食肆內的裝潢。今日她細細地打量店內，微笑道：「阿菀，食肆內的佈置花了妳不少心思吧？」

姜菀笑了笑，道：「只是簡單添置了些物品。莫姨，喝杯熱飲子暖暖吧。」

待莫綺跟知蕓坐下喝起熱飲子，姜菀才道：「學堂那邊的差事還好吧？」

「我每日除了烹煮料理，便是看著蕓兒跟其他孩子一道識字唸書。」莫綺的神情很滿足。「蘇娘子是個極和氣的人，對待我們一向和顏悅色。」

說起蘇頤寧，姜菀想起往事，試探著問道：「當初學堂之所以招工，便是因為蘇府的人手不夠，不知如今是什麼情形？」

莫綺微微蹙眉道：「我進入學堂以後，對蘇娘子府上的事情也有所耳聞，但具體情況不甚了解，只知道前些時候她一位嫂嫂來到學堂，不知與蘇娘子說了什麼，走的時候滿面怒容。那位娘子身懷有孕，我聽見她的侍女勸她不要動怒，免得動了胎氣。」

姜菀忽然想起之前自己去松竹學堂時，也遇見了一位有身孕的少婦，還說要藉此支走飯堂的廚子，從而讓蘇頤寧的學堂開不下去，想來是同一人。

她輕嘆一聲道：「蘇娘子確實不容易。」

幾人又閒聊了幾句，眼看天色越來越晚，莫綺起身告辭。「阿菀，我跟蕓兒先回去了，改日再來看妳。」

姜菀送她們到門口，正要出門時，卻見街道上走過一個熟悉的人影。

她面色一凝。

——未完，待續，請看文創風1292《飄香金飯菀》2

2024年9月出版

今朝有錢今朝賺

文創風 1288~1290

她憑著「預知」的能力提前買下即將大漲的土地，
如此一來二去，銀子是賺到了，卻也引來他的猜疑，
說也奇怪，前世他明明整日忙碌，對她冷心冷情，
為何今生卻對她關心呵護，還反過來追著她跑？
是他吃錯藥還是她錯過了什麼？她都決心不再愛他了啊！

世事難兩全，青鬢華髮生／綠色櫻桃

嫁給護國侯謝詞安八年來，陸伊冉一直在侯府的夾縫中求生存，
婆婆不疼、小姑刁難，府中其他勢利眼的人也是看碟下菜，
可她把夫君看得比自己的命還重，以為總有一日能捂熱那顆冰冷的心，
無奈皇子奪權內鬥，婆家得勢、娘家落難，她被他關在偏遠院落半年，
到頭來，等到的是他得償宿願要娶心上人的傳言，一切只是她的癡心妄想，
為了不讓兒子遭人指指點點說有個叛黨餘孽的母親，她選擇了此殘生，
豈料再次睜開眼，看著僅僅十個月大的兒子，她發現自己重生了，
幸好老天垂憐，讓她回到了成婚後的第二年，一切都還來得及，
她暗自下定決心，此生不再為他而活，要改寫自己和娘家人的悲慘結局，
宮中事故將在六年後發生，她尚有餘裕計劃好帶著所愛的人遠離謝家與朝堂，
可要遠走高飛就需要大量的銀子，偏偏她十分缺錢啊！
雖然從商的娘親和宮中的貴妃姑母疼愛她，成親那時給了她不少嫁妝，
但她婚後把心思和錢全用在夫君及婆家人身上，還疏忽了鋪子生意，
如今的她再也不會費心費錢去巴結永遠餵不熟的婆家人，更不會卑躬屈膝了，
錢非萬能，可沒錢卻萬事不能，因此她重生後的首要任務就是賺錢，賺大錢！

2024年8月出版

文創風 1283～1285

禾處覓飯香

吃下她親手做的料理，就會洩露內心的秘密……
老天爺就是這麼不公平，不僅讓她重活一世，還成了超能力者，
她可得好好發揮這個優點，撫慰人心、收穫幸福人生！

揮灑自如敘情高手／途圖

江南，蘇心禾穿越而來，成為當地一位名廚的寶貝獨生女；
京城，李承允自北疆隨大軍歸家，繼續當他的平南侯府世子。
看似八竿子打不著的兩人，卻因一樁娃娃親走到了一起。
前世身為小有名氣的美食部落客，蘇心禾的廚藝不在話下，
加上生得貌若天仙，怎麼看都是被人疼寵的命，
誰知從侯府的下人到城裡的路人全說她家挾恩逼娶，
活像她玷污了他們心中的帥氣大明星——李承允似的。
罷了，在她看來，這表面圓滿、實則破碎不堪的平南侯府，
比她這個在單親家庭長大的小姑娘更需要救贖，
就讓她揮動料理魔法棒，滋潤每個人乾枯的心靈……

為流浪貓狗加油 和貓寶貝 狗寶貝

廝守終生(一定要終生喔！)的幸福機會

對人來說，貓寶貝狗寶貝只是生活的一部分，
但妳（你）對牠們來說，卻是生活的全部，領養前請一定要考慮清楚——

▲ 元氣滿滿的汪星人——Oma

性　　別：男生
品　　種：米克斯
年　　紀：約1歲多
個　　性：親人親狗、活潑貪吃，學習能力強
健康狀況：已結紮，救援時有皮膚病現已康復，理學和血液檢查正常，四合一快篩皆正常，今年已完成狂犬病及八合一疫苗施打
目前住所：台北市士林區（中途家庭）

本期資料來源：@fulipets福立社
IG（https://www.instagram.com/fulipets/）
FB（https://www.facebook.com/people/福立社-Fulipets/100095438110019/）

第359期推薦寵物情人

『Oma』的故事：

Oma（歐瑪）從何處而來沒有人知道，似乎是非正規的TNR（誘捕、絕育、放回原地）團體在絕育後亂放的狗狗，但個性親狗的Oma卻不明白人類的險惡，為了溫飽牠只能在附近社區徘徊，卻一直遭受那裡的社區警衛、居民驅趕，甚至持棍棒相逼，幸好有看不下去的朋友將牠誘捕救援。

剛被救援的Oma營養不良還患上嚴重的皮膚病，加上之前因遭人持棍棒驅趕，故對人類的不信任成為照顧上一大難題，在安置初期就咬了人好幾次。所幸中途堅持不懈的正向引導、避免打罵，並利用獎賞來鼓勵牠慢慢接受與人類生活，如今的Oma很愛跟人撒嬌、討抱抱，很享受這份親暱感。

變得有自信的Oma，在外出散步時從剛開始的大暴走，到現在可隨著人類的步伐調整速度；更是難得不會抬腿亂尿的狗狗，對於便溺在尿布墊、尿便盆定點如廁的命中率幾乎高達99.9%；貪吃的Oma，之前吃飯總是爭先恐後，深怕搶不到食物，現在則已經能克制對食物的衝動慾望，能鎮定坐下等待指令再開動，即使有時還是會對著飯碗垂涎三尺就是了（笑）。

我們希望Oma可以一直對與人類生活保持著嚮往與安心，所以在中途時期有進行良好的籠內訓練，學會休息時要回到小窩裡，因此對於居家獨處的穩定度，遠比容易有分離焦慮的幼犬來得高。如此優質米克斯何處可尋？請上IG或FB搜尋「福立社」，也可使用fulipets888@gmail.com傳遞您的認養意願，聰明穩定的Oma在這裡等您掛上項圈牽回家！

認養資格：

1. 認養人須年滿20歲，且無任何棄養紀錄。
2. 禁止籠養、鏈養、當看門狗之行為方式飼養。
3. 須提供良好的生活空間，且做到每日提供新鮮的食物及水。
4. 須同意簽認養寵物切結書。
5. 須同意送養人日後執行不定期6-12個月的生活追蹤，必要時會實地探訪，對待Oma不離不棄。

來信請說明：

a. 個人基本資料：姓名、性別、年齡、家庭狀況、職業與經濟來源等。
b. 想認養Oma的理由。
c. 過去養寵物的經驗，及簡介一下您的飼養環境。
d. 若未來有結婚、懷孕、出國或搬家等計劃，將如何安置Oma？

風 文創 1291

飄香金飯苑 1

國家圖書館出版品預行編目資料

飄香金飯苑 / 凝弦著. --
初版. -- 臺北市 : 狗屋出版社有限公司, 2024.09
冊 ; 公分. --（文創風 ; 1291-1293）
ISBN 978-986-509-554-3（第1冊 : 平裝）. --

857.7　　113011259

著作者	凝弦
編輯	連宓均
校對	陳依伶
發行所	狗屋出版社有限公司
地址	台北市104中山區龍江路71巷15號1樓
電話	02-2776-5889～0
發行字號	局版台業字845號
法律顧問	蕭雄淋律師
總經銷	知遠文化事業有限公司
電話	02-2664-8800
初版	2024年9月
國際書碼	ISBN-13　978-986-509-554-3

本著作物由北京晉江原創網絡科技有限公司授權出版

定價290元

狗屋劃撥帳號：19001626

網址：love.doghouse.com.tw　E-mail：love@doghouse.com.tw